W0312300

Contemporánea

Belén Gopegui (Madrid, 1963). En 1993 la editorial Anagrama publicó su primera novela, *La escala de los mapas*. La siguieron, entre otras, *Tocarnos la cara* (1995) y *La conquista del aire* (1998), adaptada al cine en 2000 con el título *Las razones de mis amigos*. A ellas siguieron, entre otros libros, *Lo real* (2001), *El lado frío de la almohada* (2004), *El padre de Blancanieves* (2007), *El balonazo* (2008), *Deseo de ser punk* (2009) y *Acceso no autorizado* (2011). En 2014 vieron la luz la antología de ensayos *Rompiendo algo* y la novela *El comité de la noche*.

Belén Gopegui

El padre de Blancanieves

DEBOLS!LLO

Primera edición: enero, 2015

© 2007, Belén Gopegui
© 2015, Penguin Random House Grupo Editorial, S. A. U.
Travessera de Gràcia, 47-49. 08021 Barcelona

Penguin Random House Grupo Editorial apoya la protección del *copyright.*
El *copyright* estimula la creatividad, defiende la diversidad en el ámbito de las ideas y el conocimiento, promueve la libre expresión y favorece una cultura viva.
Gracias por comprar una edición autorizada de este libro y por respetar las leyes del *copyright* al no reproducir, escanear ni distribuir ninguna parte de esta obra por ningún medio sin permiso.
Al hacerlo está respaldando a los autores y permitiendo que PRHGE continúe publicando libros para todos los lectores. Diríjase a CEDRO (Centro Español de Derechos Reprográficos, http://www.cedro.org) si necesita fotocopiar o escanear algún fragmento de esta obra.
Printed in Spain – Impreso en España

ISBN: 978-84-9062-436-4
Depósito legal: B-24070-2014

Compuesto en La Nueva Edimac, S. L.
Impreso en Liberdúplex,
Sant Llorenç d'Hortons (Barcelona)

P 6 2 4 3 6 4

Penguin
Random House
Grupo Editorial

A Margarita Durán
y a Luis Ruiz de Gopegui

A Tatiana Delgado Plasencia,
sin saberlo en el porqué de esta historia

A Ignacio Echevarría,
por el uso del criterio

Observen el vuelo de la abeja. Va de flor en flor, hace sus libaciones. Ustedes se enteran de que va a transportar en sus patas el polen de una flor al pistilo de otra flor. Eso leen en el vuelo de la abeja. En un vuelo de pájaros que vuelan bajo —se le llama un vuelo, pero en realidad es un grupo a cierta altura— leen que se acerca una tempestad. Pero ellos ¿leen acaso? ¿Lee la abeja que ella sirve para la reproducción de las plantas fanerógamas? ¿Lee el pájaro el augurio de la fortuna, como se decía antes, o sea, de la tempestad? Ése es el asunto. Después de todo, no se puede afirmar que la golondrina no lea la tempestad, pero tampoco es seguro.

JACQUES LACAN, «La función de lo escrito»,
El seminario de Jaques Lacan. Libro XX. Aún,
1972-1973, texto establecido por Jacques-Alain
Miller, traducción de Diana Rabinovich,
Demont-Mauri y Julieta Sucre, Paidós,
Buenos Aires, 1998

1

Susana. Edad: 20 años. Altura: 1,62 cm. Estudios: Escuela Técnica Superior de Ingenieros Agrónomos, cuarto curso. Ojos: mezcla de verde, amarillo y pardo. Usa: lentillas. Milita desde 2004.

Susana a la asamblea

Necesitamos, hemos dicho a veces, informes sobre el mundo, sobre lo que ocurre en los institutos, hospitales, fábricas, comisarías, en cada empresa. Pero quizá necesitemos también algunos informes de las habitaciones.

El otro día pasó algo en mi casa. Mi madre había llamado al supermercado quejándose por un pedido que no le habían traído a tiempo. Al día siguiente tocaron el timbre, era el repartidor del supermercado, un ecuatoriano. Le dijo que por culpa de su llamada le habían despedido y que si no lograba que le readmitieran, mi madre sería para siempre responsable de lo que le pasara a él y a su familia. Él se encargaría de recordarle esa responsabilidad.

Después de varias visitas mi madre consiguió hablar con el gerente del supermercado, quien le explicó que era imposible readmitirle: habían contratado a otra persona y no iban a echarla. Ya os imagináis que durante todos esos días mi madre no dejaba de encontrarse al ecuatoriano por el barrio; también un día le vio cerca del instituto donde da clases.

Mi padre quería llamar a la policía, pero mi madre se lo prohibió. Le pidió ayuda para encontrar otro empleo de repartidor. A mi padre no le hacía ninguna gracia, no quería comprometerse recomendando a un individuo que no se conformaba con un despido y acosaba a alguien como mi madre. Hace tres días yo estaba mirando por la ventana y, en la esquina de la calle, vi a mi padre hablando con un hombre bajo, moreno, que llevaba puesta una gorra de visera azul. Mi padre es bastante tranquilo, pero no soporta las intromisiones. Pensé que podía estar amenazando al ecuatoriano. Sin embargo, ayer supe por mi madre que mi padre le había encontrado trabajo en una frutería bastante alejada de nuestra casa.

Podríamos intentar algo parecido. Llevar las consecuencias de los problemas al lugar donde se originan. Necesitamos todo lo que estamos haciendo ahora, la lucha, la reflexión, la organización. Lo que propongo es poner en marcha, además, una célula productiva que nos permita elaborar cosas. No incidir sólo, por ejemplo, en las condiciones en que se trabaja, sino además en lo que se hace cuando se trabaja. ¿Por qué no podemos intervenir en la elección de los bienes que van a producirse? ¿Por qué permitimos que una minoría se apropie de esa elección y de los bienes? Hasta ahora habíamos dejado estas preguntas para un futuro lejanísimo, cuando cambiase la relación de fuerzas. Preguntemos ahora. No sigamos esperando.

Comunicado 1 con presentación

Ustedes, sujetos individuales, suelen referirse a mí como asamblea, aunque a veces también me llamen congreso, foro, grupo de grupos, movimiento. Y no suelen tener oportunidades para conversar conmigo. Los sujetos colectivos no hablamos sino que más bien emitimos circulares, documentos, resoluciones. Un comunicado es de las cosas menos solemnes que podemos emitir. Pero yo me he tomado la libertad de añadirle esta presentación porque los sujetos colectivos nos pensamos a nosotros mismos en singular y tenemos nuestras cosas. Preferencias, ya saben, manías, estribillos que se nos pegan a veces, peculiaridades. Yo, por ejemplo, además de en singular tiendo a pensarme a mí mismo en masculino. Creo que es porque desde pequeños nos enseñan que a lo que más nos parecemos no es a los animales ni a los vegetales sino: a) al plancton, b) a los extraterrestres.

Los sujetos colectivos no somos puros, ni perfectos, se nos considera unos doscientos años más evolucionados que los sujetos individuales, pero doscientos años no es mucho. Así que también tenemos inercias históricas y si oímos decir extraterrestres sobre todo pensamos en extraterrestres masculinos, aunque la expresión pueda por igual designar a las extraterrestres, y al probable sujeto extraterrestre andrógino. En cuanto a mi caso particular, igual que algunos escritores célebres sufrieron audición coloreada, yo en ocasiones sufro una especie de audición animada. Con la palabra asamblea no puedo evitarlo: veo siempre a una mujer del siglo XVIII con un miriñaque bajo el vestido, me refiero a esa armadura de aros de metal que usaban para ahuecar las faldas por las caderas. Digo asamblea y la fonética, la eme en particular, me conduce al momento en que la dama asamblea se dispone a tomar asiento: ¿qué demonios hace ahora con los aros?, ¿los aplasta? Yo no me llamo a mí mismo asamblea, prefiero congreso o colectivo, o colectivo de colectivos. Y suelo pensarme como un extraterrestre o como plancton, según los días y su cantidad de luz.

Mi verdadero nombre en realidad pudiera ser sujeto colectivo D 68-06 (17)n; lo uso sólo en situaciones de extrema melancolía, que son raras. Algo más habituales, aunque tampoco demasiado, son las situaciones de melancolía a secas. Las causas varían pero hay una recurrente: yo siempre quise ser Centro de Biotecnología Marina. Esto que soy, movimiento, congreso, colectivo de colectivos, no me disgusta, lo prefiero con mucho a Fundación Caja Rioja o a Club de Fútbol. Sin embargo, así como los sujetos individuales fantasean con irse a vivir a un pueblo o con montar una librería, yo también tengo mis días y entonces me veo como un centro estable, ni grande ni pequeño, por fuera varias cúpulas, en su interior dos invernaderos, tanques de cultivo, citómetros de flujo y alguna red de plancton. Supongo que el plancton es una de las cosas que me atrae de este destino, otra es la estabilidad. Al contrario de aquella canción, yo no «tengo alma de marinero»: a mí me gustaría permanecer siempre en un sitio, y me imagino un centro de biotecnología marina como un submarino del capitán Nemo pero en versión edificio inmueble, firmemente sujeto a la tierra aunque tenga alguna dependencia bajo el agua.

Otros sujetos colectivos me han dicho que vaya desengañándome, los centros de biotecnología marina son apenas una pizca más estables que los clubs de fútbol, también les agitan pasiones, divisiones, empresarios y políticos los zarandean por igual. No me importa, estoy dispuesto a sobrellevar esos inconvenientes. Poseo un temperamento de persona pensativa y no hay quien me convenza de que un CBM no reuniría las condiciones idóneas para mí. Si algunas tardes parezco distraído, sepan que me ha venido a la cabeza la imagen de un centro de biotecnología marina situado en alguna isla del planeta y barrunto, barrunto.

Esto no significa que reniegue de mi estado actual, ni mucho menos. Y eso que los entes como yo no tenemos buena fama. A los partidos, movimientos, asambleas, organizaciones y colectivos de colectivos se nos acusa de hacer algo así como anegar las individualidades, se dice que somos férreos e imponemos una misma horma de zapato todo el tiempo.

Acostumbro a recordar a mis detractores el fenómeno de la timidez. Cuando un sujeto individual se declara a sí mismo tímido, es probable que asista a las tertulias liberado de la necesidad de hablar, puesto que es tímido; es decir, su propia timidez hará que apenas nunca se vea obligado a desarrollar recursos para vencerla, con lo que aumentará su miedo a romper el fuego en distintas circunstancias, y la serpiente se morderá la cola. El cerebro humano individual necesita simplificar, no puede estar continuamente precisando los términos: en algunas situaciones, con cierta frecuencia, etcétera. Pero cuando la simplificación se proyecta sobre rasgos del carácter y se precipita hacia el soy tímido o soy impulsivo o soy celoso, demasiado a menudo deviene en un «es que, como soy tímido...», que impide la evolución.

Muy lejos de esas pequeñas servidumbres, los sujetos colectivos nos reunimos y acordamos a menudo modificarnos: por ejemplo, dejar de ser entes con ánimo de lucro, o maoístas, o centralistas democráticos. No somos férreos, ¿cómo podríamos serlo si nuestra naturaleza es la única capaz de desmaterializarse y volverse a materializar sin que medie la muerte? Pongamos el caso de un colectivo político, o sindical: ¿dónde está cuando no está en su sexto congreso o en su resolución número quince o en la reunión del jueves por la tarde de la pequeña agrupación? ¿En sus locales, si es que los tiene, en sus estatutos, en sus militantes? Sí y no; pero, sobre todo, no. Cada una de esas cosas es cada una de esas cosas, no es el colectivo. El colectivo se ha desmaterializado y está sólo en la promesa de volverse a materializar. Esto es algo que puede que ocurra o puede que no..., y nos llaman férreos.

No digo que no haya habido resoluciones duras de diferentes colectivos, incluso férreas. Pero eso tiene que ver con las resoluciones, no con el hecho de haber sido emitidas por colectivos, pues cuántas más resoluciones férreas individuales no hay en esta vida, y por ellas se apuñala, se estafa y se hacen muchas otras cosas que no tienen remedio.

He visto a hombres y mujeres pelearse desesperados por unas siglas, pues pensaban que era ahí, en las siglas, donde permanecemos los sujetos colectivos cuando nos desmaterializamos. No, no estamos en las siglas. Lo que se mantiene es la información, dicen algunos. Bueno, eso puede ser así para los rayos láser o para el proceso de convertir documentos materiales en documentos virtuales, también llamado ahora desmaterializar. Pero cuando un colectivo se desmaterializa no basta con que permanezcan las siglas ni la información. El colectivo vive en la promesa de volverse a materializar.

Ya sé que la promesa es un concepto devaluado. ¡Qué le vamos a hacer si no hay otro! Una promesa, una intención que dure. Y si no dura, que el último apague la luz.

Fin de la presentación; abandono el plancton, dejo atrás los citómetros de flujo, sus depósitos de líquido envolvente y sus reguladores de presión. Hay sujetos humanos que soñaban con ser conservadores de bosques en Alaska y ahí están, treinta y dos años de carteros del banco en un distrito de Madrid. Los sujetos colectivos no somos tan distintos. Quizá nunca llegue a convertirme en Centro de Biotecnología Marina. Puesto que ahora sí soy un colectivo de colectivos con ínfimo presupuesto y un porcentaje no bajo de esa intención que dura, he de ajustarme a un programa de vida más aguerrido e incierto.

Era el segundo día de reuniones. La asamblea había empezado el viernes por la tarde y terminaría el domingo a las dos, para dar tiempo a quienes debieran viajar. Había cincuenta y siete delegados; aunque la asamblea la formaban sesenta y tres grupos, seis habían fallado por distintos motivos. Era una asamblea, no un congreso, no había estatutos que poner al día. Era un intento de establecer dos o tres principios de unidad de acción para grupos de muy distinto origen, medios, capacidad. Sólo unas quince personas tenían más de cuarenta años.

Los delegados y las delegadas no acudían con ningún mandato de sus organizaciones y nada de lo que se acordara en la asamblea sería vinculante. Sin embargo, sí sería una propuesta que las organizaciones deberían debatir. Aunque no era un congreso, tampoco era un foro. Habían convocado la asamblea porque esperaban encontrar puntos de unión suficientes y, llegado el momento, ser capaces de actuar con un mismo fin.

Un colegio mayor les había cedido parte de las instalaciones, pidiéndoles que se comprometieran a hacerse cargo de la limpieza. No padecían delirio. Sabían que en el globo terráqueo su área de influencia era una superficie equivalente a un diez por ciento de Mónaco, o un diecisiete quizá. Goyo tomó la palabra a las diez y media.

GOYO. EDAD: 26 AÑOS. Estudios: Ingeniería Química, tres años de doctorado. Trabajo: becario. Hijo único tras la muerte de su hermano. Barba: rala. Milita desde 2001.

Goyo a la asamblea

Apoyo la propuesta de Susana. Creo que no es una propuesta para colectivos, sino para las personas que, pertenecientes a colectivos o no, quieran participar en esa corporación imaginaria que pondríamos en marcha.

Sugiero que esas personas firmen un documento. Pues aunque hagamos acciones pequeñas, no podrán ser aleatorias. Si a una mani vienen novecientas personas o sólo trescientas, la mani sale adelante de todos modos. Pero en una acción productiva necesitamos que las personas, aunque sean treinta, vengan seguro. La firma daría derecho a esperar esa seguridad.

¿Por qué me parece bien actuar sobre la producción? Llevo algún tiempo dándole vueltas a lo que se entiende por normal y por no normal. La mayoría de quienes estamos aquí pensamos que la producción, tal como ahora se entiende, no es algo normal. Conlleva un daño. Un abuso en el punto de partida. Quien trabaja no puede intervenir en la elección de lo que hace, ni en la elección de para qué lo hace y para quién. Coincido con Susana en que no necesitamos esperar a ser un día tantos como para lograr cambiar la relación de fuerzas. Aunque sigamos trabajando en esa dirección, deberíamos cuestionar ya la normalidad, cuestionarla con actos.

Cuando me preguntan por qué no dejo de una vez nuestra organización, digo que me hace falta. Muchas personas la necesitan, cada una por un motivo distinto. A veces los motivos pueden parecer personales. Y quizá al principio lo sean. Después todo se funde. Algo que pasó en nuestra vida nos hizo no normales, nos enseñó a mirar la vida desde un lugar diferente.

Pero la realidad cuenta, eso sí tenemos que decirlo. Los normales, por ejemplo, existen. Los normales tuvieron contratiempos como perder un tren, llorar por un amor traicionado, ver morir a su abuelo o estar en paro y sin cobrar durante meses. Su vida, sin embargo, fue afortunada, tomaron el siguiente tren, hallaron otro amor, vieron morir al abuelo pero no al hijo ni a la hija, encontraron trabajo por fin, ningún cuchillo les cortó por dentro. ¿Y a nosotros qué nos pasa? No somos distintos. Tenemos una certeza, eso es todo. Sabemos que así no, que tal como está organizada la sociedad, no. Sabemos que la amargura no es una solución.

Los no normales aprendimos a ver a los otros no normales, a los que tienen pánico a ser despedidos, o a los que oyen decir que su país es subdesarrollado y no que otros países crecieron a costa de explotar el suyo. Hemos visto lo que se nos venía encima, vivir peor haciendo cosas estúpidas y perjudiciales porque nos lo imponían, por sometimiento. Demos la vuelta a eso. Ahora. Ya ha pasado el tiempo de creer que no hay salida. Produzcamos, aunque sea dos bombillas, tres gramos de pasta de algas, ya pensaremos qué, pero hagámoslo pronto. En el camino podremos aprender algo sobre cómo producir, también, otro horizonte.

ENRIQUE. EDAD: 49 AÑOS. Trabajo: analista de sistemas en empresa internacional. Ojos: mezcla de verde, amarillo y pardo. Con quién se reúne: matrimonios que llevan a sus hijos al mismo colegio que él lleva a los suyos, algunos compañeros de su trabajo y del trabajo de su mujer. Padre de: Susana, Marcos, Rodrigo. No milita.

Enrique a Goyo

Los normales sí existimos, Goyo. Yo soy uno. No he ido a la asamblea, no pertenezco a ningún grupo anticapitalista, comunista, socialista. Tampoco a uno capitalista, o a un partido político; ni siquiera estoy en una asociación gastronómica. Con esto no insinúo que la mayoría de los normales no nos integremos en organizaciones; al contrario, supongo que algunos de nosotros pagan sus cuotas en los grandes partidos, o se asocian y hacen senderismo o cenas de antiguos alumnos.

Así que no digo que asociarse o no asociarse sea una característica de los normales. En realidad, si tengo que elegir una característica es ésta: no nos gusta elegir una característica, no nos gusta generalizar, pensamos que cada uno es cada uno, nos sentimos algo molestos cuando intentan incluirnos en una categoría y soportamos con paciencia deducciones del tipo: como no nos metemos en política, nos gusta el fútbol, o somos individualistas o el mundo, tal como está, nos parece bien.

No he ido a tu asamblea. Estoy en mi casa, una buena casa de la calle de Zurbano, pero no puedo desentenderme de vuestra reunión porque Susana, mi hija, se encuentra con vosotros. Ella es la causa de que haya leído tus palabras en vuestra página web. Voy a contestarte. A ti, Goyo, no a tus grupos.

Tengo cuarenta y nueve años y tres hijos, la mayor tiene veinte, el mediano dieciséis, el pequeño trece. Me llamo Enrique, gano lo suficiente para haber terminado de pagar la casa, mis hijos están sanos, mi mujer es profesora, yo trabajo en una empresa de desarrollo y mantenimiento de aplicaciones. Mi hijo mediano es capitán de un equipo de voleibol, al pequeño le gusta leer cómics. Hemos procurado —sí, soy de los que hablan en plural para referirse a cuestiones como la educación de los hijos— limitarles las horas de videojuegos y también las horas de televisión. No me siento culpable de mi estilo de vida; cada vez que compro algo o cuando alquilo un buen apartamento con piscina para el verano no pienso que estoy arrancándole el futuro a diez niños sudafricanos enfermos. Cuando lleno el coche de gasolina no me imagino que es sangre, esa «sangre por petróleo» que aparece escrita en las pancartas de grupos como los tuyos. He engañado dos veces a mi mujer, sin consecuencias. Si supiera que ella me ha engañado me dolería, pero procuraría no decir nada. Recuerdo haber leído hace años un libro de un francés, no me acuerdo del título ni del autor pero sí de que era una historia donde todos los personajes conocían los secretos de los otros y sin embargo callaban para no enturbiar la felicidad; lo importante es que lo conseguían.

Si mi existencia se desliza limpiamente sobre una superficie lisa, pulida, ¿por qué entonces me dedico a contestar tu intervención? Goyo, no creo que tú fueras a hacerme esta pregunta. Ni me he sentido agredido con tu discurso, ni me has parecido de esos que piensan que los normales somos estúpidos, que aceptamos los artículos de prensa como si fueran mapas, que nuestra vida es un paseo por el campo cogiendo margaritas y no hay grietas, temblores, no se nos hunde a veces el suelo bajo los pies.

Hasta hace unos días te habría dicho que no hacer nada, aceptar ciertas imposiciones de la cotidianidad es, en mi caso, una decisión voluntaria. Entiendo por no hacer: no actuar, no pretender interferir en el rumbo de los acontecimientos. Vuestras interferencias, ¿adónde conducen? Si son pequeñas, a ninguna parte. Mera fantasía: os reunís en un salón de actos como podríais haber hecho una excursión a Toledo. Pero tenéis la tentación de la grandeza, trabajáis durante años y no todos soportan la constancia, la humildad, las manifestaciones de trescientos, los pequeños actos insignificantes. Lo que os acecha entonces es la violencia, ese atajo que causa desequilibrio y horror.

Unos conocidos míos tenían a su vez unos amigos que estaban muy contentos porque su hijo mayor era un chico con inquietudes, leía, se reunía con gente de su edad, había organizado una marcha para defender los manantiales e impedir que dieran una concesión de agua mineral a una empresa privada. Estaban muy contentos esos padres, hasta que un día llegó la policía buscando explosivos en el cuarto del chico con inquietudes; se le acusaba de haber enviado cartas bomba. Ojo, no voy a exagerar, estas cosas, lo sé, son excepcionales, pero reconoce que ocurren. Reconoce que no son los chicos que, como mis dos hijos, juegan al voleibol o leen tebeos de Mortadelo los que corren el riesgo de acabar rompiendo vitrinas de bancos o enviando cartas bomba.

En cambio Susana, lo sabes, está en uno de los grupos de tu asamblea. Espero que entiendas por qué Susana me preocupa. Ha de ser frustrante reunirse durante meses y meses, y años y años, y que no pase nada, repartir fotocopias que todo el mundo tira sin leer, sacar tres votos en las elecciones o ni siquiera presentarse, estar en contra de la reforma laboral y que al final se apruebe, estar a favor de la educación pública y ver cómo se deteriora y ver que da igual qué partido esté en el gobierno porque no es algo que dependa de los partidos sino de un orden económico europeo y mundial.

Se queman los coches en la periferia parisina pero no pasa nada, más de tres millones se manifiestan en el centro de París contra el contrato del primer empleo pero tampoco pasa nada; parar una ley no significa que pase nada, repartirán los contenidos de esa ley en varias leyes durante algunos años. Para que pase algo hay que invertir una tendencia y ni vosotros ni vuestros grupos sois capaces de invertirla. Si lo fuerais, Goyo, dime que no sentirías miedo. Claro que lo sentirías. No creas que voy a venirte ahora con el libro negro del comunismo. También el capitalismo tiene su libro negro. En cuanto a la naturaleza humana, supongamos que puede mejorarse, supongamos que la bondad está al alcance de la mayoría. ¿De verdad piensas que vosotros podríais influir para lograrlo? Corrupción, desmanes, gentes que se extralimitan en el uso del poder: ¿crees que sois distintos, que precisamente a vosotros no os ocurriría eso? ¿Piensas que vale la pena entrar en una organización y dedicar la vida a que sean unos, y no otros, los que tengan la posibilidad de corromperse y extralimitarse?

Supongamos que cambian las proporciones y el poder se reparte mejor, ¿el esfuerzo merece la pena? Porque si tiene que ser así, si llega el momento del relevo y los indígenas o los africanos exigen su parte, va a llegar igual aunque no hagáis nada. Y desde luego aquí, en España, un cambio de tendencia es pura ciencia ficción.

No sientes miedo porque en el fondo sabes que nunca tendrás la responsabilidad. Reuniones, cartas de apoyo, fotocopias, concentraciones: sois una nota de color en el paisaje. Si desaparecierais, la mayoría de las personas no se daría cuenta; quizá algunos sintiéramos cierta nostalgia, pero no cambiaría nada.

Educar bien a mis hijos, procurar ser amable, defenderme, defender a los míos, ser un poco hijo de puta cuando así me lo exijan las circunstancias, no interferir en asuntos que estén fuera de mi radio de acción, pagar la menor cantidad posible de impuestos, disfrutar de la vida, evitar la crueldad gratuita. Son mis preceptos. No los he consignado en un documento porque soy yo quien espera eso de mí. Sinceramente pienso que con ellos contribuyo al equilibrio, cosa que no hacen los gatos cuando dejan de cazar ratones. Y es posible que tres o cuatro veces al año tenga envidia de ti. También me pasa al escuchar la historia del aventurero encerrado en una base de la Antártida, o la de un amigo que está echando a perder su vida por un encoñamiento. No son situaciones que quisiera para mí; sin embargo, durante unos segundos, me parecen muy deseables. ¿Envidio la intensidad? ¿La certeza? Repito que no querría esas vidas, pero me atrae la idea de poder vivirlas. Hasta que llega el sábado pasado y, al volver a casa, encuentro a Manuela, mi mujer, llorando. Susana os lo ha contado, pero permíteme recrearme en los detalles.

El hecho sería cómico si no hubiese empezado a destrozar la vida de Manuela. Es ridículo, por Dios, es peregrinamente absurdo y sin embargo mi hija Susana dice que es lógico. No sólo le parece lógico, espera que hechos como ése se multipliquen. Cuando mi mujer hizo el pedido al supermercado dijo que iba a estar en casa hasta las cuatro y preguntó si podían llevárselo antes de esa hora. Le dijeron que no había problema. A las cuatro y media el pedido no había llegado. Manuela esperó aún diez minutos más y se marchó. Regresó cerca de las ocho, llamó al supermercado para quejarse y reclamar el pedido pero allí le dijeron que ellos no lo tenían, que el pedido figuraba como entregado. A Manuela se le ocurrió preguntar a los vecinos: en efecto, el pedido estaba allí. Lo que hizo Manuela fue llamar al supermercado para comunicarlo y de paso quejarse de la falta de seriedad; no podía ser que se retrasaran y que luego lo dejaran en otro piso sin siquiera avisarla, con productos congelados que los vecinos no habían guardado por no saber lo que había. La mayoría de los congelados se habían echado a perder. En el supermercado le pidieron disculpas asegurándole que algo así no iba a volver a pasar. Eso fue un viernes.

El sábado por la mañana yo fui a jugar al tenis como hago todos los sábados. Cuando volví encontré a Manuela llorando. Estaba sola. Susana habría ido a alguna de vuestras reuniones, Marcos tenía entrenamiento de voleibol y el pequeño pasaba el fin de semana con un amigo. Manuela me contó que a las diez habían llamado al timbre. Ella pensó que sería yo por haberme olvidado algo y abrió la puerta sólo con la camiseta de dormir. El ecuatoriano le dijo que era el repartidor del supermercado. Manuela respondió que ya tenía el pedido. Iba a cerrar la puerta pero el ecuatoriano se lo impidió:

—No he venido por eso —dijo—. Ayer usted hizo una llamada para quejarse, y me han despedido.

Manuela se escandalizó. Lo último que pretendía con su llamada era que despidieran a alguien. Ella se había quejado al supermercado. Si el hombre no había llegado a tiempo era problema del supermercado por no contratar repartidores suficientes.

—Pero a mí me han despedido —dijo el ecuatoriano.

Manuela estaba incómoda descalza y en camiseta. Pidió al hombre que se fuera, le dijo que ella iba a llamar al supermercado en cuanto se vistiera y les pediría que rectificaran. El ecuatoriano asintió con la cabeza. Manuela cerró la puerta. Llamó al supermercado pero no le hicieron ningún caso. Ella perdió un poco los estribos, les dijo que no tenían derecho a despedir a nadie, les amenazó con reclamarles el precio de los congelados y se fue quedando sin palabras. A eso de las doce se dispuso a salir a la calle. Al abrir la puerta, se sobresaltó. El ecuatoriano estaba allí.

—¿Qué le han dicho? —preguntó.

—Verán qué pueden hacer —mintió Manuela—. Por favor —pidió—, no se quede aquí. —Al ver que el ecuatoriano no decía nada añadió—: No quisiera tener que avisar a la policía.

—A usted no le basta con que me hayan despedido por su culpa. También quiere hacer que me detengan.

—No, no, ¿cómo puede pensar eso? Pero entienda que no puede quedarse.

Llegó el ascensor. Manuela abrió la puerta y no pudo impedir que el ecuatoriano entrase con ella.

—Ahora soy responsabilidad suya —dijo el ecuatoriano.

Manuela no contestó nada hasta que hubieron salido del portal.

—Siento mucho lo que le ha pasado —dijo—. Debe entender que no es culpa mía. ¿Qué quería que hiciese? ¿No haber dicho nada? Yo no le atacaba a usted, yo me quejaba al supermercado. Sería un mundo terrorífico si nunca pudiéramos protestar por nada porque nuestra protesta pueda suponer el despido de alguien. Quedaríamos completamente en manos de las empresas. Usted tiene que irse, le repito que, si no, llamaré a la policía.

—Consiga que me readmitan —dijo el ecuatoriano—. Si llama a la policía y me detienen, le escribiré cartas desde la cárcel. Le diré a mi esposa que le mande fotos de mis hijos. Mi esposa y mis hijos vendrán a verla. Si les deportan porque usted también les denuncia, vendrán otras personas. Si mis hijos o mi mujer se ponen enfermos, usted lo sabrá. Si a mí me pasa algo, usted lo sabrá.

—Tengo que irme —dijo Manuela al ver un taxi libre. Lo

paró, se metió dentro y cerró la puerta con prisa aunque el ecuatoriano no hizo ningún intento de entrar.

La ventanilla del taxi estaba medio abierta. Manuela pudo oír las palabras del ecuatoriano:

—Consiga que me readmitan y dejará de ser responsable.

Dio al taxista la dirección del campo de entrenamiento de Marcos. A mitad de camino le pidió que retrocediera. Había dado la primera dirección que se le había ocurrido, pero hacía ya un año que Marcos volvía solo de los entrenamientos. Fue al supermercado. Una vez dentro pidió hablar con el director o una figura equivalente. Le dijeron que los sábados no iba. Salió y unos metros más allá, sentado en un banco, estaba el ecuatoriano, observándola. Manuela apresuró el paso, volvió a nuestra casa atemorizada, sin atreverse a comprobar si la seguía. Cerró la puerta y se echó sobre el sofá. Allí fue donde, diez minutos más tarde, me la encontré llorando.

Me engaño esas tres o cuatro veces al año en que añoro la intensidad, Goyo. Me engaño cuando te envidio. El equilibrio es un bien precioso y detesto a los que se creen con derecho a arrojar una piedra contra una superficie helada sólo para que pase algo, sin detenerse un segundo a pensar que con ese acto pueden abrir grietas, barrancos, o hacer que el agua se desboque poniendo vidas en peligro. No tenéis derecho a arrojar la piedra. En el fondo lucháis para que todo el mundo sea como mi familia. Dejadnos tranquilos. Dile a Susana que vuelva a casa y no siga celebrando como un avance increíble para la humanidad el que un hombre desesperado haya estado a punto de destrozar la vida de su madre, el equilibrio de su familia, esta boba e insípida placidez de ciertos seres felices de clase media que es, quizá, una de las conquistas más valiosas del género humano, más que cualquier sinfonía, cualquier cuadro, cualquier tratado científico.

Goyo a Eloísa
Como tú y yo sabemos escabullirnos del tiempo, no es mañana sino ayer cuando te escribo.

He hecho el cálculo: en una botella de plástico semirrígida, transparente a la radiación solar en más de un ochenta y cinco por ciento, y que además filtra el noventa y nueve por ciento de la radiación ultravioleta, es decir, en una de las botellas empleadas por cualquier envasadora de agua o refrescos, de las que se tiran millones a diario, se pueden producir hasta cuatro gramos de peso seco de *Spirulina* por día. La dosis diaria que precisa un niño desnutrido para absolverlo de la idiocia permanente, para aumentarle la respuesta inmune, etcétera, es de tres gramos al día de dos a tres semanas; después, para una dosis de mantenimiento, bastaría la mitad.

La botella ha de estar en agitación. Se cosechan unos trescientos mililitros cada día, se filtran en una tela de algodón y la pasta de *Spirulina* que queda se consume directamente, o se seca extendiendo la tela al sol durante treinta minutos. Los mililitros cosechados se reponen con el agua filtrada y un poco más de agua nueva para paliar las pequeñas pérdidas, o con agua salobre a la que se añaden uno o dos gramos de fertilizantes naturales, gratuitos.

No va a hacerlo nadie, Eloísa. En la facultad aplaudieron el proyecto. Me animaron a llevarlo a instituciones internacionales, a la FAO, a la OMS. No va a hacerlo nadie. Por supuesto, asombrarse sería de ingenuos. Pero hoy, cuando la última posibilidad de un ensayo a pequeña escala en un país africano ha sido abolida, te escribo.

No has querido esperar. Tienes treinta y tres años, me llevas siete, pero eras tú y no yo quien debía haber esperado. Aunque tú tengas más prisa.

Esta mañana hablé en la asamblea. Había representantes de sesenta y tres grupos. Ocho o nueve más que cuando te fuiste.

No somos ninguna gran institución financiada por ciento noventa países, no podremos poner en marcha un proyecto como el que te he contado. Pero tampoco vamos a encogernos de hombros como si todo diera igual.

Cuando Eloísa terminó de leer salió de la casa. No podía llamar jardín a esos cinco metros cuadrados, aunque ella se lo llamaba porque tenía un árbol, hierbas, un par de sillas oxidadas. Durante años había soñado con eso, un lugar donde pudiera pisar la tierra. La inquietud, fruto de las palabras de Goyo, se fue calmando sólo con notar el roce de los hierbajos y saber que no estaba viviendo en una caja sobre otras cajas y bajo otras más. Hacía viento y algo de frío pero no le importó, siguió mirando a través de la verja casas nuevas y, a lo lejos, la sierra de Madrid.

Se sentó en una de las sillas; pronto el gato saltó a su regazo. Eloísa llevaba puestas unas zapatillas de suela de esparto, la tela granate se recortaba sobre la piel desnuda. Briznas verdes y otras secas brotaban a ambos lados de los pies, la tierra estaba seca pero era fértil. El gato había cerrado los ojos. Eloísa miró su mano en el pelaje blanco y castaño. Llevó los ojos hasta el fresno que se movía con el viento y en un vuelo rasante se fue alejando por encima de la valla, más allá de las casas. Si pudiera irse sin moverse del sitio y llegar así a donde Goyo estaba, lo haría. Se vio apareciendo en el cuarto de Goyo con su pelo largo, el vestido estampado y las mallas verdes. Si pudiese estar con él y regresar sin consecuencia alguna. Era cobarde por haber dejado a Goyo. Quizá él le había escrito para decírselo, aunque hubiera usado otras palabras. Sin embargo, para su familia, para sus amigos, Eloísa siempre había sido una mujer valiente.

Preguntaría a Goyo, se dijo. ¿Por qué de nuevo le hablaba de asambleas, de movimientos? El gato saltó como alertado por un ruido. Eloísa echó una última mirada al cielo raso y volvió a la casa. Vera, su hija, hacía las tareas para el colegio y ella las debía supervisar.

ELOÍSA. EDAD: 33 AÑOS. Trabajo: ingeniera química en el centro de innovación tecnológica de una empresa petrolera. Visita: páginas de sexo, ciencia, redes P2P para descarga de películas. Madre de: Vera. Ingresos familiares: en torno a los cuarenta y cinco mil euros. No milita.

Eloísa a Goyo
Insistes, Goyo, y ¿a quién le importa la política? Busca una empresa que financie tu proyecto. No vas a encontrarla, de acuerdo. Tampoco esos grupos tuyos lo van a financiar. ¿Por qué no me hablas de lo que temes, del frío, del deseo, Goyo? ¿Por qué me escribes si no quieres que vuelva?

EL SÁBADO LA ASAMBLEA acabó a las nueve de la noche. Después de tomar algo, Goyo se dirigió a casa de un compañero de doctorado. Debían presentar un trabajo el lunes.

En el autobús la media de edad superaba con mucho los cincuenta. Dentro de poco tiempo, pensó, sería como uno de esos hombres medio calvos que viajaban llevando una bolsa de plástico plana, blanca, con una radiografía. Su tío David siempre lo decía: los jóvenes envejecéis muy rápido, y él había comprendido que era verdad. El hombre medio calvo podía tener sesenta años o setenta y cuatro o cincuenta y dos, no había tanta diferencia. En cambio, cuando el hombre medio calvo hubiera pasado de los cincuenta y dos a los setenta y seis, Goyo habría pasado de los veintiséis a los cincuenta y estaría ya en la misma franja que el hombre mayor. Podía decirle eso a Elo: valía la pena jugarse el tipo, saltar de los trenes en marcha y hacer el ridículo porque dentro de poco iban a ser el hombre de la radiografía. Pero no sería del todo cierto. Él tenía una historia. Algo de lo que nunca hablaba.

Trabajaron en el salón, los padres de Álvaro no estaban. Al cabo de un rato, Álvaro dijo:

—Así que te ha tocado fin de semana de mormón.

—De muermo, quieres decir.

—Por ejemplo.

—La asamblea termina mañana a las dos, pero preferiría no tener que volver aquí después.

—Si te encargasen hacer una lista de los libros y los cuadros de esta casa para expropiárnoslos, ¿la harías? ¿Serías capaz?

—Con inmenso placer.

—¡Me mandarías a galeras!

—No lo dudes.

—Nunca llegaréis a nada, pero eso no me consuela, tío. Me perdonas la vida, te pasas el día perdonándome la vida. Si por ti fuese, ocupabais esta casa mañana mismo. No lo hacéis porque no podéis. Y como encima vas de íntegro, seguro que me tratabas peor que a los demás para demostrar que no haces excepciones.

—Te trataría igual que a los demás.

—¡Qué asco!

—Supongo que por eso no me has ofrecido ni una cerveza, quieres debilitarme.

—Lo hacía por tu bien, pero si te pones así.

Terminaron a las tres de la madrugada. Álvaro se comprometió a revisarlo e imprimirlo:

—No, si esta historia ya me la sé. Tú rogando a Lenin y el que da con el mazo soy yo.

—Ten cuidado, no vayas a romper el teclado con el mazo.

Goyo volvió a pie. Su abrigo negro, su pantalón de seis bolsillos y el pelo oscuro y rizado emitían una imagen hosca en la distancia.

El portal olía a humedad. En su habitación, como desde hacía un año, la cama de su hermano estaba vacía.

El domingo amaneció gris. Empezaron la asamblea con un cuarto de hora de retraso.

Félix. Edad: 21 años. Hijo de supervisora de planta de embalaje en empresa de electrodomésticos. Pelo: rubio. Estudios: Facultad de Ciencias Biológicas, quinto curso. Arrestado en 2006 con motivo del desalojo de un centro social, dos noches en comisaría. Milita desde 2003.

Félix a la asamblea

Yo también estoy de acuerdo con la propuesta de Susana de ayer, y apoyo la idea de Goyo de que se firme un documento. Hace dos años había que buscar personas debajo de las piedras, pero las cosas están cambiando. Mi abuelo me contó que cuando él militaba había un proceso de admisión. Creo que tiene que ser así. Es absurdo pedirle a alguien que se una a nosotros, que por favor pague las cuotas, que sea tan amable de venir a las reuniones. No somos vendedores de enciclopedias. Tampoco somos un partido tradicional. Nos falta una estructura capaz de organizar bien el proceso de selección. Y no creo que tengamos que copiar lo que ya se hizo. Por eso un documento me parece bien, aunque sea para ciertas acciones. Además, creo que firmar no sólo daría derecho a esperar lealtad de quien lo hiciera, daría algo más importante: derecho a que los demás esperen lealtad de nosotros.

Propongo que Susana, Goyo y dos o tres personas más formen una comisión que redacte el documento, y también una propuesta de acción productiva. Ahora tenemos muchas cosas pendientes. Deberían redactarlo en el plazo de un mes y enviarnos un primer borrador. Lo sometemos a referéndum electrónico y, en el caso de que se apruebe, que cada grupo discuta si quiere usarlo.

Goyo a Eloísa

Te debo una historia, tienes razón. Y claro que quiero que vuelvas. Es un poco larga pero, si es que hay historias de alguien, es tuya.

Mis padres vivían en un pueblo de Almería cuando nació mi hermano. En el centro donde iba a nacer vieron que el parto sería difícil. Como no tenían medios para enfrentarse a un parto complicado, metieron a mi madre en una ambulancia y se la llevaron a Granada. Mi padre iba con ella. En Granada mi madre tuvo que seguir esperando. Dos de los médicos de ese hospital estaban atendiendo en consultas privadas. Los otros dos no daban abasto. Supongo que en el viaje desde Almería y en la espera mi madre y mi padre lloraron todas sus lágrimas. Nació mi hermano Nicolás. Parecía muy inteligente y despierto, pero cuando cumplió un año todavía no podía sentarse. Le diagnosticaron parálisis cerebral por falta de oxígeno. Dijeron que el niño había pasado demasiado tiempo dentro del útero.

La historia no trata de las lágrimas ni de los culpables. Tampoco trata de mí, aunque yo esté dentro de esa historia. Yo nací dos años después de aquel diagnóstico. Crecí viendo a un niño con los ojos muy grandes que estaba siempre tumbado en el sofá, no podía sostenerse de pie ni sentado, sólo en los brazos de otra persona. Nicolás no hablaba. Podía sonreír, podía protestar, a menudo le daban unas convulsiones inofensivas a las que en casa llamábamos sustos. Entonces hacía un ruido parecido al que hacen las palomas, todavía muchas veces cuando las oigo recuerdo los sustos de mi hermano.

Nicolás llegó a tener la altura de un niño de ocho o nueve años, era delgadísimo y no podía estirar los brazos ni las piernas por completo, las manos se le curvaban hacia dentro desde las muñecas como les pasa también a otros niños y adultos enfermos que sin embargo sí pueden hablar aunque sea con dificultad. Nicolás murió el año pasado, tenía veintisiete años y la misma altura. Sus ojos siguieron siempre igual de grandes, sabía reconocer los pasos de mi madre antes de que abriera la puerta, sonreía, protestaba. En su último año de vida los sustos, las convulsiones eran más fuertes y constantes y llegaban a asustarnos a nosotros. Se fue quedando aún más delgado.

Yo debía de tener dieciséis años cuando encontré un poema de Roberto Fernández Retamar, «Felices los normales». Nunca se me ocurrió pensar que Nicolás no era normal. Yo había crecido viendo a Nicolás. Estuvo siempre ahí, desde el principio, formaba parte del mundo y era un niño tranquilo y le alegraban las cosas que nos alegran a todos, y se entristecía cuando mi madre estaba mucho tiempo fuera. Si le acariciabas, alzaba un poco los ojos como dándote la bienvenida. Nicolás era normal, lo que no era normal era la vida de mi madre porque seguía dándole la papilla tres veces al día a un niño de seis años, de diez, de dieciocho. Porque seguía cambiándole los pañales y usaba además pañales de tela, pues los otros dañaban la piel de mi hermano. Mi madre tiene las espaldas muy anchas, como si fuera nadadora o descargadora en los muelles:

es de llevar en brazos a mi hermano. Las vidas de mi padre y mía eran bastante normales, pero daba igual. Aunque hiciéramos lo mismo que los demás padres y los demás hijos nunca era lo mismo porque, mientras lo hacíamos, Nicolás estaba tumbado en casa y mi madre casi siempre estaba con él.

Aprendí aquel poema de memoria:

Felices los normales, esos seres extraños.
Los que no tuvieron una madre loca, un padre borracho,
[un hijo delincuente,
Una casa en ninguna parte, una enfermedad desconocida,
Los que no han sido calcinados por un amor devorante,
Los que vivieron los diecisiete rostros de la sonrisa y un
[poco más,
Los llenos de zapatos, los arcángeles con sombreros,
Los satisfechos, los gordos, los lindos,
Los rintintín y sus secuaces, los que cómo no, por aquí,
Los que ganan, los que son queridos hasta la empuñadura,
Los flautistas acompañados por ratones,
Los vendedores y sus compradores,
Los caballeros ligeramente sobrehumanos,
Los hombres vestidos de truenos y las mujeres de
[relámpagos,
Los delicados, los sensatos, los finos,
Los amables, los dulces, los comestibles y los bebestibles.
Felices las aves, el estiércol, las piedras.
Pero que den paso a los que hacen los mundos y los sueños,
Las ilusiones, las sinfonías, las palabras que nos desbaratan
Y nos construyen, los más locos que sus madres, los más
[borrachos
Que sus padres y más delincuentes que sus hijos
Y más devorados por amores calcinantes.
Que les dejen su sitio en el infierno, y basta.

Me acompañó mucho tiempo, aunque yo pensaba que en el poema faltaba algo. Los no normales serían «los que hacen los mundos y los sueños, las ilusiones, las sinfonías, las palabras que nos desbaratan». Pero mi padre no era Beethoven, ni mi madre, ni yo mismo. No quedaba sitio en esos versos para los no normales que simplemente no teníamos una vida común y corriente, para los que mirábamos a las familias normales y pensábamos que nosotros nunca iríamos los cuatro por el mundo como si tal cosa.

Debajo del título, el poema tenía una dedicatoria: a Antonia Eiriz. Soñé con ella muchas veces. Años más tarde supe que era pintora, que tuvo polio de pequeña y desde entonces usó muletas, que pintaba con furia caras y cuerpos surgidos como debajo de un puñetazo y que había nacido en 1929. Yo la imaginaba de mi edad. Y no la imaginaba pintora, «de las que hacen los mundos y los sueños», sino parecida a mí. Sería Antonia una chica de dieciséis años que iba por los sitios como yo, buscando en las personas su vida no normal, la madre alcohólica o el padre ausente o la hermana ahogada o el dolor.

Antonia se fue de mi vida cuando supe que no se quedaba quieta de repente tratando de descubrir el punto en donde alguien habría abierto pasadizos para nosotros, los no normales. Un pasadizo, una puerta, una cualidad. Los no normales debíamos tener algo que compensara lo ocurrido, que nos equilibrara. Antonia Eiriz tenía sus pinturas, sí, pero mi padre y yo no las teníamos, tampoco mi madre, por eso me daba por pensar que un día doblaríamos no cucharas sino porras de la policía.

Dejé de soñar con Antonia y seguí buscando. Entré en una asociación de hermanos de deficientes psíquicos. Todos eran como yo; todos, seguramente como yo, se esforzaban por parecer normales, más normales que nadie. Porque odiábamos la compasión y queríamos a Nicolás, a Maite, a Reyes, a José Carlos, aunque a veces no supiéramos bien cómo tocarles, cómo hacerles reír, sin embargo a nuestro torpe modo los queríamos locamente.

Estuve tres años en aquella asociación de hermanos. La dejé al llegar a segundo de carrera y durante unos meses elegí creer que los normales no existían en realidad. Todo el mundo tenía su episodio, su historia oculta no normal que le trastornaba para siempre. Luego recuerdo una tarde de domingo, estaba encerrado en la habitación, estudiando. Había cogido un libro de Miguel Hernández, de mi madre. Entre rato y rato de estudiar leía poemas, andaba algo enamorado de una chica y buscaba uno que pudiera enviarle por correo. Estaba leyendo cuando, junto a dos versos, encontré dos cruces, dos equis de multiplicar pintadas con lápiz, diminutas, la forma de subrayar los libros que siempre usaba mi madre. Los versos: «Vine con un dolor de cuchillada, / me esperaba un cuchillo a mi venida.»

No importa los años que nos lleven los padres, mi madre tiene treinta años más que yo y aunque tuviera veinte o cuarenta los padres son la madurez, lo adulto, lo consumado. Podemos ver llorar a un padre o a una madre, verlos perder el control, pero eso dura unos minutos, después ellos siguen siendo la madurez, lo adulto, lo consumado. Leí sin embargo los dos versos con sus cruces y vi que no había tierra firme. Tal vez no la haya en ningún padre, en ninguna madre. Quizá no exista la madurez ni lo adulto sino sólo el tiempo que avanza, pero ¿cómo se vive con una herida abierta siempre? Mi madre, que se reía, que contaba historias, que salía a la calle, que veía películas, que hablaba con mis amigos y los suyos y con mi padre, tenía su herida abierta y aunque no la exhibía tampoco la ocultaba.

Supongo que un adolescente a quien su novia no hubiera llamado por teléfono podría haber marcado esos dos versos. Hasta es posible que mi madre los hubiera marcado después de una discusión con mi padre o por un amor adúltero no correspondido. Pero mientras yo pensaba todo eso, Nicolás estaba tumbado en el sofá y media hora antes mi madre había estado bañándolo y le había dado polvos de talco y le había peinado con colonia aunque entonces Nicolás tenía veintidós años.

Así fue como admití que había normales. Claro que había normales, familias con el futuro económico asegurado y un presente de padres sanos e hijos sanos y no locos ni alcohólicos ni encarcelados ni paralíticos ni diagnosticados de un mal sin solución o suicidados o muertos con cinco o treinta años. Había normales, con respecto a los normales se medía el infortunio de los que no eran tan normales. Seguro que había grados. Seguro que hay grados.

Dicen que los amargados existen, los que quieren que su dolor se multiplique en otros, los que odian la alegría, pero yo no los he visto. Mis padres no lucharon contra la amargura por despecho, ni por arrogancia, ni porque fueran distintos. Tenían una certeza: no admitir, jamás, que el sufrimiento ajeno pudiera ser moneda de cambio.

Mi madre trabaja hoy para que haya suficientes hospitales buenos, públicos, imagina que si los hubiera habido años atrás, acaso Nicolás habría nacido a tiempo y con suficiente oxígeno. Mi madre cree que hay que poner todos los medios para que algo así no suceda otra vez. Pero también sabe que existe el infortunio. Que seguirá existiendo.

Mi madre ha imaginado un lugar en donde el infortunio no sea una ración oscura y trágica para unos cuantos seres. Será una parte de la vida que pueda compartirse, tanto como la fortuna. Y habrá instituciones, conductas, lugares. Aunque el dolor vaya a doler en unos cuerpos sobre todo. Cuando los trabajos más cansados y más duros estén bien repartidos y justamente remunerados por ser la comunidad quien los reparta y no ser una cuestión de haber llegado el último o sin herencia, entonces algo parecido ocurrirá con el dolor, no existiría la frase del «te ha tocado» sino una comunidad compartiendo el dolor que haya venido a posarse en esa familia, en esta calle, allí.

Tú nunca quisiste venir a una reunión. Decías que ya no estabas fuera del espejo, estabas dentro; decías que eras el enemigo. Pertenezco a mi hija, dijiste, y a lo que me permite soñar con ella. Estuviste conmigo ochenta y tres días con sus noches. Decías que en el amor el mañana no existe. Te fuiste para buscarlo. No sabías que hemos nacido con el mañana dentro. Mi hermano es el mañana, y su muerte, más mañana todavía. Debí habértelo contado.

Eloísa a Goyo

Ahora conozco la historia de tu hermano, pero no voy a volver. Me has conmovido, sólo que yo no diría que tienes el mañana dentro. Nadie lo tiene, Goyo. El cerebro logra que olvidemos cómo era nuestra cara de jóvenes para que así no nos resulte duro vernos cada día en el espejo del cuarto de baño. Y el cerebro también aminora el dolor. Hace un año que murió tu hermano. Cuando pasen dos más, tu hermano será sobre todo una historia, como aquella vez que te caíste en bici con diez años y tuvieron que darte varios puntos. Será más importante que esa caída, lo sé, igual que tú sabes que empezarás a distanciarte de lo que ocurrió, y hasta tus padres podrán distanciarse un poco.

El mañana no sé dónde está. Otras veces hemos dicho que a lo mejor no hay mañana porque éste es uno de los momentos más caóticos de la especie, con mayores incertidumbres, nunca la depredación fue tan grande. Ya casi nadie piensa seriamente en la sucesión de generaciones. Si no mi hija, y quizá no la hija de mi hija, es más que probable que su nieta y con ella toda la humanidad vuelen por los aires o sucumban ante una catástrofe sin solución. Sin embargo, la nieta de mi hija describe una distancia que al parecer los humanos no somos capaces de contemplar.

Si fueras otra persona habría tenido miedo de parecer fría, pero contigo no me pasa. Me conoces bien; en cuanto a ti, sé que lo único que no podrías soportar sería la condescendencia sentimental.

Todavía eres un estudiante, aunque sea de doctorado. Yo no voy a aceptar —¿quién lo hará aun cuando lo piense?— el discurso del ya verás, eso de: te vencerá el cinismo, y el olvido, te acabarás creyendo tus mentiras, olvidarás al Goyo de ahora y además te dirás que no lo has olvidado, que es más o menos el mismo aunque esté haciendo todo lo contrario de lo que soñabas. Puede que tú no cambies, Goyo, ojalá que tú no cambies.

Yo sí he cambiado. Pero no digas que me corrompieron; yo creo que nos corrompemos solos, suavemente. No hubo cuento de hadas. Nadie se presentó para ofrecerme una casa, un trabajo o una hija a cambio de traicionar mis ideas. Pero a medida que el tiempo pasaba, esas ideas perdieron valor, como cuando antes había alguien cuya mera presencia te hacía temblar pero ahora le ves y no sientes absolutamente nada.

Sé que algunos no cambian. Vas a decirme esto, ¿verdad? Conoces a personas de setenta años que permanecen fieles a lo que prometieron. Y a personas de cuarenta. Las de cuarenta me impresionan más.

A las de setenta, aunque en el fondo tienen más valor, es fácil despacharlas diciendo que cruzaron el punto de no retorno: perdieron oportunidades por su ingenuidad, por su cabezonería, y ya no pueden cambiar de trayectoria aunque quieran. Están ahí, pensamos quienes nos hemos ido vendiendo poquito a poco, porque no les queda otra, porque cambiar ahora significaría tirar por la borda toda su vida, denigrar lo que fueron. Sin embargo, Goyo, recuerdo mucho a ese tipo de Huesca que me presentaste un día, tenía cuarenta y dos años, un hijo de veinte y otro de seis. Era muy divertido pero también extemporáneo, bueno, a lo mejor me figuré que lo era. No pude evitar imaginarlo los fines de semana: sus amigos se irían a una casa rural, o harían cenas y comentarían cualquier anécdota, mientras él estaría en una reunión planificando batallas perdidas, dos y tres y cien, ¿cuántas batallas perdidas tendrá en su currículo?

También batallas medio ganadas, que deben de ser las peores. Vender bonos y conseguir sacar dinero para poner un anuncio en un periódico que recuerde la muerte de veintisiete sindicalistas colombianos. Medio ganada porque se consiguió el dinero, medio perdida porque nadie se parará a escucharle en su trabajo o en la puerta del colegio de su hijo pequeño, nadie se parará a oír una información que no está dentro de lo que importa. Vosotros, Goyo, no podéis decidir qué es lo que en este momento importa.

Ahora quieres hablarme de Latinoamérica. No lo hagas. Mira, nadie sabe qué va a pasar allí dentro de diez años, no sabemos si otra vez acabarán con todo. Pero tú y yo estamos en Europa, no pintamos nada allí. Aunque veamos documentales sobre los bolivianos no vamos a organizar nuestra vida por lo que les pase a ellos. Bueno, puede que tú sí llegues a hacerlo.

Yo no voy a irme, Goyo, no sólo por mi hija: es que el momento ya pasó para mí, cuando era estudiante sí tuve la fantasía de vivir en otra parte y empezar de cero. La tuve, se fue. Yo vivo aquí, incluso si me metiera en uno de tus grupos lo haría aquí: es aquí donde tengo que verle sentido, pero lo único que veo son esquinas dobladas del papel, bordes, márgenes. Hay hombres como el que me presentaste que se pueden pasar años y años en los márgenes, que pueden soportar el miedo a ser barridos por la historia, a caer, a que la esquina se doble por completo y la realidad les deje fuera. Su valor y persistencia despiden una claridad muy viva, pero no encienden toda la oscuridad. Y nadie espera, la gente busca sus propios métodos, centrales térmicas, lo que haga falta. Nadie desea permanecer a oscuras.

Goyo, no sé si soy de los normales o de los no normales. El que mis padres se arruinaran cuando yo era muy pequeña, al no poder pagar la tienda que habían comprado a plazos engañados por quien se la vendió, a lo mejor me convierte en un poco no normal. O todo lo contrario, puede que me convierta en alguien que quiere una vida lo más normal posible. Bueno, eso no significa tener una familia de anuncio que desayuna cereales mientras suena el murmullo del frigorífico de última gama. Significa protección. Saber que estoy en la parte protegida del lugar. Que cuando pase algo y haya que echar a gente no van a echarnos a mi hija y a mí de las primeras. Te parecerá egoísta, a mí también me lo parece. En los peores días he llegado a preguntarme si los que luchan en el fondo no conceden valor a su existencia. Goyo, ahora mismo daría todo mi mundo por que estuvieras aquí y me abrazaras con fuerza. Luego, me arrepentiría.

Junto con otras siete, aprobaron la propuesta de Félix. Goyo, Susana, Félix y un delegado más se comprometieron a redactar el documento de ingreso en la corporación; si se aprobaba, diseñarían también una posible acción productiva.

Algunos delegados salieron antes de la comida, la mayoría se iba después. Ya se había puesto en marcha el equipo de limpieza y el que pasaría las últimas intervenciones a la página. En general, todo el mundo estaba contento, aunque cansado. Una chica sacó la cámara para hacer fotos pero le pidieron que la guardase. A veces les acusaban de ser un poco paranoicos con el tema de la clandestinidad. La asamblea no había sido un acto clandestino, la mayoría de los grupos allí representados constaban en algún registro administrativo. Sin embargo, prefirieron no dejar imágenes de la asamblea. Aunque cada día colgaran las intervenciones en la página web, sin imágenes se sentían más protegidos.

Alguien sacó dos botellas de tequila reposado. Varios delegados y delegadas se despidieron. Parecía que las miradas tiraban líneas reales y que esas líneas formaban un dibujo y que ese dibujo tenía consistencia, era posible asirlo. Voces, risas, cansancio, los cuerpos se acercaban sin recelo. Después de la asamblea y antes de que la ciudad abriera las compuertas, antes de que todo lo que existía siguiera existiendo, hubo un momento en que la vida parecía esa franja de luz que cuando choca contra la esquina de la pared se dobla sin violencia, sin que el ángulo sea un obstáculo en su camino ni le haga perder consistencia o velocidad.

ENRIQUE SE ACOSTÓ al mismo tiempo que Manuela y estuvo esperando hasta que notó que ella se dormía. Desde el dichoso asunto del ecuatoriano, a Manuela le costaba coger el sueño. Enrique sabía que se dormía mejor cuando él estaba en la cama. Pero hacía dos días que el ecuatoriano ya tenía trabajo. Enrique confiaba en que, poco a poco, las cosas cambiasen. Una semana, dos, y pronto lo ocurrido sería sólo una historia sorprendente que Manuela terminaría contando en las cenas.

En cuanto escuchó la respiración regular de Manuela, se levantó sin hacer ruido.

Primero estuvo mirando el acuario. Se lo habían regalado a Rodrigo, su hijo pequeño, pero desde hacía dos años Enrique era el único que se ocupaba de él. Era un acuario grande, metro y medio de largo, sesenta centímetros de alto y cuarenta de ancho. En realidad, Rodrigo sólo había sido la excusa que le había permitido comprar algo que siempre había deseado. Un acuario asiático, con plantas acuáticas y peces no muy comunes. Cuatro tubos fluorescentes regulaban la luz. Delante de aquel rectángulo de otro mundo se sentía bien, como cuando fumaba.

Una vez en su despacho, dudó. Quizá Manuela había fingido regularizar la respiración; se había dado perfecta cuenta de que él se levantaba pero no había dicho nada porque no quería transmitirle su inquietud. En ese caso, él tampoco arreglaría nada volviendo y descubriéndola leyendo o quieta y con los ojos abiertos. Manuela sabía que le gustaba trabajar de noche y también vagar por internet en una especie de zapping informático. Era mejor así, volver cada uno a sus rutinas.

Al poco de terminar la carrera, Enrique se había presentado a una plaza para trabajar en tecnologías de la información y comunicaciones del Ministerio de Defensa. Sacó un buen puesto, pero no lo bastante alto. Desde entonces había ido cambiando de una empresa a otra, ocupándose siempre de los soportes informáticos. Y mantenía cierta fascinación hacia todo lo que estuviera relacionado con la investigación militar. Su zapping nocturno solía consistir en eso. No visitaba páginas pornográficas, no participaba en foros, narcisistas o no, sobre cualquier tema, sino que se limitaba a buscar información sobre instalaciones militares y otros proyectos de defensa, fantaseando con trabajar allí.

Si tuviera veinte años menos habría coqueteado con la piratería informática, no con fines dañinos pero sí por el mero placer de descubrir entradas ocultas en sistemas ajenos. Sin embargo, sus conocimientos de informática eran de otro tipo; él no navegaba en busca de lugares secretos sino para dejar vagar la imaginación. Últimamente le gustaba leer el apartado de noticias del Centro de Contrainteligencia y Estudios de Seguridad. La mayoría eran noticias publicadas en periódicos.

Le atraían las relacionadas con espías de carne y hueso: la necrológica de un gran crítico de música que espió para la Unión Soviética, la historia de un diplomático japonés que se suicidó porque estaban chantajeándole para lograr que filtrara información confidencial a China. A primera vista, todo eso tenía poco que ver con su vindicación de una vida normal; sin embargo, para él no era más que un hobby, bastante inofensivo y, según había ido descubriendo, absolutamente común.

Llegó a sentir vergüenza el día en que entró en un apartado llamado SpyTrek. El nombre ya le había parecido infantil y le había incomodado. Pero cuando vio que allí se promocionaban viajes organizados con el tema del espionaje, incluido un apartado especial dedicado a cruceros en los que se impartían cursos y conferencias, no pudo menos que reírse. Pensó en cuántas personas habría leyendo las mismas noticias que él en todo el mundo, y en las que llegarían al extremo de contratar una visita guiada por el Moscú de la guerra fría con conferencias impartidas por agentes del KGB retirados. Bien, se dijo entonces, seguía siendo un hombre normal y corriente, incluso con un punto hortera.

Durante el episodio del ecuatoriano había preferido suspender sus navegaciones. Pero ya el agua regresaba a su cauce y quería documentación sobre una vieja historia de la inteligencia militar soviética que le había contado su hija Susana.

Félix a Mauricio
Acaba la asamblea, empieza la vida diaria. No es que hagamos nada extraordinario allí, muchas personas dirían que no sirve. Y se marcharían. El problema es que yo no sé cómo marcharme de la vida diaria. Me llevo bien con mi madre y con su novio, mi hermana pequeña es un poco rara pero tampoco me llevo mal. La facultad, bah, tú lo sabes de sobra. Hacemos lo que se puede, protestamos, exigimos, el mes pasado decidimos liberar un espacio en una facultad de derecho, ocupamos el hall y los pasillos, organizamos una cena popular y talleres: de vídeo, deportivo, de cartelería. No fue mal, pero al día siguiente otra vez todo como siempre. Claro, yo no soy de esa facultad, a lo mejor los que eran de allí sí notaron cambios.

Aunque no mucho, me conoces un poco. Si digo que quiero irme no es que desprecie a nadie. Es que después de un fin de semana de asamblea y del trabajo que nos ha costado organizarla, de pronto termina, la gente se va y me siento muy torpe volviendo a casa y abriendo la nevera a ver si hay algo de cena que me hayan dejado. Las asambleas no se me dan bien, pero es como si la vida diaria se me diera muchísimo peor. ¿A ti no te pasa?

Juan, el novio de mi madre, no está mal. No sé si la palabra es novio, vive en casa, con mi madre, con mi hermana, conmigo. Es profesor de educación física y le gusta su trabajo. Juan a veces me cuenta cosas. Hay gente que habla sin fijarse para nada en la capacidad de aguante de quien le está escuchando. Juan no, y tampoco es de los que hablan como queriéndose quitar de encima las palabras y acabar cuanto antes.

Juan dice que los chavales de instituto han cambiado mucho, que cuando juegan ya no salen a darlo todo en la cancha. Yo para los deportes no soy ni bueno ni malo. Cuando Juan me cuenta eso, pienso en nuestros grupos: nosotros, me digo, sí que tendríamos ganas de darlo todo en la cancha si consiguiéramos saber dónde está, cuál es la cancha.

En la asamblea a ratos me imaginaba un virus, pequeño, redondo, azul claro brillante, el virus del cartel del metro con todo su sarcasmo: «No son los nuevos trenes, las nuevas estaciones: es cómo te hace sentir». Justo eso, Mauricio, cómo te hace sentirte viajar en la línea 1 dirección Congosto una vez que pasas Tirso de Molina, congoja y angosto, no es un juego de palabras, a ciertas horas, en ciertos tramos, cualquiera puede decirlo. De los redondeles de color que marcan las estaciones saldría el virus, y su efecto sobre todos los viajeros sería como cuando alguien a quien han dejado K. O. recupera el conocimiento y dice: pero dónde estoy, pero qué hago yo aquí.

Claro, las cosas son mil veces más complicadas. ¿Entiendes ahora por qué a veces me gustaría que las asambleas se prolongaran durante semanas enteras? Que la vida estuviera en las asambleas y no aquí, con Adela encerrada todo el día en su cuarto sin que nadie pueda separarla de su ordenador. En japonés es bonito, *hikikomoris* les llaman, aislados, pero en una casa cerca de la estación de metro de Portazgo no es poético, ni con una madre deprimida porque no sabe qué hacer con su hija y porque en su empresa han anunciado el cierre. Sí, el cierre completo: se llevan la fábrica a otro país, habrá setecientos sesenta despidos. Juan y yo somos los únicos que estamos bien, a veces nos miramos: vale, ¿de qué nos sirve estar bien si las personas que nos importan no lo están?

CADA DÍA se repetía la misma ceremonia: ella decía que iba a acostarse; al poco Enrique, quien solía acostarse mucho más tarde, aparecía en el dormitorio y se tendía a su lado. Manuela no se abrazaba a él, no tenía ni fuerzas para hacerlo, pero extendía la mano, le tocaba y dejaba su mano ahí, en contacto con la piel de Enrique.

Intentaba dormir, de vez en cuando se movía, cambiaba de postura. Luego, cuando comprendía que no iba a lograrlo, empezaba a fingir. Con la mano siempre tocando alguna parte del cuerpo de Enrique, respiraba de forma cada vez más regular, primero profundamente, como le habían enseñado hacía mucho en los ejercicios de relajación, luego se limitaba a vigilar que su respiración fuera rítmica y procuraba no moverse. Entonces Enrique tomaba con delicadeza su mano, la apartaba, se daba la vuelta, encendía una lámpara pequeña y empezaba a leer. Manuela seguía fingiendo hasta que a Enrique se le caía el libro de las manos. Luego ella misma le apagaba la pequeña lámpara y lloraba en silencio. Mucho después, se dormía.

Pero hoy había sido distinto. Hoy, al notar la respiración regular de Manuela, Enrique se había levantado y había salido. Ella encendió su luz y colocó la almohada en posición vertical. Coloque su asiento en posición vertical, pensó en su cama volando, pensó en hacía cinco años, cuando leía con Rodrigo, su hijo pequeño, los libros de los locopilotos, y se sintió mal sin saber por qué. Se incorporó, ahí estaban de nuevo: lágrimas sin sollozos, abundantes y raras como si fueran de otra persona.

Al cabo de unos diez minutos el llanto paraba, ya lo sabía. Era absurdo llorar así, en realidad ella no estaba triste. Le habría avergonzado decir que lo estaba, y explicar que el detonante del llanto había sido Carlos Javier.

Enrique se refería a él diciendo el ecuatoriano, ella también procuraba llamarlo así para sus adentros. Sin embargo, desde que el encargado del supermercado lo dijo, el nombre se le había quedado grabado. Le veía delante de ella, la espalda una pizca encorvada, la gorra de visera azul y, enseguida, como si él lo llevara escrito en la camiseta, Manuela decía: Carlos Javier.

Pues no, no lloraba por Carlos Javier, ni por ella misma o por sentir que su vida iba mal. Había una válvula que se había roto, así era como ella lo veía. Una válvula, o el codo de una tubería, algo que hacía que se le salieran las lágrimas y al mismo tiempo avisaba que ella, Manuela, necesitaba una reparación. Y más que una reparación. Ya no valía con poner un poco de masilla y contener las filtraciones.

El llanto cesó. Manuela se incorporó, apartó el edredón y se dispuso a levantarse pero no lo hizo. Permaneció sentada sobre la cama, con los pies apoyados en el suelo, desnuda. Seguramente estaba envejeciendo más de la cuenta pero miraba sus muslos, su vientre, sus pezones erectos por el frío y se sentía guapa aún. Su cuerpo le parecía deseable, la miopía le impedía distinguir con precisión las imperfecciones. En sus relaciones con los hombres, Manuela sabía usar las bazas de la mujer madura. En cambio, se dijo, en su vida diaria un suceso llegaba hasta su puerta, empezaban las preguntas, empezaban las hipótesis y ella, que era profesora, no sabía nada, no tenía ni una sola respuesta, lo único que había logrado hacer era quedarse quieta como esperando a que pasara todo.

Si Enrique no hubiese encontrado un trabajo para Carlos Javier ella habría llamado a algún familiar, o a un conocido, o se habría puesto a mirar las ofertas de empleo. Y eso era lo mismo que quedarse con el ordenador bloqueado y sólo ser capaz de apagarlo confiando en que, al encenderlo, funcionara otra vez. A veces funcionaba, sí, pero conocer ese único método suponía no entender nada, no saber por qué se había colgado, no poder evitar que volviese a ocurrir, no tener respuestas. Lo que le pasaba era que no tenía una sola respuesta. Cuarenta y cuatro años y ni una sola respuesta, no lloraba por autocompasión, dejaba que las lágrimas saliesen como alguien deja entrar el agua en un barco sin achicarla, hasta que el barco empieza a hundirse y no queda más remedio que nadar.

2

SENTADOS A LA MESA, la madre de Elo, su hermano, su cuñada, los dos primos de Vera y Elo. Dieron permiso a los niños para que se levantaran mientras los mayores tomaban café. Eloísa aparecía ahora extrañamente emparejada con su madre. Ante su hermano y su cuñada siempre tenía la impresión de que no la miraban a ella sino a ella con el hueco de la pareja que no estaba. Desde su separación, Eloísa notaba esa mirada en casi todo el mundo. Notaba que no la colocaban a ella en el centro del cuadro sino en un lado, los ojos enfocaban a un cuadro en donde ella compartía sitio con el reclamo de una pareja estable, tal vez alguien no necesariamente casado con ella, incluso alguien del mismo sexo: los tiempos se habían modernizado, pensaba Elo, sí, pero no tanto como para prescindir del reclamo.

Aunque quizá no fuera cuestión de conservadurismo. Quizá en el fondo hubiera una actitud amistosa, una sabiduría afable de la especie que había interiorizado durante siglos la necesidad de tener dos cuerpos para salir adelante, y no sólo por el sexo, ni por la alegría y la tristeza, la salud y la enfermedad, sino por la especie humana. Los caballos obedecían otras reglas, pero un cuerpo humano desnudo en la niñez, en la adolescencia, en la madurez, en la vejez, casi siempre parecía descolocado, carente de contexto, perdido. Incluso en la juventud lo parecía, se dijo Eloísa evocando a Goyo, su cuerpo delgado, sus músculos no vencidos en el estómago; ni siquiera alguien de la edad de Goyo tenía esa capacidad de ser igual a sí mismo propia de los caballos.

—Elo se ha ido otra vez —oyó decir a su hermano.

Ella sorprendió la mirada entre divertida y cómplice de su madre. «¿Por qué la abuela se pinta el pelo?», le había preguntado Vera años atrás. En aquella ocasión Eloísa se quedó pensando en la diferencia entre pintar y teñir, se quedó pensado en si el pelo era un tejido y en qué clase de tejido era; cuando iba a contestar a Vera, la niña ya no estaba. Ahora tenía allí a su madre, con una blusa verde claro de botones dorados y dos bolsillos delanteros, con el pelo pintado de color pajizo en rizos de permanente. Su madre, que no había estudiado más que las cuatro reglas y había dejado la escuela sabiendo apenas leer y escribir. Su madre, que había tenido que empezar de cero cuando les embargaron la tienda y había pasado de ser la dueña a limpiar casas y así había estado más de diez años. Hasta que su padre, deslomándose, contaban, consiguió otra tienda más pequeña, también hipotecada. Su madre, que después de la muerte de su padre había visto cómo las franquicias iban acorralándola y se había empeñado en resistir y que cuando su hermano y ella, en una especie de consejo familiar, le pidieron que vendiera el negocio de una vez, les había sorprendido diciendo: claro que venderé pero estoy esperando, me he enterado y sé que si aguanto un año más el local subirá de precio; no quiero venderlo por poco y después tener que daros la lata.

Elo sabía que, en el fondo, a su madre le parecía bien que ella estuviera en las nubes, que no atendiera y sólo regresara de vez en cuando. Se dio cuenta de que podía sentirse bastante cerca de esa mujer de blusón verde con bolsillos delanteros, pelo pintado y unos pendientes grandes, inverosímiles.

—Ya he vuelto —dijo.

—Qué, ¿cómo estaba Babia?, ¿mucho turista? —preguntó su hermano.

—Mucho desaprensivo —dijo Eloísa—. Vas andando y no paras de encontrarte con fantasías de asesinato, fantasías de bofetadas, jefes degollados, futbolistas abofeteados, niños colgados de los pulgares.

—¿Eso hay en Babia? —preguntó su cuñada—. ¿Y fantasías sexuales no?

—Alguna, pero no demasiadas.

—Por favor —sonrió su hermano—, que está mi madre delante.

—Ay, Gonzalo, en qué te creerás que piensan las mujeres de mi edad cuando están solas.

—¿Se acuerdan? —dijo su hermano.

—De lo que pasó, y de lo que todavía no pasó.

Elo rió con los demás. Se encontraba bien; todo estaba bien, después de unos años difíciles con la muerte de su padre y la separación, ahora todo estaba bien. Incluso su trabajo estaba bien. Aunque desde el principio había ironizado con ella misma diciendo que se había vendido a una multinacional, lo cierto era que sólo las multinacionales podían implicarse en la elaboración de biodiésel de algas y a ella el proyecto le interesaba. ¿Goyo quería acabar con eso? No sería justo verlo así. Aún más, se decía Elo, su sensación de que todo estaba bien abarcaba sus días con Goyo y que le hubiera escrito y le hubiese pedido que volviera.

Pero la duda seguía latiendo. ¿Cómo podía Goyo conciliar sus convicciones con las de Elo? Se preguntó si ella habría sido una fanática con veinticinco años, si Goyo era un fanático ahora. Se preguntó si el fanatismo de Goyo sería consecuencia de la edad o un rasgo propio, algo tan característico como la distancia entre los hombros de Goyo o la forma que tenía de acariciarla con las dos manos. ¿Era algo que se pasaría con el tiempo? ¿Si se pasaba, dejaría Goyo de ser Goyo para ella? ¿Le había atraído Goyo por ese fanatismo del que al mismo tiempo recelaba?

—¡Mamá!

Elo miró hacia Vera; sin esperar a que la niña hablara, dijo:

—Sí, pero sólo uno.

Los tres primos desaparecieron por el pasillo para ver un DVD.

—Gonzalo, ¿tú crees que yo era una fanática cuando tenía veinte años?

—¿Más o menos que ahora, quieres decir?

—Ahora no lo soy.

—Fuiste una chica bastante exaltada —terció su madre.

—¿Y Gonzalo?

—Gonzalo tenía más paciencia.

Comunicado 2 después de la lluvia

El padre de Blancanieves vive con la madrastra pero nadie lo nombra, nadie habla de él. La madrastra maquina contra Blancanieves, y el padre ¿por qué calla?, ¿por qué no actúa? Con todo, el padre nos delata. Ahí está el bosque en la oscuridad; ahí, el tiempo transcurrido sin que la atención se dirigiera hacia ese a quien, una vez nombrado, la atención querría suponer de viaje, o en la guerra o muerto. Pero el padre aguarda en el castillo, mudo. Estaba ahí. Como la inadvertencia.

Las preguntas que no se hace la clase media están ahí, aunque no se las mire. Sobre todo lo que un hombre o una mujer no se preguntan; es posible asfaltar calles, edificar bloques de pisos, entarimar habitaciones. Lo que mantiene las nubes está ahí. Y las preguntas que no se hacen. Y los secretos que guarda el corazón de la comunidad.

A veces para obtener algo es preciso abrir la cárcel que lo encierra, abrir la construcción social de la vida interior para obtener un lugar que sirva de asiento a una vida interior distinta. Como un latido que perdura. Manifiestos privados, secretos públicos.

Es posible que, un poco más adelante, adviertan ustedes en su pecho una añoranza de lo que no se abre ni se expande, de secretos privados, del temblor. Dirán tal vez: ¿por qué no viajar en el temblor que agita las hojas y pone reflejos en el rojo de los autobuses? Porque el temblor se mira. Tintinea. Y esta historia no trata tanto de lo que no se ve como de lo que, viéndose, no se mira. La intimidad que conocemos se mira. En la intimidad convencional se ahonda. Pero quién la hizo.

Hace un rato ha llovido. Emito, de hecho, este comunicado desde una franja en donde el aire brilla y el cemento, gastado por la lluvia, desprende claridad. Es un entorno fugaz y sin embargo extremadamente luminoso. A su través alcanzo a vislumbrar correos, cartas, un cuaderno abandonado en la mesa de un local, documentos, algas verdes y rojas, un ser colectivo emisor de comunicados, el pasado proyectando sombras sobre Europa, y el público. Emito este comunicado antes que el tiempo acabe. Los hombres y las mujeres mueren. Las palabras duermen hasta que alguien las despierta, les da sentido, las necesita.

Rompo ahora, a la manera mía conturbada y consciente de esta tarde, una lanza en favor de la idea de la futura corporación. Sí, sí, me refiero a la corporación productiva imaginaria propuesta por algunos de mis miembros individuales. ¿Podrá un sujeto colectivo con tan poca cultura de empresa como yo combinar los diferentes factores productivos para la obtención de un bien o un servicio que se ofrezca a la sociedad? ¿Cuáles serán los bienes o servicios que intentaré obtener? ¿Cómo voy a librarme del control coactivo del capital? ¿Qué haré con el mercado y con el precio? No tengo las respuestas. Los sujetos colectivos somos conscientes de que sólo podemos conocer el sentido de nuestro pensamiento cuando actuamos.

—¿Si por fin te lo ofrecen aceptarás un puesto en una multinacional «responsable de crímenes ecológicos, sociales y contra la soberanía de los pueblos»? —le preguntó Álvaro a Goyo en el bar de la facultad.

—¿Y ese lenguaje, Álvaro?

—El panfleto me lo pasaste tú. Yo nunca tiro nada.

Ambos tomaban café con porras.

—Pues sí, lo aceptaría. No hay empresas más capitalistas y menos capitalistas. Cualquier trabajo que acepte en este país será trabajar para ellos.

—Hombre, no es lo mismo una multinacional que una tienda de trenes de juguete, digo yo.

—Venga, Álvaro, no estudiamos ingeniería química para trabajar en una tienda de juguetes. La pregunta es si ellos me aceptarán.

—Cuando les diga que andas por ahí repartiendo panfletos contra el saqueo de las multinacionales, no sé.

—Bien, ahora entiendes por qué somos un poco paranoicos y a veces jugamos a la clandestinidad.

—Vaya clandestino estás tú hecho, si me lo cuentas todo.

—¿Tú me traicionarías?

—Por supuesto, depende de lo que me ofrecieran a cambio.

—No lo harías. Además, tú no necesitas traicionarme.

—Serás cabrón, lo has pensado y has llegado a la conclusión de que no lo haría porque soy rico.

—«Además», he dicho que, además de ser un gran tipo, no lo necesitas. A lo mejor en la empresa saben que me muevo en ciertos ambientes, pero si no se cruza el límite a ellos les da igual. El petróleo se acaba, tienen poco tiempo.

—¿El límite? ¿Tú sabes lo que es eso?

—Yo soy un buen chico; leo libros de ciencia ficción, sueño con desarrollar una bioindustria no contaminante en países del África noroccidental, una industria que no precisa costosas infraestructuras ni compite por recursos y que, además, si alguien tuviera el detalle de hacerme caso, proporcionaría un alga desesperadamente necesitada en la zona para paliar la desnutrición.

—Vale, te contratan por ser buen chico. Ahora olvida la tienda de trenes: hay pequeñas empresas, o podrías intentar quedarte en la universidad.

Álvaro, conoces el proyecto por el que les he llamado la atención: «Depuración de gases acoplada a la fijación de CO_2 por microalgas». ¿Crees que nuestro excelso catedrático no ha interpretado, digamos, adecuadamente los resultados que considera significativos cuando ha hablado de él? ¿Crees que no sabe lo que cada interlocutor quiere oír? Lo peor no es cuando exagera los beneficios posibles, en eso se cuida, pero tú y yo le hemos visto ocultar las ventajas de algo sólo porque en este momento interesan las ventajas de otra cosa.

—La universidad es un circo, cada vez lo será más, no me convenzas. Pero una multinacional así tendría que parecerte lo peor.

—Es al revés. Ojalá en los colectivos tuviéramos a muchos cuadros de grandes empresas. ¿No has oído que cuando se hacen las revoluciones lo que siempre faltan son cuadros?

—Por algo será. Oye, yo soy muy aplicado, en serio. Leo todo lo que me das. Y me he leído eso de que «el ser social determina la conciencia». Si entras a trabajar ahí, en dos años acabas pensando como ellos. No hay otra. Sobre todo porque ellos te van a pagar, y van a ser los que te aplaudan cuando piensen que has hecho algo bien, y los que te manden de viaje a África.

—Hay que estar organizado. Pertenecer a otro sitio: saber para quién se trabaja.

—Tú lo has dicho. Pero es que tus grupillos de fin de semana no te pagan. No trabajas para ellos. Eres un diletante de la política, te pongas como te pongas.

—Hay semanas en que he ido a cuatro reuniones, algunas bastante largas. Pero tienes razón, no me pagan. ¿Así que has deducido que el ser social es el sueldo? Hombre, no niego que es una parte importantísima.

—¿Cuáles son las otras partes?

—El miedo, por ejemplo. Dos personas cobran el mismo sueldo, pero una tiene tres hijos y otra, ninguno.

—¿El miedo te hace más conservador o lo contrario?

—No está claro eso.

—No me marees. El problema es que vosotros nunca vais a hacer la revolución. Estás jugando en regional y me hablas de cuando ganes la Liga de Campeones. A veces te sigo la corriente como a los locos.

—A ver, ¿qué hace un tipo del Atleti si le toca vivir en un barrio del Madrid y trabajar en una empresa donde todos son del Madrid? O va de raro, o se calla y aguanta. También puede hacerse del Madrid, pero no es su única opción.

—Es que vosotros no sois del Atleti, he dicho regional, regional, y creo que me he pasado.

—Tampoco te pases por el otro lado. Nuestras ideas son las otras ideas, con más matices o menos, con miles de variables, pero están quienes aprueban este sistema y, o bien tratan de mejorarlo desde dentro, o bien se limitan a aprovecharse de él, y luego estamos quienes decimos que es injusto.

—Vale, vale. Y si dentro de treinta años aquí sigue habiendo capitalismo, tú te habrás pasado la vida trabajando en una multinacional y te considerarás un revolucionario porque ibas a algunas reuniones en vez de al gimnasio o a un buen restaurante.

—Tengo que darle vueltas —dijo Goyo.

MAURICIO. EDAD: 25 AÑOS. Altura: 1,94. Voz: de barítono. Trabajo: dependiente de tienda de objetos de alto *standing*. Ingresos propios: por debajo de los catorce mil euros anuales. Teléfono móvil: sin contrato. Milita desde 2003.

Mauricio a Félix

No sé si a mí me pasa, Félix, eso de volver de la asamblea y sentir un vacío. Bien, en realidad no me pasa. Hace ya cuatro años que comparto piso con unos amigos, supongo que en parte es por eso: los padres agobian. Yo no tenía la presión familiar que tienes tú, digamos que tenía otra clase de presiones. De todas formas, me fui porque pude.

Cuando estaba en tercero de sociología me ofrecieron un trabajo de chico encantador en una tienda. Una de esas que cobran quinientos euros por una lámpara y, para compensar, ponen dependientes dispuestos a escuchar la opinión del cliente sobre la última serie situada en Nueva York o cómo era el hotel de Amsterdam donde el cliente pasó el fin de semana. Acabé el curso malamente. Llevo cuatro años trabajando y sacándome algunas asignaturas. Me quedan unos pocos créditos.

Mi habitación ahora: tres metros cuadrados. Vistas a su puta madre, o sea, interior, un patio enano con cuerdas para tender ropa y para de contar. Pero como es el quinto piso de un edificio de seis, se pilla bastante luz. Mesa de Alcampo. Al fondo del tercer cajón, un poco de costo. Cama de 1,10. Armario empotrado: dentro, mejor no asomarse. Por fuera del armario el cuarto parece bastante ordenado. Portátil, una fotografía que ya te enseñaré. Una silla, la ventana, una percha de plástico detrás de la puerta con una chaqueta colgada. Una papelera de alambre debajo de la mesa. Y una estantería de nueve estantes, con libros.

No he abierto la boca en la asamblea. Supongo que te has fijado. En todas partes tiene que haber gente que no hable. Lo que a mí me pasa a veces, Félix, es que no entiendo bien de qué vamos. Tendrías que haber visto a mi última clienta de hoy. Ha estado media hora dudando entre la batidora niquelada de quinientos treinta euros y el maletín negro de piel de mil cuatrocientos. Al final se ha llevado los dos. No he aguantado y le he dicho: «Te llevas dos meses de mi vida». Menos mal que soy un tío alto, bastante alto, quiero decir, uno noventa y cuatro. Es lo que me salva en esa tienda. Entré ahí porque el dueño es amigo de la hermana rica de mi madre. El dueño vive en Barcelona, aunque estoy convencido de que manda espías o todos los clientes son amigos de un amigo de alguien. Siempre se acaba enterando de lo que hacemos. Sé que si la frase de los dos meses la dice un tipo bajito, lo echan. En serio, se piensan que es un resentido y lo echan.

Pero yo estoy ahí arriba, con mis gafas de estudiante de aeronáutica, con mi cara de belga despistado. Cuando digo algo así la clienta cree que lo digo como si fuera un trozo de letra de una canción, mira hacia el techo y me envía una sonrisa mientras espera que le devuelva su tarjeta de crédito. Además ella intuye, y acierta, que no digo la verdad: no son dos meses de mi vida. O sea, me pagan exactamente 965 euros pero no vivo sólo con eso. Tampoco tengo otro trabajo, ni me da dinero nadie, sin embargo mis padres están ahí. No sólo porque de vez en cuando me compren cosas, es algo más: en realidad, yo no sé lo que es la angustia económica porque puedo volver a casa de mis padres o pedirles ayuda. No soy hijo de ricos ni de pobres: mi madre es abogada y el despacho va por rachas, las hay buenas, malas, regulares. Mi padre es funcionario del ayuntamiento.

Tengo amigos que pasan ellos dinero a sus padres, les ayudan, y otros que saben que están solos: que si se quedan sin trabajo, pues a buscarse la vida porque no tienen una habitación adonde volver. Ninguno de ellos puede permitirse hacerle una broma a una clienta, por muy alto que sea y mucha pinta que tenga de ingeniero aeronáutico. Tienen trabajos como el mío y peores que el mío, sin unos padres que hagan de colchón, que puedan frenar la caída. Y no militan.

Me preocupa esto. Hemos montado una organización de organizaciones donde la mayoría somos estudiantes o gente con trabajo y no estamos precisamente en las fábricas. Aunque lo de las fábricas suene antiguo, tú sabes mejor que nadie que sigue habiendo. Todo lo que usamos, cepillo de dientes, impresoras, papel, condones, ventanas, mecheros, yogures, salchichas, galletas, bolsas para guardar guisantes congelados, grifos, todas esas cosas las hace alguien, y no siempre, ni siquiera la mitad de las veces, es alguien de otro país. Pero a lo que voy: nosotros no somos los parias de la tierra.

Yo entiendo tu rabia, Félix: no hace falta tener números rojos, ni siquiera tener problemas en casa, como tú, para pensar que esta sociedad está completamente desquiciada. En mi caso, me metí en esto cuando la guerra de Irak. Ya te digo, si todavía siguen masacrando gente todos los días. Pero querer parar la guerra es una cosa, y otra soñar con la revolución. Estoy de acuerdo en que una guerra no se para con charangas y *happenings*, ni siquiera con manifestaciones multitudinarias. Hay que cambiar los gobiernos, las instituciones, hay que tomar el poder.

Me da miedo que nos equivoquemos, eso es lo que me

pasa. Tenía que haberlo dicho en la asamblea y no callarme. Así que me he apuntado a la comisión. Entre cuatro me cuesta menos hablar.

Goyo abandonó el Centro de Tecnología a las once de la mañana. Acero, cristal, discretas cámaras de vigilancia. La entrevista había durado media hora, más la visita obligada al Laboratorio de Asistencia Técnica y Desarrollo del Área Química donde pronto podrían hacerle un sitio. Un largo y ancho pasillo discurría entre el ventanal que daba al aparcamiento y los ventanales que, a modo de escaparate, iban dejando ver la mejor colección de laboratorios del país. Apenas había despachos individuales. En cambio, pegados a las vitrinas se distribuían unos veinte módulos, silla, mesa, ordenador, separados unos de otros por archivadores bajos. En cada módulo trabajaba un químico de control de calidad.

Eloísa debía estar en uno de ellos, pero quizá había salido. También miró, buscándola, al atravesar el patio circular que servía de entrada a todo el complejo. No había intentado quedar con ella, si volvían a encontrarse prefería que fuera en una situación neutral. Le habría gustado, sin embargo, verla de lejos, su forma de andar no encorvada sino un poco inclinada hacia delante, como cortando el aire.

Goyo anduvo hasta la estación de cercanías. En el tren cuatro chicas hablaban en tono alto de la diferencia entre el colegio, el instituto y la universidad. Supuso que estaban en primero; sin embargo, tenían aspecto de ser muy adolescentes, de no haber abandonado el instituto todavía. Y él se sintió viejo, como si con su visita de la mañana hubiera perdido para siempre su condición de estudiante.

Aunque no le habían hecho una oferta concreta, estaba en el aire que le iban a llamar. Eso sí, los grandes laboratorios quedarían muy lejos aún, pero al menos no le obligarían a pasar por el máster de once meses y dieciocho mil euros. Su catedrático se lo había insinuado una vez, le había hablado de la posibilidad de optar a una beca que abonaría parte del dinero. Goyo pidió buscar otros caminos. «Haciendo líderes», proclamaba el anuncio del máster. Aun cuando no le obligaran a pasarlo, se dijo, aun cuando le ofreciesen «externalidades» o una beca vinculada a la universidad para continuar su nuevo proyecto, él no iba a permanecer al margen en absoluto. Tarde o temprano pasaría a ser un miembro más de la empresa; tendría que asumir sus principios o al menos aparentar que los asumía. «Impulsar la Organización hacia la nueva Visión», así, con esas mayúsculas se expresaba el texto sobre Valores Profesionales que le habían entregado. Pese a todo, estaba dispuesto a aceptar el trabajo.

Se bajó en Nuevos Ministerios. En el andén, la claridad artificial le deslumbró. Subió por las escaleras mecánicas y se colocó en el lado de los que estaban quietos. Una chica pelirroja subía delante de él. Habría podido aguardar a ver el rostro de la chica, intercambiar una mirada, quizá arriesgarse a rozar su mano sin ningún propósito concreto, sólo porque él a veces había deseado que alguien rompiese la membrana invisible y le tocara a él. Claro que otras veces se habría sacudido la mano que intentara rozarle como si fuese un saltamontes. De modo que no hizo nada. No llegó a ver siquiera la cara de la chica, quien siguió andando de frente mientras él se desviaba a la derecha.

Desde un anuncio de pescado congelado, la proa de un barco enfilando el horizonte le hizo pensar en el ánodo de sacrificio, esa capa de zinc con la que era preciso cubrir el casco del barco para que absorbiese la reacción química y se corroyera en lugar del casco. Se sentó en un banco de rejilla metálica mientras aguardaba el siguiente tren. Estaba cansado porque intuía que Álvaro tenía parte de razón. Probablemente una empresa multinacional era un medio tan agresivo para él como el mar para la estructura metálica de un barco. Más le valía tenerlo en cuenta y encontrar su propio ánodo de sacrificio antes de que fuera tarde.

No sabía cómo, no sabía si la acción productiva que idearan cumpliría ese papel, intuía que no. Por eso buscaba manos o la visión del cuerpo de Eloísa pasando veloz en un tren que cruzó por la estación sin detenerse.

MANUELA. EDAD: 44 AÑOS. Estudios: licenciada en Filosofía. Trabajo: profesora de Instituto de Educación Secundaria. Madre de: Susana, Marcos y Rodrigo. Arrestada cuando tenía 17 años por pegar carteles en el metro y resistirse a la autoridad. Piel: clara. No milita.

Cuaderno de Manuela

Nadie me ha visto. Llevo dos horas en un bar enfrente de la frutería donde trabaja Carlos Javier. Entré con gafas oscuras y el pelo recogido dentro de una gorra. Ahora me he quitado las gafas para escribir. Sigo con la gorra, estoy sentada junto a la pared, unos centímetros antes de donde comienza el cristal que da a la calle; de este modo paso inadvertida para los transeúntes. Carlos Javier ha salido dos veces llevando un carro lleno de cajas.

En este barrio no me conoce nadie, pero nunca se sabe. Si me encontrase con un amigo, inventaría cualquier cosa. Pero no quiero que me vea Carlos Javier. La gorra que llevo es de Enrique y con ella tengo aspecto de psicoanalista argentina, también he cogido una cazadora de cuero que no me ponía hacía siglos. Desde lejos no creo parecerme nada a la persona que Carlos Javier estuvo siguiendo. Además, ahora que lo pienso, seguramente no soy la primera. Vamos, que si le despiden de la frutería se supone que ya no vendrá a mi casa, sino a casa de alguien a quien le haya llevado fruta. Espero que sea así, francamente.

Si Carlos Javier ha seguido a varias personas como yo, es fácil que se haga un lío con todas. Para él las profesoras de instituto madrileñas, las médicas, las periodistas, o los médicos, los periodistas, lo que sea, serán iguales, del mismo modo que a mí me lo parecen los ecuatorianos. Carlos Javier es mi primer ecuatoriano; dicho así suena a que habrá más, no es eso. Quiero decir que a pesar de ser el único ecuatoriano que se ha presentado en mi casa, si no llego a saber la dirección de la frutería, si no llego a estar segura de que él está trabajando ahí enfrente, me habría costado bastante reconocerlo. Él en cambio ni siquiera se imagina que yo estoy por aquí. Eso creo, aunque se me acaba de ocurrir que esto mío podría ser un síndrome. Si ha habido otras mujeres antes que yo, a lo mejor ellas también lo han seguido. Yo ni siquiera estoy segura de por qué le sigo. Tengo mis explicaciones, pero quién sabe.

El otro día el entrenador de Marcos estuvo hablando con los chicos de la autopercepción. Es una cosa bastante curiosa. Por lo visto puedes hacer un partido muy malo, con setenta jugadas muy malas y dos muy buenas, y salir convencido de que has hecho un partido estupendo. Parece que les pasa muy a menudo. El entrenador les dijo que cuando él jugaba era al contrario: abundaban los agonías, los que habían hecho un partido estupendo con dos jugadas malísimas y salían de la cancha agobiados por esas dos jugadas.

Ya digo que eso era antes. Ahora no. Lo bueno del voleibol, como en todos los deportes, supongo, es que tienen estadísticas. O sea, que un jugador puede tener una autopercepción completamente equivocada pero hay máquinas, o árbitros, no lo sé bien, el caso es que se contabilizan todas las jugadas, se le ponen delante al jugador y se le dice: mira, chico, no me vengas con milongas porque tus estadísticas son estas de aquí delante. Creo que las estadísticas de ordenador sólo funcionan para el deporte de élite, en los campeonatos importantes, o en el fútbol, que mueve tanto dinero. El resto son aproximaciones. Lo que hace el entrenador de Marcos con los chicos debe de ser apuntar en un cuaderno. Luego les dirá: «Has hecho cinco saques malísimos, y los remates, casi todos malos también».

Por lo que conozco a Marcos y a sus compañeros, no me extrañaría nada que se pongan a discutir: «¡Pero qué dices! Si los saques me han salido de puta madre, y los remates, mira...».

En fin, todo esto venía a cuento de por qué sigo yo al ecuatoriano. Pienso que igual que la autopercepción puede estar bastante sesgada, también puede estarlo la percepción. En el fondo, lo de la autopercepción todo el mundo lo sabe, lo gracioso del voleibol son las estadísticas.

A mí me preocupa la percepción. Es como la visión espacial, puedes tener más o menos. Carlos Javier tuvo una buena percepción del estado de cosas: yo hice la llamada, a él le despidieron, él trazó una línea de puntos y se presentó en mi casa. Carlos Javier supo adónde tenía que ir. En cambio, si yo hubiera estado en el lugar de Carlos Javier seguramente habría perdido tiempo y dinero y de todo intentando ir a juicio. Tengo una buena visión espacial cuando se trata de cuerpos geométricos, figuras con volumen que giran en el aire; puedo darle la vuelta a un prisma imaginario y componer en la mente las piezas del cubo Soma. La inteligencia de los test de inteligencia no se me daba mal. Debí haberme quedado en la universidad, todos me lo decían. Pero yo hice las oposiciones de secundaria porque no quería aprender a ser brillante. También estaba embarazada de Susana.

Ubuntu: «soy lo que soy debido a lo que todos somos», es

una palabra africana que usan en el mundo del software libre. Yo estoy emigrando poco a poco a Linux, aunque a Enrique le ponga de los nervios. Pienso que *ubuntu* es lo contrario de brillante. Mis compañeros brillantes de la carrera, según he oído, han terminado como esas figurillas fluorescentes que absorben la luz y la reflejan apenas unos minutos; es difícil tener luz propia. Huí de aquello. Sin embargo, después de tantos años tampoco he logrado saber nada de *ubuntu.* No percibo bien las relaciones entre las cosas, no logro hacer un buen análisis de la situación. Creo que por eso estoy en esta cafetería, a ver si estudiando a Carlos Javier aprendo algo. Aunque no pongo la mano en el fuego.

Ha entrado un caballero. Lleva una camisa naranja, luce elegantes sienes plateadas y asombrosas zapatillas de deporte con tonos dorados. Ha pedido café, tostada con aceite, me mira. Está viendo a una mujer de cuarenta y cuatro con aspecto de psicoanalista, casi delgada, que escribe en una cafetería a las once de la mañana. No está viendo a la profesora de instituto que cada mañana, acompañada de otros profesores, tomaba café con porras revenidas en un bar estrecho y sin caballeros de vestimenta audaz. Yo miro con ansiedad hacia la frutería, Carlos Javier lleva más de una hora fuera. Y el caballero me mira.

Sé que no parece lógico que yo esté aquí. ¿Y el que Carlos Javier viniera a mi casa fue lógico o no? A veces pienso que fue tremendamente lógico. Otras veces pienso que existe el mundo de lo no lógico, que hay pasillos, corredores que conducen a todas sus dependencias. Ahora yo estoy en una, pero aún me quedan muchas por explorar.

—¿Papá?

Susana estaba de pie, junto al ordenador de Enrique.

—He estado buscando información sobre ese hombre que,

según me contaste, había sido agente soviético en Estados Unidos —dijo Enrique.

—Bueno, yo quería...

—Parece que todo era verdad. Hay un libro sobre un agente de la CIA infiltrado que fue quien descubrió al mexicano entre otros muchos agentes.

—*Cassidy's run,* sí, me habló de él. De un tal Wise, ¿no?

—Exacto, David Wise. En los años sesenta escribió *El gobierno invisible*, sobre las implicaciones de la CIA en golpes de Estado como el de Indonesia, fue un libro muy conocido.

—Me alegra que lo hayas encontrado, de todas formas eso fue hace mucho tiempo, el mexicano lo dejó.

—Lo dejó porque les descubrieron, a él y a su mujer.

—Sí, bueno, el caso es que lo dejó, y tampoco hacían nada de lo que tuvieran que avergonzarse.

—Susana, estuvieron pasando a la Unión Soviética información sobre investigaciones de un gas mortífero. Un arma química de gran potencia. No es un gas que duerma o envenene, es un gas que mata y está concebido para sortear los protocolos de armas químicas.

—Eran espías, era su trabajo.

—Sí, pero resulta que tú vas a un encuentro sobre el zapatismo y quien te habla es esa misma persona.

—¿Y qué? Luchó por lo que creía, no hizo nada que estuviera mal.

—No lo sé. Una cosa es que hagáis sentadas para pedir alquileres baratos, o que te vayas a Chiapas el mes de agosto, y otra relacionarte con agentes soviéticos que ni siquiera lo eran del KGB sino de la inteligencia militar, del GRU.

—Ya puestos, mejor el GRU: eso quiere decir que trabajaron para el Ejército Rojo, no hicieron nada relacionado con las funciones de policía política del KGB. Papá, yo había venido por otra cosa.

—¿Pero de verdad sabes lo que pasó?

—Lo sé más o menos.

—John Cassidy, el agente doble, les pasaba información manipulada, los norteamericanos pretendían involucrar a los rusos en la búsqueda de un gas nervioso que ellos ya habían comprobado que era inestable.

—Sí.

—Pretendían arruinar a los soviéticos, y al final los soviéticos acabaron encontrando un gas estable.

—Mi amigo se limitaba a pasar la información.

—¡Estaba dentro de la operación! Sin él no podrían haber hecho nada.

—Era la guerra fría, papá. Él piensa que de esa forma ayudaban a impedir la guerra real. Mucha gente lo piensa. Yo habría hecho lo mismo en su lugar, si es lo que quieres oír.

—¿Sabes que a tu amigo y a su mujer les descubrieron, pero como en Estados Unidos se respetan los derechos individuales, las libertades individuales, les soltaron porque todas las pruebas que tenían en su contra las habían recogido con grabaciones que violaban su intimidad?

—Algo sabía, y no me extraña, en Estados Unidos hay cosas que están bien, yo nunca lo he negado. Yo venía...

—No digo que no seas una persona sensata. Digo que ciertos grupos coquetean con la violencia. Y no están demasiado lejos de los tuyos. El asunto del agente soviético me ha preocupado. Me lo contaste como algo interesante, incluso divertido. No es divertido, Susana, es muy serio.

—Yo venía a hablarte de mamá.

—No cambies de tema.

—¿Quién cambia de tema? Si ni siquiera me has dejado que empiece. A ver, resulta que he ido a algunos encuentros sobre América Latina y he conocido a un zapatista que espió para el GRU. ¿Cuál es el problema? Él mismo me lo contó. En Estados Unidos han publicado un libro donde hablan de él. Si buscas, en internet está toda su historia. ¿Cuál es el problema, papá? ¿Es que no has visto que mamá ha adelgazado nosecuántos kilos en menos de tres semanas? ¿No te has dado cuenta de que está angustiada por algo? Intenta que no lo notemos y es peor. En cuanto puede desaparece, sale a dar una vuelta, se encierra en el baño o hace como que está leyendo pero está pensando en otra cosa.

—Sí, me he dado cuenta. Estoy esperando a encontrar el momento oportuno. Sabes muy bien que tu madre tiene derecho a tener su vida. Tu madre y yo tenemos derecho a tener nuestra vida mientras eso no os afecte.

—¿Crees que estoy insinuándote que mamá te engaña?

—¿Qué, entonces?

—Sabes de sobra que esto empezó con lo del hombre despedido del supermercado.

—Mira, Susana, vamos a intentar no mezclarlo todo. Yo me ocupo de tu madre. Confía en mí, voy a hablar con ella. En cuanto a ti, si pudieras rebajar un poco tu militancia me darías una alegría. No digo que la dejes, ni mucho menos. Pero hay otras cosas, estás estudiando agrónomos, no es una carrera cualquiera, antes te relacionabas más con compañeros de clase, hacías trabajos con ellos, salíais juntos.

—Todavía salgo con ellos. Si consigues que mamá hable contigo, me gustaría que me lo contaras.

Goyo había ofrecido su piso para la reunión. A las cinco y media dejó lo que estaba haciendo y recogió un poco la mesa. Trajo dos sillas del dormitorio, puso agua a calentar. Enseguida llamaron al telefonillo, era Susana. Volvieron a llamar: Félix y Mauricio venían juntos. En el colectivo tenían la norma de la puntualidad, no eran rígidos con quien la incumplía pero formaba parte de su manera de hacer las cosas, igual que no usar nunca los apellidos a la hora de llamarse o escribirse, igual que tener una dirección de correo compartida para cada tema y dos nombres en el buzón de casa.

Goyo puso en el centro de la mesa una cafetera y una jarra. Entre todos llevaron tazas y vasos. Se fueron sentando y sacando papel en blanco o cuadernos, papeles escritos, lápices, rotuladores. Tras hacer diversos borradores, formularon la adhesión de este modo:

«Cuando se me solicite, en la medida de mis posibilidades y siempre que esté de acuerdo con el fin elegido, pondré mi fuerza de trabajo, el tiempo y los medios de fabricación que estén a mi alcance al servicio de la corporación».

También estuvieron trabajando en cómo podría funcionar el documento si los colectivos lo aprobaban. Propusieron que cada grupo gestionase las adhesiones de sus militantes a través de un delegado o delegada. Además era importante que personas que no militaban en ningún grupo pudieran firmar el documento: acordaron que en ese caso se hiciera a través de un militante. Eso significaba que cualquier miembro de los grupos podría proponer a un no-militante la adhesión, pero al mismo tiempo tendría que responsabilizarse de contactar con la persona no-militante cuando fuera preciso. Los no-militantes que se hubieran adherido podrían a su vez sugerir la incorporación de uno o, como máximo, dos no-militantes más, pero siempre a través del militante de contacto. Si las cifras de no-militantes se disparaban, cosa no muy probable, habría que hacer una nueva consulta sobre el método.

¿Quién tendría capacidad para solicitar a la corporación la puesta en marcha de un proyecto? Félix pensaba que cualquier militante debía poder hacerlo, siempre que lograra recabar el apoyo de otro militante de un colectivo distinto. Goyo, Mauricio y Susana eran partidarios de pedir el apoyo de al menos tres militantes más de tres colectivos diferentes. Al final se aprobó que fueran tres más, pues se consideraba que estaba en juego algo lo suficientemente complicado como para que conviniese empezar con un mínimo de organización. Los tres militantes que dieran su consentimiento lo harían sabiendo que podrían encontrar apoyo en sus tres colectivos, y eso proporcionaría cierta estructura.

Se acordó que también podrían solicitar la puesta en marcha de un proyecto personas particulares o miembros de grupos que no pertenecieran al colectivo de colectivos, si a su vez encontraban el apoyo de cuatro militantes de cuatro colectivos que sí perteneciesen.

Como en la redacción del documento habían incluido la fórmula «... siempre que esté de acuerdo con el fin elegido», se decidió que no tendría que haber votaciones. Al hacer la solicitud se estimaría cuántas personas deberían trabajar en el proyecto para que saliese adelante, unas diez, unas cincuenta, unas ciento cincuenta, y el proyecto se pondría en marcha si, una vez contado a los grupos, había suficientes personas dispuestas a llevarlo a cabo.

Cuando ya iban a dar por terminada la reunión, Mauricio dijo:

—No tengo claro que vayamos a usar esto nunca. Ya sé que soy un aguafiestas, pero es que me parece muy difícil inventar la pólvora.

—De vez en cuando alguien la inventa, ¿no? De vez en cuando alguien descubre la penicilina —dijo Félix.

—Pero precisamente nosotros, que no somos nadie, que no llevamos años investigando ni encerrados en la biblioteca del museo británico —dijo Mauricio—. No es lógico. Lo que se hace mientras se trabaja siempre se ha mantenido como algo aparte. No están los tiempos como para esperar que nadie se juegue el puesto sacando horas de su trabajo para otras cosas.

—¿Por qué no? —dijo Félix—. Se lo juegan muchas veces aunque no quieran. Te echan por no haber hecho nada, como a mi madre, pues mejor que te echen por haber hecho algo.

—Ya, pero yo no me atrevería a solicitar nada si sé que con mi solicitud puedo acabar provocando un despido —dijo Mauricio—. Tampoco veo claro cómo vamos a hacer, por este camino, lo que dijo Susana: llevar las consecuencias de los problemas al lugar donde se originan.

—No podemos ir casa por casa, como el ecuatoriano de mi madre. A lo mejor un día otros lo hacen. Los bolivianos, los argelinos, los ucranianos vendrán a nuestras casas a pedirnos cuenta del gas de la cocina o de la luz de nuestra habitación. Pero sabemos que en el trabajo, en el hecho de que unos pocos decidan y se apropien del trabajo de la mayoría, empiezan la mayoría de los problemas. Se trata de ir poco a poco.

—Sí —dijo Goyo—. Además, primero tienen que aprobar el documento y los mecanismos. Entonces veremos.

—Bien —dijo Mauricio—, tenéis razón, poco a poco.

Se había hecho de noche, en el cristal de la ventana se reflejaban las dos lámparas encendidas. Susana fue la primera en levantarse, le siguió Félix. Aunque hacía frío, Goyo abrió la ventana. Los reflejos de las luces se movieron con las hojas de cristal y después desaparecieron. En su lugar, el color anaranjado, pardo y malva del cielo. Mauricio miraba hacia allí. Dos estrellas apenas visibles. No hacía viento, los papeles sobre la mesa permanecían inmóviles aunque un leve descenso de la temperatura permitía advertir la transferencia de calor.

Félix a Mauricio

No tienes claro que vayamos a usar la corporación. Pues yo creo que la usaremos. Vale, a mí también me cuesta hablar en público. Hay argumentos que no te dije y te los digo ahora.

Es lo que tú mismo has dicho de las fábricas: tocas y casi todo lo que tocas lo ha hecho alguien. Miras tu habitación y más del ochenta por ciento de las cosas que hay en ella las ha fabricado gente de esa clase trabajadora que dicen que ya no existe. Gente como mi madre, Mauricio.

Mi madre trabaja en una empresa de electrodomésticos. Supervisa el área de embalaje de exprimidores, batidoras, secadores de pelo. Bueno, supervisaba. El cierre ya es seguro. Los trabajadores han hecho todo lo que han podido. Lo último fue pedir un boicot de un mes a los productos de la multinacional que, tras haber comprado la empresa, se la lleva a otra parte. ¿Y sabes lo malo? Que había demasiados productos. Si te piden que estés un mes sin comprar desodorante de no sé qué marca, a lo mejor te acuerdas. Pero la lista de las cosas que produce la multinacional que ha comprado la empresa de mi madre tenía marcas de lavavajillas, limpiacristales, támpax, jabón de lavadora, limpiasuelos, patatas fritas, pilas alcalinas, cuchillas de afeitar, ropa de hombre, ropa deportiva, cepillos de dientes, champú anticaspa, champú con suavizante, perfume masculino, barras de labios y maquillaje, depiladoras, pastillas para la garganta, inhaladores y, por supuesto, electrodomésticos pequeños: planchas, exprimidores, batidoras, picadoras, licuadoras, cafeteras, tostadoras, además de cepillos de dientes eléctricos, maquinillas de afeitar, relojes de pared, despertadores, calculadoras, medidores de tensión, termómetros digitales y de oído. Es difícil boicotear todo eso. Aunque te lo propongas, seguro que ya tienes la tostadora o que no te da tiempo de avisar a tus padres, que justo ayer han ido a un hipermercado y han comprado precisamente ese lavavajillas concentrado con aloe vera.

Por eso me gusta la corporación. Hasta ahora los trabajadores siempre han acudido a su posibilidad de no trabajar, la huelga, la idea de que sin ellos todo se paraba. Pero qué huelga va a hacer mi madre si se llevan su empresa. Y esto de usar a los consumidores no está mal, al fin y al cabo es casi la única identidad que tenemos, la de consumidor, quiero decir que es menos precaria muchas veces que la de trabajador. El problema es que dejas de consumir una cosa pero consumes otra sin darte cuenta. Si nosotros, los mil doscientos, o los seis mil que a lo mejor lográsemos reunir, nos coordinamos para no comprar ciertas cosas, estaría bien, pero no sería suficientemente significativo. En cambio, pocas veces nos fijamos en el poder más evidente del trabajador: el poder de producir. O, mejor, de transformar, como dice Susana, porque la mayoría de las cosas salen de la tierra y nosotros sólo las elaboramos, no las creamos del vacío.

Ya sabemos eso de que un trabajador sin un medio de producción se muere de hambre. Sólo que también sabemos lo contrario: el medio de producción depende del trabajador, y al final es el trabajador quien lo controla. Vale, no tenemos las empresas, no tenemos los edificios, no tenemos las acciones. Lo que sí tenemos es acceso al medio de producción, porque nos pagan por eso. En el vivero donde yo trabajo los fines de semana, la persona que al final decide lo que se riega y lo que no se riega soy yo, y el que cierra las puertas y cuenta los árboles.

Tú estás en una tienda, lo sé. Y en la asamblea hay una gran mayoría de estudiantes, funcionarios y cosas así. No creo que importe. La distribución también cuenta. Disponer de un punto de venta como tu tienda, de una caja registradora y un pequeño almacén: todo puede ser útil. Como también, de otra forma, disponer del aula de un colegio, o de su comedor. Además, estamos empezando. Si ponemos en marcha la propuesta de Goyo y Susana tendremos que hablar con más personas que trabajen directamente en la producción, y eso es justo lo que tú querías.

Yo empiezo a no poder más. Paso de entrar en una depresión; si depende de mí, si en algo, por pequeño que sea, depende de mí, te juro que deprimirme va a ser lo último que haga en mi vida. Pero ¿qué otra cosa hago? ¿El payaso? ¿Kárate delante del sofá, tirando al suelo algún adorno de barro y la lámpara y dándole un patadón a la tele? ¿Meto a mi madre y a mi hermana en un contenedor y las facturo como equipaje dentro de un barco que vaya al cabo de Hornos? La asamblea no va a cambiar nada. La corporación, si la montamos, no cambiará nada. Pero si no hago eso, Mauricio, ¿a quién puedo decirle que se meta mi inteligencia emocional por el culo? Yo tengo todas las papeletas para entrar un día en la facultad pegando tiros o para quedarme catatónico después de haberme pasado mucho con alguna mezcla. Vale, solicito una beca en Canadá, me vuelvo un cínico y me largo. Pero no quiero largarme. No quiero que me obliguen a largarme. No quiero que este capitalismo de mierda se meta en mi casa y me obligue a ponerme ciego de inteligencia emocional o de cinismo. Y yo no soy un paria de la tierra, en eso tienes toda la razón.

Cuaderno de Manuela

Resulta sorprendente. A mis cuarenta y cuatro años un desconocido acaba de pagarme una consumición. No soy una mujer espectacular, ni mucho menos, pero he tenido una juventud de guapa. Ahora ya empieza la decadencia. Sin embargo, el caballero de la camisa naranja, que hoy la llevaba azul marino y con el cual no he intercambiado una sola palabra, le ha dicho al camarero que yo estaba invitada. Puede que el problema sea suyo. El problema o el no problema. Igual que yo sigo a Carlos Javier, este caballero, cuya decadencia, por cierto, también ha empezado, este caballero, digo, puede haberse levantado pensando que le apetecía invitar a una desconocida. Y se ha encontrado conmigo. Casualidad.

Lo que me sorprende es la idea de que estas cosas sean habituales. Significaría que durante los veinte años que he pasado en clase o yendo a tomar café en comandita con otras profesoras y profesores del instituto, había bares en donde mujeres y hombres desconocidos lucían camisas de colores intensos, cazadoras juveniles, gorras de psicoanalistas, mientras intercambiaban miradas, e invitaciones. Me distraigo un momento pensando en qué vendría luego, tal vez encuentros de sexo genital y velocísimo, o masajístico y sensual. O intensas conversaciones sobre Peter Greenaway y *El cocinero, el ladrón, su mujer y su amante.* Quizá sólo compartir un cigarrillo y una obsesión sabiendo que mañana estaremos en otro sitio.

Es una lástima que no vaya a poder averiguarlo. No tengo tiempo. He caído tarde en la cuenta de que, sin buscarlo, estaba convirtiéndome en una mujer misteriosa, delgada, con un cuaderno donde toma notas y una tendencia a mirar menos a los caballeros y más hacia el cristal, como si la persiguieran o como si para ella la realidad del otro lado del cristal fuese más acuciante. Pero no puedo quedarme en esta etapa; mi transformación sigue adelante. Dejaré de ser una psicoanalista argentina para convertirme en fresadora, cajera o dependienta.

La decisión está tomada y se avecina el momento de las explicaciones. Soy funcionaria, tengo un marido, tres hijos. No puedo irme de la noche a la mañana sin avisar. Debo decir que me voy a un sitio, aunque no pueda decir adónde. No dispondré de tiempo ni tendré ánimo para inventar, así que les diré que necesito desaparecer durante unos meses. Espero irme al barrio de Parla. Nuestra casa está por Alonso Martínez. Sé que sería más fácil encontrarme a alguien en Barcelona o en El Salvador que encontrármelo en Parla. Mi hija mayor anda metida en grupos políticos, pero se reúnen en sitios más céntricos. Nadie va a venir a buscarme a un supermercado de Parla, eso seguro.

Ahí está Carlos Javier. Vuelve con dos cajas de fruta vacías. Se detiene, mira hacia mí. Está guiñando los ojos. Creo que le sueno. Intenta saber si yo soy yo, o sea, si la mujer de la gorra y la libreta y la mirada enigmática es la mujer apocada que le huía hace tan sólo tres semanas. No me oculto, es mi último día en este bar. Parece que alguien le llama. Le pierdo de vista.

ENRIQUE PREFIRIÓ NO SALIR a tomar el café de las once. Era la primera vez en varios meses, ese café se había convertido en una necesidad. Dormía poco y su cuerpo ansiaba la pausa de las once con un café doble que le despejaba dos o tres horas. Pero quería estar solo, mirando la sala desierta, las siete sillas restantes vacías, quietos los enseres sobre las mesas, grapadoras, muñequitos, en negro las pantallas de los ordenadores. Sonó un teléfono que nadie descolgó.

Hacía tiempo que pensaba que Manuela tenía un amante. Sospechaba del director del instituto, un profesor de física con cara de pájaro carpintero, delgaducho, feúcho pero muy ocurrente y, sobre todo, uno de esos tipos que parecían llevar escrito en la cara: me gustan todas las mujeres. Le había sorprendido más de una vez mirando con fijeza a Manuela, y había sorprendido a Manuela aceptando la mirada. Enrique sentía un sueñecillo agradable en la sala vacía.

Apoyó los codos en la mesa y la mejilla en un brazo con languidez. Se permitió cerrar los ojos y evocó los días en que había visto llegar a casa a Manuela de especial buen humor y entonces había desconfiado. Así era la vida de la clase media, ese chico, Goyo, debería saberlo: nada en exceso, pero menos que nada el entusiasmo del cónyuge, su entusiasmo nos disuelve, se dijo, y acercándose a la pérdida de la conciencia reconoció que las secuelas de la visita del ecuatoriano al principio le habían parecido satisfactorias. La inquietud y la melancolía de Manuela eran más llevaderas que su entusiasmo.

Despertó despacio. El rumor de pasos y de voces creció a medida que él se incorporaba. Cuando se abrió la puerta y la sala se llenó de sonido real, Enrique contemplaba con aire beatífico el monitor negro del ordenador.

Se le ocurrió telefonear a Manuela. Podría haberla llamado al móvil, pero en un alarde de optimismo marcó el número del instituto. No estaba. No había ido en toda la mañana. Como el avestruz obligado a ver el peligro, ya no quiso eludirlo:

—¿Está enferma? ¿Sabe si irá esta tarde?

—No estoy informado. Sólo sé que lleva tres días sin venir.

Mauricio a Félix

A pesar de todos mis recelos, ahora me alegra estar en el proyecto de la corporación y eso te lo debo a ti. Me ayuda bastante que me bajes los humos aunque yo en cambio no sepa qué decirte sobre los problemas de tu casa.

Hacerme ilusiones me da miedo, sin embargo tengo la convicción más o menos razonable de que algo lograremos. No le vamos a encontrar un trabajo a tu madre si deslocalizan su fábrica, ni vamos a construir para tu hermana un ambiente menos cruel, destructivo y vacío que la porquería con la que se ha encontrado y así lograr que salga de su habitación. Me gustaría poder decirte eso pero no es así y me trago las ganas. Sin embargo sí vamos a mover ficha, nosotros.

Siempre vendiendo chapas y haciendo manis y organizando brigadas a Irak para poder contar lo que vemos. Eso hace falta, hace muchísima falta. ¿Y las decisiones qué? Siempre recogiendo las pelotas y los escombros y la sangre de las decisiones de otros. Elegir no es sólo el cómo, el jefe de mi tienda insiste en eso del «cómo», ya ves tú, será porque el «qué» lo decide él. Antes de saber cómo hacer las cosas hay que saber lo que se quiere, y elegir lo que se quiere supone haber imaginado la vida.

Bájame los humos ahora también si ves que me estoy yendo al otro extremo. La cosa es que de pronto confío, y pienso que no tenemos que tirarnos toda la vida en los rincones, no tenemos que pasarnos la vida tratando de organizar ahí, en los rincones, las sobras de lo importante.

Primero entró su padre. Incómodo, nervioso y con prisa, empujó la puerta casi al mismo tiempo que la golpeaba con los nudillos.

—Soy yo —dijo—. ¿Vas a salir? —Y antes de que Susana respondiera—: Tu madre quiere hablar contigo.

Dio media vuelta, ya junto a la puerta se detuvo. Dijo:

—Es posible que tuvieras tú razón.

Apenas dos minutos después entró su madre.

—¿Tienes un rato? ¿Podemos hablar?

Susana estaba tumbada en la cama leyendo unos apuntes. Esta vez se incorporó y dejó los apuntes sobre la mesilla.

—Sí, claro.

No sabía dónde ponerse. Invitar a su madre a la cama le resultaba un poco fuera de lugar, sobre todo porque no tenía ni idea de lo que ella iba a decirle. Pero ofrecerle la silla de su mesa de trabajo parecía todavía más raro. Al final se sentó ella en la silla y le dejó la cama a su madre. Arrimó la silla para que estuvieran lo bastante cerca.

—Me voy fuera tres meses —dijo su madre.

—¿Adónde?

—Bueno, eso todavía no lo sé. Fuera de Madrid, fuera de España. No estoy segura. Necesito un trimestre sabático. Creo que es un buen momento. Papá, tú, Marcos, Rodrigo estáis bien, no tiene por qué pasar nada en estos tres meses. Además, me vaya a donde me vaya, estaré localizable para cualquier emergencia.

—¿Pero cómo puedes irte sin saber adónde te vas?

—Es que a lo mejor sí lo sé, pero prefiero guardar el secreto.

—¿Y después de los tres meses?

—Ya veremos.

—¿Es por el ecuatoriano?

—El ecuatoriano, el instituto, los años, supongo que hay un poco de todo.

Ahora Susana se sentó en la cama, la espalda apoyada en la pared junto a la espalda de su madre. Sin mirarla, preguntó:

—¿Tienes un amante?

—Creo que no. —Manuela sonreía—. No estoy pensando en separarme de tu padre. Nunca se sabe lo que puede pasar, pero de momento no me ha dado por ahí.

—Y él, ¿cómo se lo ha tomado?

—A su manera, no demasiado mal. Lo que peor se ha tomado es lo del móvil. —Manuela cogió la mano de Susana y empezó a jugar con sus dedos—. No voy a llevarme el móvil. Le inquieta que pase algo por la mañana y yo no mire el correo hasta por la noche y esté lejos. Le he prometido mirar todos los días el correo electrónico.

—A mí me gusta lo del correo —dijo Susana—. Siempre te puedo escribir.

—Claro, y recuerda que son sólo tres meses.

Manuela soltó la mano de Susana. Se levantó, sin ademanes bruscos pero firmemente, como si no quisiera dejar un centímetro abierto para cualquier forma de debilidad.

—Es verdad —dijo Susana poniéndose de pie—. Sólo tres meses.

Cuando su madre salió Susana se dio cuenta de que no le había preguntado qué día se iba. Comprendió que debía de estarse refiriendo al día siguiente. Tenía la persiana a medio bajar para que no la molestase el sol. La subió entera y abrió la ventana. Rodrigo estaba abajo jugando con unos amigos. Supuso que su madre esperaría a la noche para contárselo. No lograba distinguir a Rodrigo aunque reconocía su voz entre las de otros chicos. Luego le vio pasar fugazmente, camiseta roja de manga larga, pantalón beige, y pensó que era una tontería preocuparse más por Rodrigo. Seguramente a sus trece años era el que mejor iba a entender que su madre quisiera desaparecer una temporada.

Le llamaron una semana después de la entrevista para que fuera a firmar los papeles. Las condiciones más o menos coincidían con las que su catedrático le había anunciado: terminaría la tesis sobre biofiltración del CO_2 por cultivo de algas, pero la fundación de la empresa se haría cargo de la beca y en junio se incorporaría a la empresa con un contrato.

En el Centro de Tecnología le pidieron multitud de datos y le dieron varias carpetas con documentación. Después un hombre de unos treinta años le condujo hasta el módulo de Eloísa.

—Es la ingeniera química que supervisará tu investigación.

Goyo sabía que había muchas posibilidades de que le asignaran a Elo. Por una parte lo deseaba, por otra temía que fuera peor mezclar las cosas. El hombre de treinta años se fue dejándoles solos aunque rodeados de módulos, cristales y los cientos de avisos que, cercanos al instrumental de los laboratorios, exigían precaución, cuidado.

—Te esperaba —dijo Eloísa.

—Tienes esa ventaja. Yo acabo de enterarme.

—Sabías que podía pasar.

—Sí. También quería que pasara, aunque lo haga todo más complicado.

—Aquí nada puede ser complicado, Goyo. Esto es una empresa.

—Ya. No me refería a aquí dentro.

—Me alegra trabajar contigo. Los sistemas intensivos de producción de microalgas me interesan mucho. Si hay un camino aceptable para obtener biodiésel está en las algas, no en el aceite de palma ni en el de soja.

—¿Querrás que nos veamos fuera de aquí?

—Mejor lo hablamos en otro momento. Cuéntame cómo va la investigación.

Goyo estuvo quince minutos con Elo. No le fue fácil. La deseaba, le parecía que ella también lo deseaba y la naturalidad con que le hacía preguntas sobre el proyecto era desconcertante. Le agradaba poder hablar con alguien que ponía toda su atención en los problemas que habían surgido y los hallazgos, en vez de estar pendiente de los plazos y las expectativas, como solía ocurrir. Pero ese alguien era Elo. No podía dejar de ver su cuerpo mientras le hablaba.

—El próximo miércoles volvemos a vernos —dijo Eloísa.

—¿Puedo llamarte?

Ella asintió.

Goyo a Enrique

¿Dónde está la intersección? ¿Te tocó a ti estudiar matemática de conjuntos? ¿Recuerdas esa zona que pertenecía a los dos conjuntos? Solíamos rellenarla con rayas, como un sombreado indicando que el trozo con forma de caramelo no pertenecía a A ni a B sino a los dos. Entre tú y yo hay una zona de intersección y puede que sea enorme, Enrique. A lo mejor cada uno piensa que es muy pequeña, como la yema de un dedo o poco más. Y a lo mejor es lo contrario, la yema de un dedo es lo único que queda fuera y todo lo demás se superpone. No te pases, dices; ok, quizá la zona sea del tamaño de un pulmón, o del bazo, puede que tengamos el bazo en común.

¿Cómo eres, Enrique? Supongo que trabajas con chaqueta y corbata, o al menos con chaqueta. Pelo castaño, corto, sin barba, gafas sin montura, cuarenta y nueve años. Creo haberte visto una vez, viniste a recoger a Susana porque su abuela, ¿tu madre?, cumplía ochenta años y no querías que llegara tarde a la comida.

Tú y yo, con el bazo en común, o media pierna. Son las dos de la madrugada, me he tumbado encima de la cama, vestido, con nuestro bazo a medias, los ojos clavados en la lámpara del techo como si algo me impidiese quitarlos de ahí. Hace unos seis meses mis padres se fueron de este piso. La empresa de mi padre cambió de sede y ofreció a los trabajadores una especie de hipoteca subvencionada si compraban casas en una determinada urbanización. Ellos decidieron aceptar la oferta y dejarme el piso a mí. Les faltaban siete años de hipoteca que hemos redistribuido en doce para que yo termine de pagarla. Pensaron que a mi madre le sentaría bien la casa nueva, que además estaba mejor comunicada con la asociación donde ella trabaja por las mañanas, y, sobre todo, querían ayudarme evitándome alquilar una casa. Les dije que se llevasen lo que quisieran, prefería un piso lo más vacío posible. Así lo tengo. Mi cuarto está igual. La cama de mi hermano sigue aquí, a mi lado. Creo que a mi madre le gusta que no la haya quitado todavía. Aunque no la he dejado por ella sino por mí.

El día ha sido cansado. Debería ducharme, dormir, pero creo que también necesito hablar con alguien, es decir, contigo. Susana me ha dicho que te gustan las historias de espionaje. No están mal, lo que pasa es que hace falta alguien que necesite la información, que sepa cruzarla con otra y después sepa para qué usarla. Por ejemplo, durante unos años mi padre fue muy vulnerable. Vivía lleno de miedo. Le aterraba morirse y que mi madre no tuviera dinero bastante para cuidar de mi hermano. Y más todavía le aterraba morirse con mi madre, morirse los dos en un accidente de coche o cualquier cosa y dejarme a mí con dieciocho años responsable de Nicolás. Es que el cerebro de mi hermano Nicolás no funcionaba bien. Mi padre se hizo varios seguros de vida. ¿Y si le despedían? Perder su trabajo y seguir vivo pero sin dinero para él no significaba lo mismo que para otras personas que pierden su trabajo y tienen dos hijos que mantener, porque las personas no suelen tener en su casa bebés de veinte años, y mi hermano estaba en esa situación.

Si el jefe de mi padre hubiera sabido eso podría haberle exprimido más. Si hubiera sabido que el miedo de mi padre no era el de cualquier empleado a quedarse sin trabajo, sino que el miedo contenía haber ido viendo que Nicolás no andaría, y haber visto a mi madre tarde tras tarde llevar a Nicolás a fisioterapeutas, sola, con esperanza, y que la esperanza no sirviera. Si el jefe hubiera sabido eso, podría haber obtenido de mi padre casi todo.

Quizá lo supo, Enrique. No me he atrevido a preguntarlo. Ahora, al menos, ya es tarde para el jefe. Nicolás no está: el miedo de mi padre es igual que el miedo de cualquier otro empleado.

Dices que tu hija Susana celebra como un avance increíble el que un hombre desesperado haya estado a punto de destrozar la vida de tu mujer, el equilibrio de tu familia, esa, dices, boba e insípida placidez de ciertos seres felices de clase media que te parece una de las conquistas más valiosas del género humano. Aunque, seguramente, «celebrar» no es la palabra. Creo que es prestar oído. Yo puedo imaginar motivos, pero no sé decirte con certeza por qué Susana presta oído a un hombre desesperado.

En cuanto a mí, podría pensar que el ecuatoriano es mi

padre, o lo ha sido, o quiso serlo. Porque el problema, Enrique, son las intersecciones, las membranas semipermeables que dejan pasar moléculas pequeñas como las del agua. El problema es que a veces hay poros gigantes. Hay uniones de conjuntos y los anillos que las rodean se abren permitiendo la entrada y salida de cuerpos extraños. El problema es que la clase media no es un conjunto cerrado, no contiene su propio límite. Esto no significa que vaya a expandirse sin cesar sino, más bien, que en ella penetra casi todo, porque no está protegida ni cercada y no puede estarlo.

¿Quién quiere acabar con tu placidez? En nuestros grupos hay quienes piensan, igual que tú, que lo ideal sería que todo el mundo pudiera vivir como la clase media de algunos países occidentales, y si no lo defienden es porque saben que los recursos no dan para tanto. Consideran que es un ideal reaccionario en la medida en que distrae de la búsqueda de objetivos verdaderamente posibles. Lo que tanto yo como Susana, me parece, pensamos, es que la clase media está llena de agujeros. Mi hermano Nicolás pertenecía a la clase media, el miedo de mi padre era el miedo de un hombre de clase media, y ni mi hermano ni mi padre son una excepción, los poros forman parte de la membrana tanto como el tejido compacto que los rodea. Por otro lado estamos de acuerdo en lo que es, en realidad, un hecho. No hay recursos para una clase media universal, ni siquiera para la clase media existente: hay límites que no hemos respetado y por eso en cualquier momento llaman al timbre o se prende el material inflamable, la pólvora, la gasolina que riega las calles de la clase media.

Lo único bueno de que el conjunto no sea cerrado y no contenga su propio límite es que, a veces, la clase media intenta salir.

Enrique a Goyo
Los no normales sois mejores, ¿no es así, Goyo? Es como los de izquierdas, porque, chico, no me vengas con rollos, al final los no normales sois los de izquierdas, y los de izquierdas sois los buenos de la película. En eso tenéis cierto mérito. Lo habéis logrado, vaya, aunque matéis, aunque nos desgañitemos diciendo esto y lo otro, el gulag y las purgas y el totalitarismo, a pesar de todo sois los buenos. Y nosotros, los gordos del puro y la chistera. Así de simple, así de idiota, pero funciona. Al final os acabamos descalificando antes por zarrapastrosos, anoréxicos o carentes de sentido del humor que por malísimas personas.

Cierto que la bondad está muy desprestigiada. En general a la gente no le interesa adquirir bondad para su vida diaria, en los trabajos desdeñan a los empleados bondadosos cuando no les hacen *mobbing* o cosas peores, en los colegios se comen a los buenos compañeros, etcétera. Pero la imaginación es otra cosa, y a los normales y por tanto un poco conservadores o de derechas nos jode que seáis los buenos. Espero que no pienses que digo esto por lo que me has contado de tu hermano y tus padres. Ellos merecen todo mi respeto, pero les dejo al margen de las ideologías.

A lo que iba: yo nunca he tenido mi propia empresa; no obstante, imagino que tiene que ser muy bonito sacar un negocio adelante y que luego los tipos a quienes pagas a final de mes no vean en ti a una persona con nombre, historia, dificultades, ni mucho menos, sino sólo un empresario y, por narices, de derechas.

Porque los empresarios son todos de derechas y el PSOE es de derechas, y yo, que gano tres mil setecientos euros al mes, al parecer me tengo que sentir culpable. Incluso Manuela, que es funcionaria, que gana menos, que aguanta a los estudiantes de secundaria desde hace veinte años, que se ha pasado cinco en un instituto de San Blas adonde un día sí y otro también iba la policía, incluso ella se tiene que sentir culpable.

Tú no, Goyo. Tú eres inocente porque eres de izquierdas y como eres inocente espero que no te aproveches de lo que te cuente ahora. Considera que escribo en estado de necesidad. Considera que teniendo la hipoteca pagada y tres hijos sanos y un buen sueldo también pueden vivirse estados de necesidad. Ridículos, si quieres. Estados que no merecen la preocupación de nadie. No obstante, considera que no te escribo por placer ni para obtener un beneficio. Manuela se ha ido y yo, amante de las libertades, liberal yo mismo, he registrado sus cosas.

Puede que me desprecies tanto que ni siquiera te sorprenda. Puede que creas conocerme más que yo a mí mismo. Adelante, créelo. Nunca hasta ahora había hecho algo así, y he tenido sospechas, algunas fundadas. He tenido realidades, no importa, no te las voy a contar. A pesar de todo, nunca he abierto una carta dirigida a ella, ni he tratado de leer su correo electrónico, o sus documentos, ni he hurgado en sus bolsillos, en los cajones de su mesa, ni he mirado el registro de llamadas de su teléfono móvil. Nunca. Pensarás que es fácil respetar los derechos de alguien que está contigo, y pensarás que en cuanto Manuela escapa a mi control, aflora mi prepotencia y traiciono mis normas sin pudor. No, Goyo, no todo se resuelve en dos patadas.

Manuela va a volver. Se marcha sólo una temporada, un trimestre sabático, según su expresión. De manera que no es que ahora me salga la bestia porque la he perdido. No la he perdido. Va a volver. Además, di: ¿es que no se escriben diarios íntimos a veces para llamar la atención? Se cierran con llave, se esconden, pero cuanto más cerrados y más escondidos, más fuerte piden a gritos curiosidad, interés.

Supongo que es fácil burlarse de este último argumento.

Podrías compararme con quienes piensan que cuando una mujer se niega está pidiendo otra cosa. Vaya, me calmo. Yo no soy una caricatura. Ojo, tú tampoco tienes por qué serlo. Es posible que me respetes algo y entiendas que los motivos de la conducta humana encierran cierta complejidad. ¿Por qué Manuela no comparte esta historia conmigo? Si se hubiese ido con un amante creo que habría sabido comportarme de un modo respetuoso, pero es como si le hubiera sobrevenido una, permíteme, absurda vocación de monja laica que yo necesito entender.

¿Por qué no habla conmigo? Hipótesis primera: siente miedo de sí misma, miedo de que le haga ver, en menos de diez minutos, que lo que está haciendo no tiene el menor sentido. Hipótesis segunda: Manuela piensa que soy un capataz. Me inclino por la segunda. Yo no tengo un mal sueldo, comparado con lo que hay, pero no soy un empresario, eso es claro: a mí me despiden mañana y se quedan tan tranquilos. No sé lo que es reventar de cansancio físico o trabajar a destajo en una subcontrata sin papeles. Así que supongo que soy un capataz. Por usar un término que usaba mi padre: el patrón. Diríamos que yo, a los ojos de Manuela, soy de los que trabajan para el patrón y encima lo defienden.

Gano al mes mil seiscientos euros más que ella: ¿con eso me han comprado? Vaya miseria, ¿no? Está bien, me calmo de nuevo. Aunque no puedo evitar sentirme ofendido. Según parece, se es de izquierdas por la razón y se es de derechas por el interés. Vosotros tenéis la razón, nosotros sólo tenemos la conveniencia, la comodidad, el privilegio defendido con uñas y dientes. A Manuela le gusta argumentar, le gusta discutir: ¿por qué no discute conmigo? Es fácil: no discute porque la razón es desinteresada, se discute con argumentos y no con intereses y las cosas que yo pueda decirle, piensa ella, no van a ser argumentos sino solamente excusas, argucias, sofismas, tergiversaciones con las que disimular mi interés.

¿No es esto desprecio? ¿No se me despoja de la presunción de racionalidad? ¿No se da a entender que carezco de la capacidad para permanecer tranquilo en una habitación y, tras haber meditado durante un tiempo, llegar a una conclusión fundada? Ésta es mi conclusión: puesto que no podemos deshacer el mundo y volverlo a montar de arriba abajo, es mejor, razonada y razonablemente mejor, colaborar para que este país siga prosperando y las ventajas de la clase media se extiendan al mayor número posible de individuos, aunque ese número, te lo acepto, a la postre va a ser un tanto raquítico.

«Tal como están las cosas», insisto. Si se pudiera hacer tabla rasa y empezar de nuevo no te digo que tú y yo no fuésemos a coincidir en más cuestiones, Goyo. Pero es que no hay tabla rasa. Y yo no he elegido que no la haya. Admito que en cierto modo me conviene seguir así, pero ¿invalida eso mi razonamiento? ¿A Newton tenía que no convenirle que las manzanas cayeran hacia abajo para que su observación fuera más acertada?

Ni siquiera mi hija me escucharía. Estoy solo. Soy un normal y resulta que vivo en una casa de no normales. A Rodrigo, mi hijo pequeño, ya le veo venir. Tiene trece años y está empezando a darle por la ecología. Antes éramos tres contra dos. Ahora ya no puedo contar con Manuela. Mi hija Susana, ya la conoces, es la gran maestra de Rodrigo. Me queda el mediano, Marcos: a Marcos no le importa ni la ecología ni lo contrario. Puede que dentro de unos años se parezca a mí: de momento está demasiado preocupado con su voleibol y sus chicas.

¿Que por qué no puedo contar con Manuela? He registrado su mesa de trabajo. No he encontrado números de teléfono, versos, preservativos, resguardos de billetes de avión, folletos con islas. Sólo, en un folio guardado en su cajón, estas tres líneas escritas con su letra: «El martes 4 de diciembre de 1934, Simone Weil —profesora de filosofía, de familia burguesa— ingresaba de peón no especializado en una fábrica. Durante un período de su vida quiso vivir como un obrero, con su salario y con su trabajo».

3

Cuaderno de Manuela

He venido a parar a una tintorería. Tenía otros proyectos, grandes cadenas de supermercados, algún tipo de multinacional. Sin embargo, no es fácil. En la mayoría de los anuncios piden personas de veintitrés a veintiocho años y en unos pocos, de veinte a cuarenta. Es verdad que algunos no dicen nada de la edad, pero yo no habría sabido dar el pego a la nueva generación de expertos en recursos humanos. Una cosa es cambiar de aspecto y otra inventarme una biografía entera y que no se me note que he sido profesora de instituto. Más difícil aún debe de ser hacerles creer que me va la vida material en este trabajo cuando no es verdad. La vida material he dicho. Soy atea, pero eso no quiere decir que no piense que existe una vida espiritual y no sienta que está amenazada.

Me encuentro en el barrio de Parla con seiscientos euros, el máximo disponible de mi cajero en un día. He dejado trescientos de fianza para alquilar una habitación. Me he gastado setenta en comprar algunas prendas de ropa que me den otro aire, menos de profesora de instituto y también menos de psicoanalista argentina: más de mujer sin estudios universitarios con un matrimonio hundido. En mi matrimonio real no quiero pensar mucho, por ahora.

Al dueño de la tintorería le he dicho que no tenía experiencia en utilizar planchadoras, que no me oponía a usar percloroetileno y que el trato con el público se me daba bien, pues había trabajado seis años en una mercería y ocho en una frutería.

No es que me guste mentir. Procuro no hacerlo para sacar provecho, si puedo evitarlo. Podría haber intentado pedir una baja por depresión y seguir cobrando, pero no lo necesitaba. Eso no dice nada en mi favor, sólo habla de mi situación. Quiero decir que otras personas se inventan una depresión porque lo necesitan, tienen sus motivos. Otras tienen la depresión de verdad y a veces ni siquiera es tan fácil distinguir una cosa de la otra. Yo he necesitado inventarme que trabajé en una mercería. Si le hubiera explicado al dueño quién soy no me habría contratado, seguro. Mi mentira, espero, no va a perjudicarle, pues aunque no haya trabajado en una mercería, los veinte años de enseñanza me han enseñado a tener paciencia. Es lo que se requiere para el trato con el público, ¿no? Paciencia.

Mañana empiezo. Mientras tanto aquí estoy, en Parla, más sola que la una. Mis compañeras de piso aún no han aparecido, y casi se lo agradezco. No voy a echarme a llorar, sé perfectamente que esto me lo he buscado yo. No tengo *madera* de Simone Weil. Hice mi tesina sobre ella, algunos de sus escritos son espléndidos, pero Weil acabó siendo cristiana y yo no me veo por ese camino. Ni cristiana ni filósofa ni nadie que vaya a pasar a las enciclopedias. Cabezota sí, siempre lo he sido, obstinada. ¿Y frívola? Pues también. He tenido algunos ramalazos incluso muy frívolos, por épocas.

Bastante frívola tengo que estar esta temporada para decirles a mis hijos y a mi marido de la noche a la mañana: ahí os quedáis, yo me voy tres meses. ¿Se puede ser frívola y tenaz al mismo tiempo? Se puede. Pero por algún motivo no he sabido explicárselo bien a mi hija.

Me gustaría decirle simplemente esto: que para ser revolucionaria hay que ser un poco frívola. Bueno, sí, es que tengo una hija revolucionaria. Ya sé que parece algo del siglo pasado, pero resulta que en Madrid, en una zona céntrica, arbolada, y a principios del siglo XXI, a mí va y me sale una hija revolucionaria. Creo que no es una moda, como cuando dijo que quería esquiar, le compramos las botas, los esquís, las gafas, todo, y a los tres meses se hartó. Entonces tenía doce años y la culpa también fue nuestra, no debimos haberle comprado todo. La política es diferente, porque Susana tiene veinte años y esto le dura desde los dieciocho, la mayoría de sus amigos son de esos colectivos donde milita, muchas de sus lecturas tienen relación con eso. Yo creo que se lo toma en serio y que va a ir a más.

Enrique, mi marido, está preocupado con el asunto. Yo, no lo sé. Antes de la irrupción de Carlos Javier lo estuve un poco. Digamos que no me entusiasmaba, aunque tampoco me dieran las angustias que le dan a Enrique pensando que Susana acabará pegando tiros en Filipinas o en Bolivia. Lo que me preocupa es no haber sabido transmitirle a Susana esta idea de que los revolucionarios podrían ser ligeros, no me refiero a flacos. Tampoco digo que tengan que ser unos irresponsables. «Si viviéramos en el Chile de hace treinta años podrían cogerme y torturarme y matarme», me dijo Susana y siguió: «Ya sé que aquí es distinto, pero tengo que ser leal, no puedo tomarme esto como un juego». «Claro, claro», le dije. Ella no me entendía y yo no sabía explicarme. Así que aquí estoy, mirando como embobada la pared de esta habitación, pensando que puedo haber venido a parar a la tintorería Lavaseco de Parla porque no supe explicarme a mí ni explicar a mi hija qué relación había entre ser revolucionaria y la frivolidad.

En aquellos días, cuando aún intentaba hablar con Susana, algunas amigas con hijas de su edad me dijeron que ya era tarde. Hay un momento de la vida en que la madre muere y deja de poder hacer cosas por su hija hasta muchos años después, como abuela. Llegué a pensar que estaban en lo cierto. Quizá yo haya venido a Parla ahora como al lugar adonde van las madres muertas. Pero no lo creo. Más bien diría que las madres siguen velando, aunque estén muertas. Por eso miran a su alrededor y reflexionan sobre lo que ven.

SUSANA BAJÓ DEL AUTOBÚS medio dormida. Le pareció que el edificio de ladrillo estaba lejísimos, y que era más alto que de costumbre. Echó a andar y se fue despejando a medida que pensaba en la clase que iba a tener. Antes economía de la empresa agroalimentaria era de las asignaturas que menos le interesaban. Ella quería dedicarse a la investigación y siempre había supuesto que lo haría en la universidad o en empresas de otros. No había cambiado de idea, tampoco se le ocurría confundir la corporación con una cooperativa imaginaria y gigante. Sin embargo, ahora tenía un sitio desde el que escuchar esa asignatura.

Hacía dos días que habían terminado de llegar los votos de los delegados. Cincuenta y ocho a favor del documento, tres en contra y dos abstenciones. Le había sorprendido. Esperaba que se aprobara, pero no con tantos votos a favor. Entró en clase. El profesor hablaba del radio de acción mercantil y Susana pensaba que ellos no iban a vender lo que produjeran, sólo iban a ponerlo al alcance de la realidad.

«¡CUI…!», DIJO ELO, pero el zapato de Goyo ya había aplastado una caca de perro, parte de la cual asomaba por ambos bordes. ¡Puaggh! Goyo restregó la suela contra la tierra. Reían. Al llegar al umbral de la casa de Eloísa, se quitó el zapato y entró con él en la mano. Goyo lavó el zapato en la cocina, sin poder evitar que se mojara entero. La hija de Elo, Vera, estaba en casa de sus primos. Goyo se quitó el otro zapato para andar más cómodamente; el gesto le puso algo nervioso. Se dijo, sin embargo, que no tocaría a Elo. Llegó descalzo hasta el sofá donde estaba ella y se puso a su lado, dejando en medio un sitio vacío.

Se retaron. Sostenían con decisión el hueco en el medio, absorbiendo la tensión sexual y también la desesperación que a veces asomaba a los ojos de Goyo, a los de Elo, y se extinguía como chispa y al poco volvía a brotar. Alimentaban ese espacio interpuesto con el recelo y el cálculo, con el: qué clase de relación vendrá después; con la memoria de los ochenta y tres días con sus noches y el miedo a la ansiedad, al pozo en el estómago, al vacío. El hueco parecía ir a quedarse allí toda la tarde mientras ellos departían sobre las diferencias entre el té y el café, sobre dentistas y el efecto invernadero.

Hasta que Eloísa, quien también se había descalzado, tocó los calcetines azul marino de Goyo con sus pies desnudos. No imaginaron ningún después, apenas el cuerpo ajeno excitando la excitación que ya sentían.

Enredados en el sofá, la ropa a modo de manta, durmieron. El gato cruzó en silencio de un extremo a otro de la habitación.

Goyo a Enrique

Entonces has decidido hablar a pecho descubierto, a tumba abierta. De acuerdo, hablemos. Quiero a una mujer, la quiero de esa manera ingenua, boba y hasta infantil típica de los amantes, pero también de la manera más radical y privada de sentido común y de prudencia, la manera que tú imaginas cuando te ves en la Antártida o añoras la fiebre del amigo que destruye su vida por un encoñamiento. Todo te encaja, ¿no? Revolucionarios, radicales, irresponsables, locos, capaces de hacer daño o cometer errores o provocar catástrofes sólo por seguir sus impulsos.

Eloísa me lleva siete años, tiene una hija de diez, no comparte mis ideas, no cree en el futuro de esta relación. «Es un disparate / dice la razón / Es lo que es / dice el amor / Es desgracia / dice el cálculo / No es más que dolor / dice el miedo / No puede salir bien / dice la prudencia / Es lo que es / dice el amor.»

Elo me ha preguntado si no me estaré enamorando justo de eso, del amor, del enorme descanso que significa entregarse, quedar completamente a merced de algo que no es uno mismo y llegar a decir cosas como «mi vida, ¿qué es si no eres tú?». Durante las primeras semanas habría sido capaz de aceptar que mi mundo se volatilizara, me habría desentendido de padre, madre, hermanos, ideas, colectivos, amigos, habría abandonado la ciudad y la ingeniería química, mi país, la política.

Pero quizá me equivoco, a lo mejor no lo habría hecho y sólo sentía el deseo de que algo me empujara. No sé qué pudo haber pasado. Sé lo que pasó, y lo que pasa ahora. Pasa, Enrique, que no dejo de pensar. Es como si los días con sus noches, cuando me entregué abandonando todo sentido común, se cobraran su precio y ahora no hay un solo gesto, una sola frase, un solo momento de silencio en que no esté presente la pregunta por Eloísa y mi mundo y el suyo y lo que podría pasarnos y lo que sería bueno, injusto, deseable, malo.

Lo pienso todo, Enrique. Pienso: esto que siento ahora está condenado a extinguirse. Pienso: mi racionalidad es una traición a lo que siento, y mi fiebre, una traición a la racionalidad. Pienso que sí existimos los no normales y que podemos ser una mierda, por amor, por egoísmo, por mero despiste. Yo lo habría dejado todo por Elo, y soy muy consciente de que he dicho todo, sin excepción, en un momento dado habría dejado la memoria de mi hermano, por ejemplo.

Nadie nace terminado. Mi militancia no me da ninguna carta blanca, y puedo equivocarme, cometer tremendos errores, convencerme de que no sé lo que en realidad sí sé. Yo sé que este sistema económico es injusto y aborrecible. Lo sé por mi hermano, pero también podría haberlo sabido por un amigo o por sentarme a reflexionar o por algo que me hubiera pasado, creo.

Miedo, claro que tengo miedo. Pienso que si ganáramos, si lográramos acabar con todo esto, yo me sentiría perdido. Pero sigo reclamando otra vida y no por altruismo sino porque esto que soy no me calma, porque conozco mi libertad y no elegí construirme sobre los cadáveres de otros. Sé que no lo elegí, sin embargo mañana aparece Eloísa y dejo de saber, y deseo que su amor me levante por los aires llevándome con ella, lo deseo por encima de cualquier cosa.

No soy inocente, Enrique, soy voluble y muy capaz de olvido. Mi vida no está ya pensada ni por ser no normal ni por ser de izquierdas. Eso me desconcierta pero también me tranquiliza. Porque si a mi bisabuelo le hubieran fusilado los rojos, ¿tendría yo que ser del bando nacional para siempre? ¿Me sería negado el derecho a reconstruir mi historia hacia el futuro? ¿Piensas que mi lealtad a Nicolás es lealtad a su ADN o a sus pupilas? Es lealtad al futuro, a su vida posible. Y si yo no compartiera las ideas de un abuelo fusilado por los rojos, la lealtad a mi abuelo no tendría que ser lealtad a su ADN ni a sus ideas sino, también, a su vida posible, a una vida en donde no hubiera un golpe de Estado fascista.

Álvaro cree que cuando gane dos mil euros al mes, más otras cosas, se inclinará mi vida. Sé que tiene parte de razón y no dejo de preguntarme cómo hacer para poder seguir fijando el rumbo, la dirección adonde van mis pasos. Y dudo, Enrique, y temo perder a Elo por un exceso de racionalidad, por quererlo todo, y me pregunto si nuestro colectivo de colectivos no se dispersará como ceniza en cuanto sople el viento, y me inquieta que la corporación acabe siendo sólo un cartucho quemado más, otro de esos cientos de proyectos que movilizan a ochenta personas durante una mañana, o a doscientas y, a la mañana siguiente, nada ha cambiado.

De Manuela, tu mujer, puedo decirte que se ha convertido en una especie de referente para mí. En contra de lo que dictarían su edad y circunstancias familiares y laborales, ella asume que su vida no está pensada, ni echada como la suerte. Tú dices que habrías preferido la estabilidad. Pero el mundo se mueve, Enrique, y eso no es culpa tuya ni mía.

Una vez aprobados los procedimientos de adhesión, empezaron a llegar los nombres y las ocupaciones de las personas que se adherían. Durante las dos primeras semanas llegaron más de trescientas adhesiones, luego el ritmo fue decayendo. A principios de marzo tenían trescientas setenta y tres, y cada día llegaban tres o cuatro más. Supusieron que el nivel se mantendría así al menos hasta Semana Santa. Esperaban ser capaces de poner en marcha alguna solicitud en el plazo de un mes.

«Limpieza en seco, desmanchado específico, planchado mecánico y el retoque y planchado final a mano», en eso consistía el servicio B, que era al que Manuela se comprometía en numerosos resguardos. Ponía una marca en la clase de prenda, blusa, pantalón, abrigo, manta, lo que fuese, escribía la letra B y después el precio. El resguardo contenía una larga lista de desperfectos o deterioros de los que las prendas podían adolecer, pero Manuela solía pasarla por alto. Sólo si por casualidad veía defectos, una entretela despegada o unos botones inestables, ponía una señal en las casillas correspondientes: «entretela despegada» o «no garantizamos botones». También alguna vez ponía el color, sobre todo en aquellos casos en que veía un color que no entraba dentro de las abreviaturas corrientes, esto es, A de azul, AM de amarillo o M de marrón. En ocasiones, por ejemplo, Manuela escribía F de frambuesa o AA de azul autopista.

En los datos del cliente, después de la «D» sólo acostumbraba a poner el nombre: Don Julio o Don Elena, pues no había resguardos con la abreviatura Dña. Al escribir la fecha de la recepción y la de recogida, se le ocurría acordarse casi sistemáticamente de una o varias películas en las que un resguardo de tintorería se convertía en la clave para descubrir un adulterio, un crimen o el destino de un testigo súbitamente desaparecido. Manuela entregaba el resguardo y veía partir a la clienta imaginando que, al cabo de tres semanas, entraría por esa puerta su marido o un comisario portando el mismo resguardo que ella le había dado, y en los bolsillos de la chaqueta limpia descubriría un papelito comprometedor. En la realidad, las cosas no eran así. La mayoría de las veces los bolsillos estaban vacíos. Manuela era la encargada de revisarlos y, por el momento, el único papelito que había encontrado decía: «Corte Inglés, sujetador deportivo, champú Ponemo, camiseta lycra, cepillo».

Cuando el cliente se iba, Manuela miraba durante unos segundos hacia la calle deseando que otro cliente entrara a continuación. De lo contrario debía ir a la parte de las máquinas y ayudar a Ramón en la limpieza en seco y en el retoque y planchado final a mano. La parte de atención al público ocupaba sólo un veinte por ciento de su jornada laboral. Le había llamado la atención que no hubiera silla detrás del mostrador para los ratos muertos, pero es que no había ratos muertos. Ramón casi siempre lograba completar él solo el planchado mecánico. En cambio, las piezas para el retoque y planchado final a mano se acumulaban sin piedad. Al principio Manuela, mientras planchaba, pensaba en paisajes, en bosques que había visitado de niña y adolescente cuando sus padres vivían en Navarra. Luego un día sin darse cuenta empezó a pensar en un taburete. Planchaba y pensaba que el dueño había traído un taburete y que ella, entre cliente y cliente, se quedaba sentada oyendo la radio.

El primer día el dueño había insistido en ese tema: ni radios ni reproductores de música ni teléfonos móviles conectados. Manuela asintió sin darle importancia. No le gustaba oír la radio, tampoco solía escuchar música cuando iba en coche o en su casa. Y, en cuanto al teléfono móvil, no tenía, cosa que prefirió no decir al dueño. Pronto, sin embargo, Manuela empezó a fantasear con el taburete.

Hablaban poco. Ramón era un tipo callado, o al menos lo parecía. La segunda semana Manuela también dejó de hablar. Se sentía cansada.

El jueves llegó a su habitación a las diez de la noche, después de pasar por el locutorio para ver su correo y por una tienda de alimentación donde compró algunas cosas. Cenó yogur con cereales, le gustaba la mezcla y era cómoda. Lavó el cuenco de cristal y la cuchara, enjuagó el vaso de agua. Sus dos compañeras de piso llegaban más tarde. Manuela se dio una ducha, se puso la camiseta que usaba como pijama y encima una chaqueta, la casa estaba fría. Una vez en su cuarto leyó las mismas doce líneas que leía a veces antes de dormir:

«El agotamiento acaba por hacerme olvidar las verdaderas razones de mi estancia en la fábrica y hace casi invencible para mí la fuerte tentación que lleva esta vida: la de no pensar más, la de no pensar como único sistema de no sufrir. Generalmente me ocurre que hasta el sábado por la tarde y el domingo no vuelven a mí los recuerdos y las ideas sueltas, y me acuerdo entonces de que además de un trasto para trabajar soy también un ser pensante. Experimento un fuerte escalofrío al comprobar la dependencia en que me encuentro ante las circunstancias exteriores: sería suficiente que me obligaran un día a un trabajo sin descanso semanal —lo cual, después de todo, es algo siempre posible— para que me convirtiera en una bestia de carga, dócil y resignada (al menos para mí misma)».

Era un fragmento del *Diario de la fábrica,* de Simone Weil, perteneciente a la séptima semana. De tanto en tanto Manuela lo leía y releía pensando que ella sólo llevaba dos semanas, que no estaba en una fábrica sino en una tintorería, que no estaba en 1934 sino en 2006 y que ella no tenía ninguna pasión por la justicia absoluta y desencarnada tal como la tuvo Simone Weil. No lograba siquiera concebir lo desencarnado ni lo absoluto. Creía, por el contrario, en el café con azúcar y en la bondad del término medio.

Había apagado la luz para dormirse pero volvió a encenderla. «¡Qué desastre! —se dijo—, ¡qué desastre!» Tendría que prender fuego a su cuenta corriente, tendría que saber que no habría vuelta atrás ni al instituto ni a su casa ni siquiera a una nueva vida, tendría que quedarse encerrada en Parla para siempre, con un ataque de amnesia que le impidiera recordar que ella venía de otra parte y podía volver a otra parte. Pero si perdía la memoria, ¿no sería como matarse, como desaparecer?

Apagó la lámpara. La luz de la calle repetía en el techo el dibujo de las rendijas de la persiana. Manuela imaginó que aún era capaz de imaginar el cuarto como un compartimento de tren que se movía con ella dentro, atravesaban kilómetros de tierra a oscuras, pueblos apagados, cruzaban ríos.

Eloísa a Goyo
No creo en las coincidencias. Prefiero llamarlas casualidades, me parece que suena menos místico. En las casualidades no se cree ni se deja de creer, a veces pasan y ya está. Las coincidencias hacen pensar en una voluntad misteriosa que las provoca. Pero yo no creo en voluntades misteriosas ni en el destino.

A veces, lo reconozco, se producen varias casualidades seguidas, aunque casi siempre detrás hay algo parecido a cuando ves muchas mujeres embarazadas porque estás embarazada, o muchas piernas escayoladas si estás escayolado: algo hace que tu atención se dirija preferentemente a unas zonas de la existencia y descarte otras. Un dispositivo se pone en marcha y acaba reuniendo hechos que en su mayoría ni siquiera son casuales. El enamoramiento es uno de esos dispositivos, hace que dos personas presten una atención desmedida a lo que les está pasando y deseen encontrar razones, misteriosas o no, para la atracción.

Doy todo este rodeo, Goyo, porque hoy me he preguntado si existen las casualidades negativas, las coincidencias negativas. Estaba en mi mesa, de vez en cuando movía el ratón para que la pantalla no se pusiera en negro, y aun así me parecía que cualquier persona que pasara por delante se daría cuenta de que yo no estaba mirando en realidad el ordenador.

Unos minutos antes había salido del despacho del director de división, Jaime, ya le conocerás. «Te hemos asignado el programa de biodiésel de colza y girasol», me ha dicho. La verdad, no recuerdo si ha dicho asignado «el» programa o «al» programa. Sonó bastante más a «al», es decir, a que era yo quien pasaba a corresponderle al programa, y menos a que «el» programa pasara a corresponderme a mí.

Llevo siete años en esta empresa, sé a qué se juega en ésta como en cualquiera, así que he aceptado, lo cual se daba por supuesto. De hecho, nadie me ha preguntado, me informaban de un ascenso y punto. Parece que ya he demostrado lo suficiente mi capacidad para gestionar los proyectos de otros y para seguir haciéndolo cada vez más de ahora en adelante. De los biocombustibles agrícolas no hemos hablado mucho, pero supongo que piensas como yo. La mayor parte de la materia prima se obtiene del Tercer Mundo, destruyendo sus bosques y causando daños irreparables a sus suelos sólo para conseguir superficie cultivable cuyo producto no va a dar de comer a las personas de esos países, sino a nuestros coches. Sólo esto bastaría para huir de ellos, esta equivalencia sangrante, pero es que además los cálculos energéticos que se hacen son falsos, tú y yo lo sabemos, y Jaime también. Los biocombustibles serán rentables gracias a los subsidios del Estado y yo pienso, como tú, supongo, que el dinero del Estado debería emplearse para otras cosas.

Tampoco es verdad que no contaminen si se cuentan los bosques primarios que se destruyen por su causa, las emisiones de los plaguicidas y fertilizantes que necesitan, los gases que se generan durante el procesamiento, el refinamiento, etcétera. Podría seguir, Goyo, dejar constancia ahora de cada uno de los argumentos contrarios a los biocombustibles agrícolas para que, dentro de unos meses, cuando yo intente quitar importancia a esos argumentos o los niegue, me enseñes lo que te escribí. Pero ¿qué ganaríamos con eso?

Así que he terminado pensando en las casualidades negativas. Habíamos vuelto a vernos, a hablar, a dormir juntos, a tocarnos. Hay días en que tengo la impresión de despertar, de haber estado aletargada, haber vivido hibernando pero, por fin, haber salido fuera; tú me haces salir. Y entonces: coincidencia negativa. Me ascienden y yo, ¿sabes?, no tengo ganas de apostar a que dentro de un año habré logrado mantener la esquizofrenia. Podría sostener ahora y seguir sosteniendo dentro de un año que si no me ocupo de ese proyecto, va a ocuparse otra persona.

La verdad, me parece más probable que dentro de un año, y tal vez antes, acabe encontrando argumentos tan falaces como peregrinos a favor de los biocombustibles agrícolas. No sé, por lo que veo a diario la esquizofrenia cansa; casi todo el mundo acaba hablando de «nosotros» cuando se refiere a su empresa, y se convence de que los proyectos que hace su empresa son buenos. Lo malo, Goyo, es que no tengo salida. Con esquizofrenia o sin ella, ¿cómo voy a relacionarme contigo?

Yo he aprendido a pensar que no es para tanto. ¿Quién, si es sincero, trabaja en lo que considera socialmente útil? Casi nadie, pero no se viene el mundo abajo. Eso sin contar a quienes no tienen ni ganas de preguntárselo. Los emigrantes que trabajan en la construcción, ¿van a andar preguntándose si edificar tanto es bueno para las costas? ¿Vender helados Camy dentro de un quiosco es bueno para la sociedad? «No es para tanto», me digo, yo no soy más responsable que el vendedor de helados porque tampoco soy más que el vendedor de helados. Es cierto que gano más, eso quiere decir que mi trabajo es más conveniente para mí, y menos conveniente, más duro, etcétera, para el vendedor de helados.

Imagínate que pasan cincuenta años y estamos tú y yo jugando a las damas. Supongo que sonreiríamos al recordar los días en que fuiste un exaltado y soñabas con cambiar la historia. Pero ahora no es dentro de cincuenta años, por eso sólo puedo pensar que ha sido una casualidad negativa. Tú estás en una tierra de nadie. El biodiésel de algas es distinto del biodiésel de soja o girasol. Las algas no consumen suelo agrícola, apenas consumen agua, no aumentan las tasas de erosión del suelo, no consumen pesticidas, consumen muchísima menos energía y, además, absorben el CO_2 directamente de los gases de combustión, y absorben metales pesados de los mismos gases. Ahora trabajas para aquello en lo que crees, como me ha sucedido a mí durante unos años. No todo era limpio, no compartía muchas de las actividades de mi empresa, pero mi trabajo concreto me importaba. Sin embargo, desde esta mañana ya no hay vuelta de hoja.

¿Qué va a pasar contigo cuando te asignen a un proyecto en el que no creas? Ojalá entonces sigas considerándote un infiltrado aunque no te haya enviado nadie, ningún país, ningún bloque soviético, nadie. Porque tus grupos no están mal, pero igual que sabemos que los biocombustibles no tienen nada de justos ni de ecológicos, sabemos también que tus grupos son inexistentes, quiero decir que esos partidos, agrupaciones, colectivos son tan pequeños que no tienen relevancia real. Como tampoco la tiene la corporación que estáis inventando: no existe, Goyo, ni tú ni yo creemos en fantasmas. Y si existiera, si por casualidad un día llega a existir, entonces tal vez debas tomar una decisión distinta de la que yo he tomado esta mañana.

Coincidencia negativa, Goyo. Podíamos pensar que íbamos en el mismo barco, pero a mí acaban de decirme que me quede y voy a quedarme. ¿Por miedo? También por miedo. Porque me he acostumbrado a la luz eléctrica y no quiero vivir con velas ahora, y el valor de la gente de vuestros grupos no enciende toda la oscuridad. Vas a llamarme en cuanto leas esto, estoy segura. Iremos a cenar juntos para celebrar mi ascenso. Nos reiremos. Mirando tu cara pensaré en tu cara y pensaré cosas melodramáticas, como que si un día estoy a punto de morirme voy a ver la cara de mi hija, sí, pero también la tuya, quizá sobre todo la tuya, y tu cuerpo. Y aunque después iremos a casa, será difícil que sigamos juntos.

A veces te enamoras de alguien a quien desean muchas personas y cuando lo tienes para ti empiezas a pensar si de verdad te enamoraste de él, o de él y del deseo de todas esas personas, y, aun a costa de tu tranquilidad, por un momento añoras aquel deseo ajeno. Yo encontré en ti al exaltado, tímido y por tímido más exaltado todavía, amé al exaltado. Pero si permaneces a mi lado empiezo a no quererme, Goyo. Es el precio que tenéis que pagar los exaltados. Nos hacéis sentirnos culpables a los demás. Y tal vez os vais quedando solos.

ENRIQUE BUSCÓ EN LA CARPETA de Enviados el mensaje que había mandado media hora antes: «Aquí estamos. Aquí estoy. Te quiero». De pronto había pensado que Manuela podía interpretarlo como un chantaje sentimental. Pero al leer el mensaje de nuevo se tranquilizó. Eran sólo seis palabras, una señal de que no estaba disgustado, de que respetaba la decisión de Manuela. Ella no tenía por qué buscar oscuras motivaciones porque además no existían. Pasados los primeros momentos de ofuscación, Enrique se había ido haciendo a la idea del experimento de Manuela.

Por un lado, confiaba en que Manuela terminara acortando el tiempo. Por otro, había leído *los Ensayos sobre la condición obrera* de Simone Weil y no le habían parecido del todo descabellados. Al fondo de los mismos percibía el germen de una beneficencia moderna, inteligente, por momentos brillante. Aunque esa manera de verlo podía resultar cínica, él no pretendía serlo. Grandes compañías, como la suya, famosos ejecutivos como Gates, bancos como su banco destinaban cada vez más recursos a una beneficencia moderna que, sin embargo, no siempre era inteligente y brillante, casi nunca. Simone Weil, al experimentar ella misma las causas del malestar, proporcionaba consejos imaginativos, yendo más allá de la idea de regalar alimentos o vacunar niños; todas esas fábricas en México, en África, en la India, con obreros en pésimas condiciones, podrían mejorar si el dinero de las donaciones se usara para aplicar las ideas de Weil. Otra cosa era que a él todo ese tema le diese igual, pero comprendía que a Manuela le interesara sumergirse en otros ambientes y adquirir nuevas experiencias. En cierto modo, podía equiparar la incursión de Manuela a uno de los cursos de actualización que su empresa montaba de vez en cuando, sólo que Manuela había tenido que buscarlo por su cuenta.

Desde el nuevo estado de comprensión, Enrique había hablado con los chicos, y también con Susana. A los chicos les había contado la parte de la experiencia; una profesora, les había dicho, tiene que seguir aprendiendo siempre. Y con Susana había abordado de frente el asunto del ecuatoriano. En la vida de la clase media apenas había acontecimientos. El ecuatoriano había sido uno, algo que había alterado el curso normal de las cosas. Los accidentes, las pérdidas de dinero, las enfermedades también eran acontecimientos, pero ya estaban codificados. La visita del ecuatoriano no lo estaba. Y Manuela necesitaba colocarla en algún lugar, que pasara a formar parte de su vida, que no se quedara como algo extraño y amenazante. Susana había escuchado, atenta, sus palabras.

A las dos de la madrugada Enrique apagó el ordenador, las luces de su despacho. Ya no se sentía aislado dentro de su familia. Al revés, sentía que le necesitaban y que para todos había supuesto un gran alivio verle hacerse cargo de la situación. Las personas a veces piensan que deben reaccionar, se dijo Enrique, eso es bueno. También se dijo que ese chico, Goyo, estaba equivocado: Manuela no era un referente para jóvenes radicales. La vida no se vuelve a pensar, si ese chico quería hacerlo, allá él, pero la vida era un material sumamente quebradizo, parecido a una hoja seca, no se podía andar doblándola y desdoblándola y menos tratar de darle la vuelta como a un guante porque entonces se desmenuzaría.

Enrique salió del despacho y fue a mirar el acuario. Le aplacaba mirar los peces de noche, con el salón a oscuras.

Dondequiera que Manuela estuviese no habría, seguro, ningún acuario.

Susana

«Somos como esos viejos árboles, batidos por el viento que azota desde el mar.» Me gusta cantar por la calle, también canto en la ducha o cuando estoy haciendo cosas, ordenando papeles, esperando a que hierva el agua del té. He decidido hacer una solicitud a la corporación. Con todas las adhesiones que hay me parece mejor no esperar. Siempre está el miedo a quemar cartuchos: si hacemos una primera cosa mal, la idea misma de la corporación puede venirse abajo. Si la hacemos mal. Pero si el resultado es algo modesto y bien terminado, cogeremos experiencia y ayudaremos a que se entienda para qué puede servir esta idea.

Últimamente he discutido bastante con papá. Esto no tiene que ver aunque sí tiene que ver. Las personas se meten en política por razones muy distintas. Porque vives en un barrio obrero y tus padres han hecho huelgas, supongo, o si estás realmente puteada. Dicen que Marx se hizo rojo leyendo libros, pensando. Mi caso es un poco sonrojante. Con sinceridad, sin intentar inventarme ninguna biografía, yo me metí en política por las canciones. Estaban en mi casa, en discos de vinilo, en cintas: «... y hay que acudir corriendo pues se cae el porvenir, en cualquier selva del mundo, en cualquier calle». Alguna vez mamá, que sabía que me gustaban, compró versiones de esos mismos discos en CD. Las canté tantas veces sin saber en qué momento se escribieron, sintiendo que era a mí y a miles de personas como yo a quienes se dirigían. Nunca he estado en un sitio donde se cantaran esas canciones en común, la gente sabiéndose la letra, puños alzados o manos con mecheros encendidos. Sé que eso pasó, pero yo no había nacido.

Yo las oía en casa y me gustaba el mundo del que hablaban. Me metí en el colectivo por eso.

Las canciones han cambiado; de vez en cuando reconozco alguna, pero hay muchas nuevas. He discutido con papá porque él no ve bien que yo esté tan metida en política, así que lo de la corporación, si llega a enterarse, estoy segura de que va a parecerle el colmo.

No es que él sea uno de esos rojos nostálgicos que luego se hacen de derechas y prefieren que su hija juegue al tenis en vez de ir a reuniones. Papá nunca fue rojo, si hasta quiso ser militar. También hay militares de izquierdas, pero él hubiera sido, estoy casi segura, de los que se dicen apolíticos. Me llevó a dar clases de tenis con cinco años, nunca ha pretendido ir de progre. Lo único un poco raro que hizo fue enamorarse de mamá, y creo que la acompañó a varios de esos recitales donde se encendían mecheros. Tampoco a muchos, porque cuando mis padres se conocieron todo eso ya se acababa. Luego está lo de la discusión que tuvieron justo un día antes de que yo naciera. Mi madre quería ir a la manifestación contra la OTAN, mi padre no sólo no quería ir, tampoco quería que mi madre fuera habiendo salido de cuentas. Al final mi madre fue sola, pero no se quedó todo el tiempo. Al día siguiente nací yo, también dejó de haber manifestaciones de izquierdas multitudinarias.

Si papá supiera que la culpa de lo que ahora le preocupa tanto la tuvieron unos discos, se pondría furioso. Pensaría que evitarlo habría sido tan fácil como tirar los discos. Porque, quitando las canciones, mamá no conservó muchas más cosas de aquel tiempo. No se volvió de derechas como mi padre. Empezó a preocuparse por otras cosas: sus libros, sus clases, nosotros. Creo que unas veces vota a Izquierda Unida y la mayoría se abstiene.

Yo vengo de ahí. Es un origen muy poco sólido y me conviene saberlo. Hasta mi nombre es algo flotante. Iba a haberme llamado Nieves, pero en el último minuto se decidieron por Susana, y yo no puedo dejar de pensar que tengo más pinta de llamarme Nieves. Las Susanas suelen ser chicas altas, guapas, un poco Marilyns aunque más delgadas, con melena. Por lo menos a mí el nombre me suena a eso. Pero yo no es que esté delgada, es que soy flacucha de constitución. No soy nada alta, dicen que soy guapa, pero sé que no soy sexualmente guapa, sino sexualmente normalita, con una cara agradable, pálida, con pecas y el pelo cortado a lo chico. Nieves habría sido un buen nombre, al ser en plural te imaginas a muchas nieves pequeñas, como yo. En cambio, muchas Susanas creo que agobiarían un poco. Pues a pesar de todo me llamo Susana. Y esta Susana flacucha, de piel demasiado clara, nada alta, va a hacer una solicitud a la corporación.

De todas las canciones que había en casa, la que mejor me sé es la de los viejos árboles. Me llamó la atención porque mis padres cuando la cantaban debían de tener veinte años, o menos, igual que sus amigos. Y claro: «somos como esos viejos árboles», te imaginas a gente recia, mayor; no a unos chicos como debían de ser mi padre y mi madre entonces. Por otro lado, dicen que Labordeta, quien compuso esta canción y la cantaba y sí tenía aspecto de árbol recio, cambió un poco, se hizo más adaptable, dúctil a algunas políticas. También hay ejemplos de lo contrario, conozco varios. De todas formas, a veces sí parece que los jóvenes somos más recios, por lo menos mientras nos dura la juventud.

No sé si es por eso, pero a mí me gusta cantar la canción, me veo a mí misma poquita cosa, flaca, diciendo «somos como esos viejos árboles, batidos por el viento que azota desde el mar» y en algún sitio me encaja. A lo mejor son ganas de que me encaje. La canción sigue: «Hemos perdido compañeros, paisajes y esperanzas en nuestro caminar». Yo no he perdido a nadie, yo, Susana. Sin embargo también puedo cantar esa parte porque sé que sí he perdido compañeros, no me importa si suena increíble, a los que cayeron en Nicaragua o en Chile o en Argentina yo también les he perdido. Cuando las dictaduras de Chile y Argentina yo no había nacido, ¿y qué? Cuando la contra de Nicaragua tenía tres, cuatro, cinco años, pero a los compañeros que murieron en esa guerra sucia también los he perdido.

Hay días en que pienso que ser de izquierdas es una especie de facultad, como la memoria. Todos la tenemos en estado de latencia. Si no la usas nunca, te mueres sin enterarte de que la tenías. La prueba de que está ahí, sin embargo, es que en determinadas situaciones aparece. Muchas veces se confunde con el orgullo. Pero hay dos clases de orgullo. Para mí, cuando esa facultad no está involucrada el orgullo es puro amor propio. Y cuando el orgullo es amor propio, lo que sale es la pataleta, el sofocón, se pone la cara roja y falta el aire. En cambio, si esa facultad interviene el orgullo se generaliza. La persona comprende que la ofensa, el abuso, lo que sea, no se lo están haciendo sólo a ella; y se le llenan los pulmones de aire; dice «no puede ser» y las tres palabras vienen de muy lejos, de muchos compañeros caídos y compañeras, de muchas personas aplastadas, humilladas; y aflora en ella un valor, una determinación con los que no soñaba.

El orgullo de izquierdas lo tiene todo el mundo, yo lo he visto en personas de quienes nadie lo esperaría: de pronto les sale y tú notas que están sintiéndose parte de algo que viene desde muy atrás. El problema es que luego dejamos de usarlo, a la hora siguiente ya estamos en otra cosa, la facultad se adormece, la olvidamos.

En mi caso, el orgullo de izquierdas creció con las canciones. Reconozco que así como hay personas que lo tienen adormecido, el mío se ha ido un poco al otro extremo, está hipertrofiado. Dadas mis circunstancias, una estudiante de agrónomos que no ha tenido que trabajar ni siquiera para pagarse la matrícula, que nunca ha corrido peligro físico, que vive en el noveno piso de un edificio con dos porteros y moqueta azul en los pasillos, no deja de ser cómico que me tome tan a pecho letras como: «De pie, luchar, el pueblo va a triunfar, será mejor, la vida que vendrá». De acuerdo, pero ¿qué tiene de malo lo cómico? Yo no intento ser ninguna gran representante de nada. Al revés, sé que soy una representante pequeñaja, con poca historia y poco cuerpo.

Cada uno caemos donde nos toca. Yo podría haber caído en un campo de Brasil y estar en el movimiento de los Sin Tierra. Donde he caído es aquí, en este noveno piso, en este cuarto con portátil y ventana a una calle de grandes acacias. Pero también desde aquí es posible ver cómo las cosas nos apremian, las caras. Siempre me ha gustado mirar las arrugas que se forman alrededor de los ojos y en la frente. A veces parece que tienen vida propia. Si el espíritu existiera, seguramente viviría ahí, en esos cauces diminutos, móviles. No creo en el espíritu, pero entiendo a las personas que lo buscan. Al fin y al cabo el mundo entero está hecho de los mismos átomos, las personas de los mismos átomos que las rocas y el agua y las estrellas. ¿Por qué no iba a poder haber una partícula dentro de esos átomos? Una más pequeña que la partícula más pequeña de todas las encontradas hasta ahora, y que eso fuera el espíritu, el motivo, por así decir. Aunque yo no lo busco.

A veces sí he buscado la melancolía. Me encantaba poner cara de chica vagabunda, al mover la cabeza mover también el flequillo de mi pelo corto y andar con las manos en los bolsillos mirando a las personas como si yo acabara de salir del melocotón gigante y el mundo me resultara muy triste y muy hermoso.

Todavía ando a veces así, con las manos en los bolsillos, mirando lo que no pasa. En eso me parezco a papá. Lo que ocurre es que él está demasiado pendiente de este edificio, quiere que nosotros vivamos en uno parecido. Yo no le juzgo, creo que hasta le entiendo. Le preocupa la seguridad. Pero ¿qué puede hacer un árbol viejo con la seguridad? Cuando un árbol es derribado quedan otros muchos. Eso es lo que pienso.

He diseñado un pequeño estudio de viabilidad para la solicitud que quiero hacer. Es una locura.

Goyo no pudo cenar con Eloísa y celebrar su ascenso. Sin darle tiempo a preparar nada le habían dicho que debía ir a Sevilla, al Instituto de Bioquímica Vegetal y Fotosíntesis, en donde estaban elaborando un nuevo prototipo de fotobiorreactor tubular cerrado destinado al cultivo de microalgas. Desde el tren se había dirigido directamente a la isla de la Cartuja. Los fotobiorreactores le parecieron demasiado caros y complejos. No dijo nada porque a él no le habían llevado allí para decir nada. Hizo alguna pregunta, tomó nota de todo, se quedó unos minutos solo en la sala con esos tubos que guardaban en su interior un verde luminoso.

Ni siquiera sabía por qué le habían enviado. Los intereses del mundo académico y del mundo empresarial trazaban a menudo figuras curiosas y en uno de los vértices de esas figuras estaría él, cumpliendo algún papel insignificante. En vez de ese viaje podían haberle pedido que acompañase a una corrida de toros al subdirector de una empresa asociada. Por la noche había una cena con diversos invitados entre los que figuraban dos científicos ingleses, un director de proyectos de su empresa y varios políticos. No podría regresar a Madrid hasta el día siguiente por la mañana. De manera que cuando le propusieron ir a comer algo, rechazó amablemente la invitación y dijo que prefería descansar en el hotel. Allí encontró el mensaje de Elo.

No pudo esperar y la llamó por teléfono, la felicitó, hablaron, se gastaron alguna broma. Después Goyo dijo:

—¿Qué es eso de que te hago sentirte culpable? Por favor, no te vayas.

—Dos veces culpable, por mis ideas y por estar mareándote así.

—Maréame lo que quieras. No pienso dejar que te vayas otra vez. Y lo de las ideas: pero si yo no hago nada, Elo. Somos un colectivo pequeño. A ver, si en vez de a las reuniones me fuera a un taller literario, ¿te sentirías menos culpable?

—Goyo, entiendes de sobra lo que quiero decir. Es como si en una misa todos son creyentes menos una persona. Aunque esa persona no haga nada, sin querer agua la fiesta.

—Pero casi nadie cree. Tú misma no crees, nos metemos a trabajar en estas empresas porque no hay otras, pero no creemos en ellas.

—Hasta que llega un momento en que, por lo menos yo, dejo de preguntarme si creo o no. No puedo desayunar tostadas todos los días preguntándome si creo en las tostadas. Voy a trabajar a un sitio, vivo de lo que me pagan, destino casi toda mi energía intelectual a lo que hago allí. O decido creer, o decido dejar de preguntármelo.

—También podrías estar en un paréntesis. Hay personas que esperan años. ¿No puedes pensar que estás esperando?

—Eso me parece un truco.

—¿Querrás que nos veamos cuando vuelva? Por lo menos para poder hablarlo en persona.

—Sí, claro.

—Necesito abrazarte ahora.

—Mañana, un beso.

—Otro muy largo —dijo Goyo.

Después de colgar, miró hacia la pared en donde un espejo rectangular le devolvió su cara aniñada, aliñada con ese valioso gesto de ternura que servía para rebajar el recelo. Sintió que iba a estornudar y en el instante de hacerlo intentó no cerrar los ojos. Imposible. Allí estaba Goyo de nuevo. Hablar por teléfono era desesperante a veces. Sabía que las vacilaciones de Eloísa no formaban parte de una estrategia y sólo con su voz se sentía incapaz de tranquilizarla. Necesitaba tocarla.

Se puso de pie. Nervioso, se dirigió a la puerta. Era la química, pensaba, las enzimas, la boca del estómago. Un fenómeno fisiológico como cualquier otro: el cuerpo se alteraba durante el enamoramiento. Podría estudiar cómo se llevaba a cabo esa alteración, podría saber de qué manera se ponía en marcha el mecanismo, pero qué hacía con la necesidad de no saber. Existían la asamblea y las algas y la vida, pero también el deseo de una rendición sin condiciones, y él conocía el lugar donde eso era posible, el cuerpo de Elo abrazado al suyo.

Al salir de la habitación aún volvió a verse en el espejo, parecía tener un cuerpo firmemente unido, nada haría pensar a quien le viera que la carencia de Eloísa había excavado hoyos en su interior, huecos donde latía un dolor placentero, suave y soportable si no fuera porque, de tanto en tanto, las palas excavadoras horadaban una nueva zona de su cuerpo.

Félix a Mauricio

Le he dicho a mi hermana que si firmaba la adhesión y lo ha hecho. Tal como está, encerrada siempre en su cuarto con sus sagas de vikingos, podría haber firmado cualquier cosa. Vale, pero Adela ha cogido el papel que le daba y se ha separado un poco de la mesa para leerlo. Luego me ha mirado. Te juro que llevaba por lo menos seis meses sin hacerlo, mirarme a mí, mirar a nadie. Adela está en su cuarto, vive allí. Cuando sale para ir al baño o al dormitorio va como pensando en sus cosas, pero si se tropieza contigo no te mira. Baja la cabeza o mira hacia otra parte. Ni me acordaba de su mirada. Pensaba que la tendría apagada, como el color de la piel o su forma de andar. Adela lleva más de diez meses sin que la toque nadie, sin que le dé el sol, si fuera una planta se habría muerto. Así que me esperaba una mirada mustia, y no. Tenía los ojos igual que siempre, una especie de marrón luminoso, el color de cuando el sol da en el lecho de un río limpio, que no cubre. Me miró, me dio el papel y hasta pareció que sonreía. Medio minuto, o menos. Luego volvió a ponerse delante de la pantalla.

Mi madre también ha firmado. Lo ha leído tan rápido que no puede haberse enterado bien de lo que firmaba. Bueno, ahora hace casi todas las cosas así, muy rápido, sin fijarse. Lo habrá firmado porque era un papel que le daba yo. En mí confía bastante.

A quien no se lo he dado es a su novio. Mira, Mauricio, aquí es donde me entran a mí las dudas. No se lo he dado a Juan porque es un tío sensato, saludable. Vale, puedes pensar que si fuera alguien completamente saludable no habría venido a una casa como la nuestra. No es que seamos leprosos, pero Juan se mudó en el peor momento: cuando ya se sabía que iban a deslocalizar la fábrica de mi madre, y cuando mi hermana había engordado quince kilos y estaba clarísimo que iba a perder el curso y que no iba a salir de su habitación.

Yo creo que vino precisamente porque es saludable. A todos nos pasa, el día en que te encuentras muy bien notas que te sobra bastante energía y te parece muy lógico prestársela a quien sea. Además, él no va de consejero ni de nada. Está con nosotros y ayuda a que podamos decir voy «a casa» o me he olvidado el libro «en casa» sin que se nos congele la palabra en los labios. Juan no pasa de Adela, pero tampoco intenta que salga de su cuarto. Sé que folla bastante con mi madre porque a menudo les oigo, no es que ellos quieran que les oiga; la casa es pequeña y no van a esperar siempre a que yo no esté.

Yo creo que Juan tiene una teoría, piensa que si seguimos viviendo juntos, tranquilamente, un día se arreglará una cosa, luego otro día se arreglará otra. A lo mejor no se arregla nunca todo, o las cosas que se arreglan sólo se arreglan a la mitad o menos. Pero yo creo que él piensa que si seguimos juntos, con la casa más o menos ordenada, haciendo zumos de naranja algunas mañanas, friendo patatas en la sartén, viendo películas y llenando el sofá de migas y limpiando las migas de vez en cuando, si la casa no se muere, si nosotros no nos dispersamos, un día algo se arreglará: Adela empezará a salir, mi madre encontrará otro trabajo, Juan está convencido de que lo importante es que entonces, cuando las cosas se arreglen, siga habiendo un sitio, no nos hayamos ido ni hayamos convertido la casa en una ruina inhabitable.

¿Para qué necesita una persona como Juan firmar nuestro documento? Cuando me pregunto esto, Mauricio, me preocupo de verdad. Si al final la adhesión va a ser algo de las personas que no estamos del todo bien..., mira, eso me da un poco de miedo. Los esclavos de Espartaco no estaban del todo bien, ningún esclavo puede estar del todo bien, y los parias de la tierra lo mismo, pero yo estoy pensando en la tristeza. No puede ser que todas las personas que firmemos tengamos en nuestro cuerpo la cicatriz de la tristeza. No sería bueno, creo yo.

Enrique esperaba a que cayese la última luz de la tarde sin hacer nada, mirando la terraza con tres jardineras de hormigón llenas de plantas verdes. Desde el sofá no había vista propiamente dicha, sólo las jardineras, la barandilla y un cielo sin relieve al que, lentamente, algunos tonos morados empezaron a conferir profundidad.

Hacía meses que no se sentaba allí sólo para ver la tarde. En realidad, se dijo, no eran meses, ni siquiera años: nunca se había sentado ahí y había permanecido más de cinco minutos seguidos sin hacer nada.

Hay algo un poco patético, pensó, en la figura de un hombre que no hace nada. Si en ese momento hubiera oído la llave de alguno de sus hijos, seguramente habría disimulado cogiendo un libro o una revista. Era domingo, la asistenta no estaba y a eso de las nueve él mismo freiría unos filetes para Rodrigo y para Marcos. Susana no cenaba en casa. No le incomodaba prever que, en los postres, Rodrigo diría: faltan seis semanas para que venga mamá, y él diría: sí, exactamente, y seguirían hablando de otras cosas.

Le distraía ver la última luz. Sin embargo, esas jardineras... Enrique hizo un gesto con la mano, no había podido evitar encadenar un pensamiento con otro. Las plantas rebosaban desde las jardineras, tal vez había demasiadas plantas y demasiada poca tierra, se había dicho, y en ese instante había recordado el día en que Susana le acompañó a comprar el acuario. Sin siquiera advertirle de lo que pensaba hacer, Susana se había dirigido al dependiente para explicarle que las peceras estaban abarrotadas.

«Un pez tropical de dos centímetros y medio de longitud necesita por lo menos treinta centímetros cuadrados para poder respirar plácidamente», había dicho. Pequeña como era, delgada, la piel pálida y pecosa, los ojos claros, aunque en aquel momento debía de tener ya dieciocho años podía pasar por una chica de doce. El dependiente respondió frío y cortés: «Nuestros acuarios son lugares de paso, los peces sólo están aquí cuatro o cinco días». Entonces Susana siguió: «Cuatro o cinco días es mucho en la vida de un pez. Por ejemplo, ahí, en la esquina, hay uno flotando que parece muerto, y...».

El dependiente miró a Enrique. Susana se había expresado sin malicia, casi con asombro, pero no había bajado la voz y un chico de unos catorce años que se había acercado llamaba ahora a otro chico para señalarle la presencia del pez muerto.

«Muchas gracias», fue todo lo que dijo Enrique antes de salir. Estuvo a punto de añadir: «Disculpe», pero no lo hizo. Su hija había actuado con suma educación, disculparse habría sido exagerado aunque Enrique deseaba hacerlo, y deseaba no haber acudido con Susana al acuario, y deseaba no tener que llevarla a casa en silencio durante todo el camino y no tener que buscar otra tienda pues ahora le incomodaba volver a ésa.

El trayecto de regreso lo hicieron, en efecto, en silencio. Sin embargo, cuando estaban llegando al garaje, Susana dijo: «Papá, ¿por qué quieres tener peces de compañía?». ¡Peces de compañía! No respondió a eso. Le dijo con dureza que el acuario era un regalo para Rodrigo y que le pedía, aún más, le exigía que no hablara con Rodrigo sobre las condiciones de cautividad de los peces. Dijo condiciones de cautividad con ironía, con un asomo de burla. Sin embargo, se topó con un nuevo muro: «Como quieras, papá, pero tú sabes que los peces en un acuario no son felices, sufren estrés y aburrimiento, viven miserablemente y mueren prematuramente».

Enrique reclinó la cabeza en la oreja del sofá y cerró los ojos. Delante de él la luz proseguía su camino hacia la noche. Una cabezada, pensó; si Marcos entraba ahora y veía a su padre dormitar no se inquietaría. En cambio, un hombre sentado en el salón que, sin hacer nada, ve caer la última luz de la tarde parece un animal desconocido.

Mauricio a Félix

Eso de la cicatriz de la tristeza es muy borroso, Félix. Sé lo que quieres decir pero me sale aquello de santo Tomás: o toco la cicatriz, o nada. No es que no crea en tu cicatriz, sólo te digo: llámala de otra forma y será todo más fácil. Yo, que era el escéptico, ahora te ando convenciendo, ya te digo. Esta mañana ha venido a verme Susana a la tienda, me ha contado una historia de ciencia ficción y también la he estado convenciendo y eso que soy de letras. Mira, creo que su historia de ciencia ficción colocará nuestra cicatriz en otra parte.

Lo que pasa, Félix, es que si dices cicatriz de la tristeza, yo me pongo reflexivo, no sé, me apeno y me da por pensar que tienes razón. Prueba a, en vez de decir cicatriz de la tristeza, describir lo que nos pasa a cada uno. No tengo ni idea de cómo será la familia del novio de tu madre, ni su vida. Pongamos que es un tipo de esos que Goyo llamaría completamente normales, sano y afortunado. Pues así y todo yo pienso que podría interesarle adherirse a la corporación.

Susana también es normal. En cuanto a mí, hasta el año pasado no he reconocido que me gustan los tíos, veinticuatro años es tardar bastante para los tiempos que corren, pero tampoco demasiado. Tiempo y tiempo mirando cómo se enamoraban los demás y haciéndome el loco. Podría quedarme pensando que ésa es mi cicatriz, pero es que, Félix, si todo el mundo tiene cicatriz, entonces da igual, sería como si hubieras dicho: «No puede ser que todas las personas que firmemos tengamos nariz», ya ves tú.

Si no se trata de eso, lo que tendremos que explicar es por qué motivo un tipo sano y afortunado puede querer adherirse a la corporación. Te cuento la historia que me ha contado Susana y así, en vez de presentarle al novio de tu madre una adhesión abstracta, le hablas de lo primero que, si se aprueba, vamos a intentar.

La idea de Susana es que nos convirtamos en algo parecido a productores de oxígeno. No vamos a vender bombonas, no. Su idea es poner en práctica el proyecto en que está investigando Goyo a pequeña escala, hacer uno o dos modelos divulgativos. Yo no tenía ni idea de lo que hacía Goyo. Por lo visto hay gente investigando la posibilidad de usar las algas para absorber el CO_2 y los metales pesados directamente de los gases de combustión. Dependiendo de la especie de alga a cultivar, además de oxígeno se pueden producir proteínas nutritivas, o bien lípidos que luego se conviertan en biodiésel, o sea, en una especie de gasolina vegetal.

Se supone que tú al lado de una industria contaminante colocas un montón de tubos con algas que absorben la luz del sol y los gases de la industria. De esa manera las emisiones vuelven al aire purificadas entre un cuarenta y un ochenta por cien, y el CO_2 se convierte en materia orgánica reutilizable. Todavía no han averiguado cómo hacer para que, si eligen el camino del biodiésel, les salga muy rentable, pero están en ello. Parece que la mayoría de las empresas prefieren invertir en biodiésel agrícola, que aunque no contamina tampoco descontamina y en cambio aumenta las tasas de erosión del suelo, condena a los países pobres a dedicar sus tierras a unos cultivos que en nada les ayudan, etcétera. Y las pocas empresas que investigan con algas, se centran sobre todo en el dichoso biodiésel y apenas prestan atención a la capacidad de purificar el aire sin que necesariamente sea para producir más aceite que volverá a ser quemado.

Susana quiere hablar con el dueño de una tahona, cree que podría estar dispuesto a permitir que montásemos un dispositivo en su azotea. La idea de Susana es cultivar *Spirulina*, un alga que contiene proteínas y ácidos grasos de gran calidad. Por lo visto es bastante fácil, la sacas del tubo, se seca en tres o cuatro horas y tiene forma de harina, puede consumirse directamente o mezclada con la harina del pan. Además, Susana propondría al panadero varias visitas de colegios e institutos, también lo difundiríamos por la red, montaríamos un segundo dispositivo en otra tahona del mismo dueño y se lograrían varias cosas.

Primero: dar a conocer que hay una línea de investigación muy interesante y que está siendo pospuesta en función de otras mucho más dañinas. Segundo: mostrar que una institución colectiva es capaz de divulgar eso mediante un dispositivo industrial, a pequeña escala, sí, pero que estaría realmente produciendo oxígeno cada día y también un alga de gran interés. Y lo más importante: plantear que las decisiones fundamentales sobre lo que es bueno investigar y elaborar y transformar nos han sido arrebatadas. Sería nuestra forma de contar que la lucha política puede hacerse ahí, en la producción, o en la transformación o como quieras. Creo además que la lucha política se une con la ecológica, porque toda producción entraña siempre una destrucción, y también la decisión de lo que se destruirá nos la han negado.

Supongo que exagero bastante, la verdad es que me gusta esa idea de Susana. Cuando se lo dije, empezaron a ocurrírsele inconvenientes. Los decía para no dejar cabos sueltos, pero estaba encantada con que me hubiera parecido bien y me ha prometido hablar con el panadero. Lo que más le preocupa es que esto pueda perjudicar a Goyo en su trabajo. No sé bien cómo va eso, hay que averiguarlo y si el panadero está de acuerdo y Goyo dice que adelante, Susana hará la solicitud. Vuelvo al novio de tu madre, no me he olvidado. Con una propuesta concreta es más fácil responder: ¿por qué motivo le puede interesar a un tipo sano y afortunado, profesor de educación física, adherirse al proyecto de montar en dos azoteas dos dispositivos para purificar gases por medio de la fotosíntesis de las algas? Dirás que ahora suena todavía más disparatado. Sin embargo sonríes, o me parece que lo haces, porque no puedes evitar pensar que sí le interesaría.

Si a Juan le interesa, ¿querrá decir que es también un rencoroso? Al fin y al cabo es eso lo que me has preguntado, ¿no? Rencor es una palabra menos poética que usan algunos para lo que tú llamas la cicatriz de la tristeza. Entre el rencor y la lucha política mucha gente encuentra una relación directa. Pero entre el rencor y la fotosíntesis, no.

En las partículas fotosintéticas no hay rencor. Esas partículas, Félix, hacen lo que tienen que hacer. Para los humanos, el trabajo es nuestra fotosíntesis. Es importante. A las algas les dejaron hacer su trabajo y apareció la atmósfera. Estar en una tienda de lujo aguantando el pijerío no es ningún trabajo, de aquí no sale nada, no debería valer ni para mí ni para nadie.

Yo creo que a Juan le interesará nuestra propuesta porque está dando clases, imagino, a tíos y tías que ni siquiera saben para qué necesitan aprender, y no son tontos, claro que no son tontos. Son inteligentes, se dan cuenta de que su energía la tomará cualquier empresa de pizzas o de ropa deportiva, si es que se digna tomarla: entonces, ¿de qué les sirve comprender el origen del universo y de la vida o siquiera el concepto de deportividad? Eso es lo que yo creo, pero si puedes llévalo a tomar una cerveza, cuéntale lo que hacemos y a ver qué dice.

Comunicado 3 al anochecer

Los sujetos colectivos se impregnan de aquello que sus componentes o miembros saben, leen y viven. Así he llegado a saber un poco de algas y quiero a mi vez impregnar a la corporación de mi conocimiento. Disfruto con estas estructuras del mundo acuático.

Las algas presentan poca diferenciación celular. No estoy en contra de la especialización, carezco de esa tendencia a los moldes férreos de la que ya hemos hablado. Pero me interesa lo poco diferente, es algo que ha recibido por lo general mucha menos atención que lo muy distinto. Comparto, por otro lado, con los sujetos individuales la inclinación a conmoverme ante lo frágil y, en este sentido, la frágil biología de las algas me enternece y asombra. La fragilidad no conmueve porque sí. En el caso de las algas, el hecho de ser en extremo dependientes de los aspectos físicos y químicos del medio circundante las convierte en bioindicadores de las variaciones ambientales.

Con los sujetos frágiles sucede algo parecido: son los primeros en caer y su caída alerta de las variaciones ocurridas en el medio, entre las cuales a menudo sobresale la degradación. Si la sociedad humana logra no destruirse y vivir doscientos años puede que comprenda, como algunas tribus pequeñas comprendieron, la necesidad de proteger a sus sujetos frágiles.

Algunas algas pertenecen, en fin, al selecto grupo de organismos que inventó la fotosíntesis oxigénica, el tipo de fotosíntesis que actualmente predomina, cambiando la evolución de la tierra al introducir poco a poco oxígeno en el agua marina y después en la atmósfera. También las plantas terrestres fijan gran parte del tiempo CO_2 y desprenden oxígeno, pero las microalgas superan con mucho a los bosques más exuberantes en su capacidad de hacer que el CO_2, gracias a la enzima rubisco, genere —debo aquí ser cursi para ser preciso— dulzura, gracias a la cual vivimos todos los que no fotosintetizamos.

Escribo este comunicado minutos antes de entrar en mi fase oscura. Aunque los seres colectivos estemos más evolucionados que los individuales, la fotosíntesis permanece fuera de nuestro alcance. Somos incapaces de convertir la energía radiante en sustancia, en crecimiento. Sin embargo, nos gustaría poder hacerlo y tal vez por eso acusamos la noche más que los seres individuales. Cuando se nos encomienda realizar alguna tarea en la oscuridad, la realizamos sin escaquearnos, pero una parte de nuestra voluntad permanece como reconcentrada, medio distante, medio a lo suyo.

Todavía hay algo de luz. Me dirijo a mí mismo, es decir, me dirijo a los seres individuales que me componen pero también me dirijo a los seres individuales que podrían llegar a componer la corporación en marcha. Y, con la fiebre previa al decaimiento de la fase oscura, me dirijo a todos los seres individuales del planeta que puedan prestarme atención.

Nadie decide su existencia, esto es un hecho. Un puñado de genes no elegidos comienzan a desplegar su actividad en un polígono medio industrial de Barcelona, ¿y quién ha decidido nada? A los siete años hay quien tiene el uso de razón secuestrado casi por completo por la necesidad de usar la defensa propia o el resentimiento. Hablo de un país como España, ni sé qué pasará en las villas miseria de dos tercios del mundo.

Nadie decide su existencia pero existen porcentajes. Me dirijo sobre todo al porcentaje de seres individuales que en parte puede o podría decidir cuestiones de su carácter y de su perfil profesional. Me dirijo, de entre ellos y ellas, a quienes alguna vez se han preguntado cómo invertir, no los euros, escasos con frecuencia, sino los nudos en la garganta.

Sabemos que una corporación intermitente es nada, brasa de cigarrillo, débil fulgor naranja de un momento. Pero en ese fulgor arde la pregunta central de cada vida: la energía, ¿adónde va? Y mientras alguien desdeña con un gesto a cuantos murieron por una idea, un principio, por un sueño, cada mañana cientos de millones de personas entregan sus horas a accionistas que ni siquiera piensan, que ni siquiera saben, cuyo único principio no elegido es imponer un producto en el mercado a cambio de un precio.

Ahora me voy a dormir porque a los sujetos colectivos el sueño nos viene sin avisar.

Cuaderno de Manuela

¿Cuál es el punto de ebullición de una mujer burguesa? ¿En qué momento pasa del estado líquido al gaseoso? Dicho de otro modo: ¿las mujeres burguesas se evaporan? Tiendo a pensar que no. Llevo ya mes y medio en la tintorería. Simone Weil resistió casi cinco meses seguidos en la misma fábrica. La echaron y volvió a buscar trabajo de obrera. Y resistió otros pocos meses. Su trabajo era más duro que el mío. Pero creo que ni siquiera en su caso hubo evaporación de la mujer burguesa. De todas formas, aquí sigo. No es por obstinación nada más, es que pienso que sí puedo aprender algunas cosas. Cosas, ¿cómo decir?, graduales.

He recibido tres mensajes de Enrique. Dice que me espera. Me fui sin darle mis razones y ahora, cuando lo pienso despacio, conociéndole, estoy casi segura de que ha debido de sentirse muy ofendido. Pensaría que yo no confiaba en su criterio. Y no se trata de eso. La excitación, la confusión del pistoletazo de salida, es como si decides bañarte en una playa donde el agua está helada, echas a correr hacia dentro y no es momento para dar explicaciones a nadie, necesitas concentrarte en tu impulso.

También hay algo más. Si cuando te estás ahogando te agarras a alguien de mala manera, lo único que consigues es que se ahogue también. Tenía que saber un poco más lo que me estaba pasando antes de agarrarme.

Ya no escribo en cafés por la mañana y no me encuentro a caballeros de camisas llamativas. Tampoco escribo en la tintorería, es imposible. En la habitación de casa, no sé por qué pero me pone tristísima sacar el cuaderno. Así que escribo en el locutorio. Vengo aquí todas las noches y miro el correo electrónico por si hay algo de Enrique o de los niños. Algunos días, como hoy, saco el cuaderno y pregunto a los dueños si me dejan quedarme escribiendo en una esquina. Se miran entre sí y luego me dejan.

Delante de mí, en el ordenador que he ocupado hace unos minutos, una chica lee en voz alta el horóscopo a un tipo que no hace más que tocarla y bostezar. Desde una especie de pecera no mucho más grande que el acuario de casa, me miran el dueño y la dueña y un bebé de unos dos años, los tres con rasgos orientales. En el locutorio hay cuatro ordenadores. Medirá unos dos metros cuadrados, con la pecera incluida. Hay ocho sillas. Yo me siento en una de las ocho, pero en cuanto hay más de seis sillas ocupadas me voy, para no disuadir a nadie que quiera entrar Aquella película que gustó tanto a mi generación, *Blade Runner,* no es nada comparada con este locutorio. Esto, no sé cómo decirlo, ni siquiera tiene atmósfera. No es que sea un sitio sórdido, es otra cosa. Si existe la antimateria, debe de estar hecha de lugares así.

4

La conversación de Susana con el dueño de la tahona fue fácil. Llevaba días encerrada, estudiando material que había pedido a Goyo con la excusa de hacer un trabajo para la carrera, y consultando todos los enlaces de internet hacia donde ese material la conducía. Había hecho un diseño de granja de *Spirulina*, calculando los gramos de algas que se producirían y, por tanto, la cantidad de CO_2 que se podría detraer de la atmósfera, dos gramos de CO_2 por cada gramo de peso seco de alga. Incluso se había ocupado del ruido que haría la bomba soplante conectada a la chimenea y había estudiado la mejor forma de insonorizarla. Supo transmitir al panadero seriedad y confianza, le aseguró que el colectivo se haría cargo de todos los gastos y de la mano de obra. El panadero se mostró receptivo. Faltaban sólo tres años para su jubilación, dijo. Entonces se largaría a vivir a México dejándole la panadería a uno de sus hijos pero no le importaba, sino todo lo contrario, hacer ese experimento antes de irse.

Susana dijo que en el colectivo aún tenían cabos sueltos. Sabiendo ya que él estaba interesado, lo más probable era que la semana próxima volviese a visitarle con una persona experta para ver la azotea. Se levantaron. El panadero estrechó la mano de Susana. Ya iban a salir cuando Susana dijo:

—Tengo que volver a empezar.

El panadero se sentó y miró a Susana con expresión divertida.

—Imagínese —dijo Susana— que cuando la granja está funcionando usted se entera de que quienes la han montado no sólo pretenden dar a conocer un proyecto de cultivo de algas. Quieren hacer pública la falta de democracia a la hora de decidir qué investigar y fabricar.

—¿Pensáis poner a mis dependientes a repartir panfletos, o qué?

Susana negó con la cabeza, iba a decir algo pero el panadero la interrumpió:

—Verás, Susana, a mi edad puedo permitirme no saber lo que no me interesa saber. No te sientas obligada a entablar conmigo un diálogo sincero y edificante. Vuestro proyecto me interesa, me divierte. Si detrás hay otras cosas, a mí no tenéis que darme explicaciones. Creo que la azotea donde está la chimenea es lo bastante amplia. Tú consúltalo con quien sea y cuando queráis ver la azotea me avisas.

Dos días más tarde, Goyo llegó a la panadería. Susana le había citado allí diciendo que ya le explicaría todo en persona. Como no la encontró en la puerta, entró en el lugar donde despachaban el pan. Había unas magdalenas con aspecto de estar muy ricas, y varios panes de distintas formas. Goyo se fijó en unas bolsas de papel amarillas y ocres con el siguiente eslogan: «Pan fresco del día, no congelado». Qué raro, pensó: persona viva, no muerta.

Un hombre de unos treinta años salió para atenderle. Pillado desprevenido, Goyo compró una barra pequeña y se quedó esperando en la puerta. Las siete y diez y Susana aún no venía. Empezó a comer un poco de pan, estaba bueno.

A las siete y cuarto vio la pequeña figura de Susana corriendo a lo lejos.

—¡Perdona! Ha habido un imprevisto en casa, no he podido salir antes.

—¿Algo grave?

—No, no. Mi hermano pequeño necesitaba que le ayudara con un trabajo. ¿Vamos a esa cafetería?

—Bueno, ¿pero por qué has querido quedar aquí?

Susana sonrió:

—Ahora lo sabrás.

Entraron en la cafetería.

—Tengo una idea para una solicitud a la corporación —dijo Susana—. Creo que es buena, pero te afecta a ti muy directamente. Por favor, si ves que va a traerte problemas dímelo, se nos pueden ocurrir otras muchas cosas.

—A ver tu idea.

—Es un poco tuya también. En la asamblea pusiste el ejemplo de fabricar pasta de algas. Se trataría de que la corporación instale en la azotea de esa tahona, y quizá en otra, varios fotobiorreactores con algas para limpiar los gases de la chimenea.

—¿No querrás fabricar biodiésel?

—No, nos centraríamos en filtrar los gases, y si lo ves viable quizá podríamos producir *Spirulina* para la panadería.

—No está mal. Nada mal. Habrá que estudiarlo. ¿Qué combustible usan? Si tiene metales pesados no sería bueno para la *Spirulina*.

—Creo que no tiene. Es propano.

—Perfecto. Necesitamos ver el sitio, la luz, comprobar a qué temperatura salen los gases, pero en principio parece factible.

—¿Te podría perjudicar?

—¿Profesionalmente, dices?

Susana asintió.

—No creo —dijo Goyo—. Hemos sido bastante discretos. Excepto Elo, nadie en la empresa sabe que yo ando metido en grupos políticos.

—Pero sabrán que alguien nos ha asesorado para montarlo, y no hay muchas más personas trabajando en el uso de algas para absorber gases de combustión.

—Hay algunas. En Madrid, no muchas. Fuera de Madrid hay más, y también fuera de España. Si llegan a enterarse, que no creo, diría que vino a consultarme alguien que estaba haciendo un trabajo en su facultad. Hay bastante información accesible. Los datos más escondidos son los que se refieren a la calidad del biodiésel. Pero no es el caso. Y el cultivo de *Spirulina* con gases de combustión es relativamente sencillo. Tú misma podrías poner un dispositivo en marcha, preguntando y leyendo, sin contar conmigo.

—¿Cuánto puede costar?

—Lo más caro es la bomba soplante, un poco menos de tres mil euros. Los fotobiorreactores son unos tubos transparentes donde meter agua con algas y que les dé la luz. Podemos hacerlos con botellas usadas, cortándolas por la base y uniendo unas con otras. Tendríamos que comprar la malla metálica y los demás materiales con que sujetarlos, pero eso es barato.

—Y si no es profesionalmente, ¿qué te preocupa?

—Es que, a pesar de todo, el secuestro de CO_2 con algas es una solución de final de chimenea. Seguir produciendo, quiero decir, en vez de buscar caminos para la reducción de emisiones.

—Bueno, los activistas radicales del cambio climático seguro que la apoyan. Peor es no hacer nada.

—Pensaba en lo que dice Riechmann: «Hemos pedido un cambio de civilización y nos ofrecen porcentajes de biodiésel.» Sé que no relacionaríamos esto con el biodiésel, pero aun así.

—No podemos cambiarlo todo, Goyo. La ecología pasa

por la contención, pero a la contención nunca vamos a llegar con inventos técnicos. La contención depende de la lucha política, y eso es lo que vamos a hacer.

—Me preocupa transmitir la idea de que no importa que se contamine porque, al fin y al cabo, las algas lo limpiarán y además produciendo otras cosas.

—No tenemos ninguna presión —dijo Susana—. Podemos explicar las cosas despacio. Nuestro objetivo no es el CO_2 sino politizar la fabricación, y también la destrucción que trae consigo. Contar que debe ser debatida y argumentada. Tú mismo lo dijiste.

—Te veo muy convencida.

—Creo que podemos intentarlo. Todo coincide, que tú estés trabajando en eso, que al dueño de la tahona le interese, que sea algo de unas dimensiones aceptables para nuestro proyecto. Pero tienes que asegurarme que no te meterás en un lío.

—Asegurado —sonrió Goyo—. A ver, háblame del dueño de la tahona. Seguro que nos está esperando.

Susana miró a Goyo a los ojos agradeciéndole la complicidad:

—Bueno..., le dije que a lo mejor pasábamos, pero que no era seguro.

—¿Y de dónde has sacado a alguien dispuesto a montar algo así?

—Casualidad. Había ido a casa de un amigo que vive por aquí, y le acompañé a comprar pan. El dueño estaba dentro hablando por teléfono pero se le oía bien. Hablaba de unos indios nómadas de México. No sé, me llamó la atención. Y cuando se me ocurrió esta idea, me acordé.

—¿Te presentaste en la tahona por las buenas?

—Pues sí. Me acordaba de cosas que había dicho de los indios seris. Le conté la verdad, que había escuchado aquella conversación y quería hablar con él. Vinimos a esta cafetería.

—Pero estar dispuesto a montar un prototipo de cultivo

de microalgas no tiene mucho que ver con los indios nómadas.

—No, yo no le hablé de los indios, le dije que me había parecido una persona interesada en aspectos diferentes de la vida, que yo pertenecía a un colectivo y que teníamos una propuesta.

—¿Le hablaste de política?

—Un poco, en abstracto. Me cortó enseguida y dijo que no teníamos que darle explicaciones.

—Bueno, pues vamos a ello. Es importante ver de qué espacio disponemos. Cualquier sitio no sirve.

Un dependiente les hizo pasar dentro, había grandes cajas de mimbre, baldas metálicas, luz artificial. En un pequeño cuarto esperaba el panadero, sentado junto a un ordenador. Se levantó para saludarles y les señaló una mesa cuadrada. Él se sentó con ellos. Las paredes del cuarto estaban desnudas, a excepción de una fotografía de la isla del Tiburón, una cadena de cerros azules a un kilómetro del mar. Tras las presentaciones, el panadero dijo:

—¿Por dónde empezamos?

—Por la azotea —dijo Goyo—. Necesito ver cuánto espacio libre hay. Después tendríamos que estudiar la temperatura de las emisiones.

Damián les condujo a la escalera común del edificio. Subieron tres pisos y atravesaron una puerta que daba a una escalera metálica de caracol por donde ascendieron la altura equivalente a otros dos pisos. Una vez fuera, Goyo miró la chimenea y enseguida a Susana, asintiendo. Junto a la chimenea había una terraza amplia e irregular donde podrían instalar los fotobiorreactores. Susana se asomó al borde. Cuando se dio la vuelta vio que el panadero se había reclinado en una repisa de media altura, Goyo estaba a su lado. Susana también se acercó. El panadero parecía contento cuando dijo:

Ahora, chicos, llenadme la cabeza de pájaros.

Cuaderno de Manuela

Mañana me vuelvo. Estoy agotada. Faltan dos semanas y media para que se cumpla el plazo de tres meses que me había fijado. Aunque mi vuelta ahora suscitará el retintín educado de Enrique, quedarme sólo para evitar ese retintín es una bobada. Quiero ver a Enrique, contarle, quiero estar con mis hijos.

Había pensado que entrando a trabajar en un sitio parecido a los sitios donde trabaja Carlos Javier podría aprender algo de lo que él sabe. Error, craso error. No craso en su sentido literal, es decir, indisculpable. Craso en el sentido de grande, incluso de tremendo. No creo que sea un error indisculpable porque, salvando las distancias, a Simone Weil le pasó algo parecido. Ella buscaba conocer lo que piensa un obrero, lo que siente, lo que le pasa a un obrero, algo así, pero a donde ella y yo, salvando, digo, las distancias, hemos podido llegar es a conocer lo que le pasa a Simone Weil o a mí cuando nos ponemos a trabajar en una fábrica o en una tintorería. El experimento se reduce aunque no del todo, pienso.

Dejemos a Simone, su figura me desborda. Vayamos conmigo. Con mi experimento he conocido un agotamiento creciente que no tiene visos de estabilizarse si sigo aquí. O sea, ayer estaba cansada y hoy estoy más cansada y mañana, lo sé, estaría aún más cansada. Dormir no basta porque cada mañana me levanto como si aún necesitara tres horas más de sueño, o cuatro, o cinco. La casa está tan fría, algunos días no me ducho para ganar unos minutos de tibieza en la cama y luego es peor. Duelen los pies, la espalda. Por lo que he visto, no hay límite para la fatiga, nunca se toca el fondo. Así que regreso, porque estoy muerta.

Yo creo que sabría ser fiel a un compromiso hasta el final; y en ocasiones, esto lo afirmo, he sabido serlo. Si alguien necesitara que yo permaneciera aquí los tres meses completos, creo que aguantaría. Pero como no es el caso, pues me voy. Y como soy un poco frívola, cuando vea el retintín en los ojos de Enrique no me pondré hecha una hidra ni tampoco colorada; he vuelto con dos semanas y media de antelación, al fin y al cabo saber que mi resistencia como tintorera voluntaria alcanza las diez semanas y media forma parte también de lo que he aprendido.

Cuando yo tenía la edad de Susana, dejé a un chico tras haber salido con él tres años. Fue una de esas rupturas bastante equilibradas, no hubo dramatismo sino que iba pasando el tiempo y veíamos que yo tiraba hacia un lado y él hacia otro. El caso es que después de dejarlo yo esperaba ligar mucho, tenía ganas de una época loca. Pero nada. Y no entendía por qué, no he sido especialmente borde ni retraída, había chicos que me rondaban, pero nada. Una noche, en una fiesta, me perdí por algún rincón con un amigo borde, bajito, quien ligaba constantemente, y le conté mi caso. Me dijo que para ligar no había que tener ego, ni pizca de ego, había que deshacerse de él. Al principio no le entendí. No, no. Le entendí perfectamente, pero al principio quise hacer como que no le había entendido. Al mirar a mi amigo supe por qué ligaba tanto, lo deseé y si no pasó nada fue porque yo seguía haciendo como que no le había entendido.

No tener ego es, desde luego, compatible con la dignidad, alguien que no tiene ego no está obligado a ir de alfombrilla del resto de las personas. Yo comparo la dignidad con un cuerpo erguido y desnudo. Y el ego con la virginidad, con lo que debe permanecer idéntico. El ego se parece a ir de punta en blanco. Una vez, cuando éramos pequeñas, mi madre le quitó el ego a mi hermana mayor. Ella se había arreglado para ir a una fiesta, llevaba un vestido granate con los hombros desnudos, medias finas, zapatos nuevos, pendientes, iba un poco pintada y estaba insoportable con nosotras y con ella misma.

No se quería sentar para no arrugarse el vestido, se puso furiosa porque yo la despeiné jugando, no quiso merendar: estaba allí, de pie, exenta.

Cuando llevaba más de quince minutos así, mi madre dejó lo que estaba haciendo; sin ninguna furia se acercó a mi hermana como si fuera a quitarle un hilo o una mota de algo. Lo que hizo fue romperle un botón. El vestido se abrochaba por delante con tres o cuatro botones. Mi madre cogió uno y tiró de él hasta desprenderlo. Quedaron los hilos sueltos. Yo temblé. En un instante vi a mi hermana gritar o llorar y salir corriendo hacia nuestro cuarto, donde permanecería encerrada quién sabe cuánto tiempo tras el gran portazo. Estoy convencida de que esa secuencia también pasó por delante de los ojos de mi hermana. Pero sorprendentemente no hizo nada, miró el botón, miró a mi madre y luego las dos se echaron a reír. Mi hermana estuvo jugando conmigo hasta que llegó la hora de su fiesta. Nunca he sabido si con aquel botón se fue su virginidad, pero estoy segura de que su ego sí se fue, por lo menos una parte.

A mi hija Susana no le gustan los vestidos complicados. Casi siempre se viste con vaqueros y camisetas, es ese estilo cómodo y un tanto zarrapastroso en donde no hay manera de repetir la hazaña de mi madre. Pero no desisto de encontrar algún día una forma de hacerlo. A mí me gusta mucho cómo es Susana, sólo querría contarle que una puede arrancarse el ego como un botón sin que eso signifique volverse desleal. Mi hija a veces llega a ser muy intransigente. Yo no estoy en contra de la intransigencia, es más, la creo necesaria, no sé cómo vamos a salir nunca de este mundo zafio si no es siendo intransigentes con la crueldad, el daño y la barbarie. Sin embargo quisiera ser capaz de contar a Susana que la intransigencia puede tener altos y bajos y, por qué no, suaves pendientes, sin que se ponga nada esencial en peligro.

Cuando tienes ego cualquier cosa te ofende, te distancia. Cuando no tienes ego aguantas el tipo y esperas a ver qué ocurre. Los frívolos se arriesgan; sin ego es más sencillo salirse de la fila, adentrarse en territorios, explorar. No me refiero a la frivolidad de quien se compra quince bolsos sino a una forma de estar en la vida sabiendo que el ego es una capa innecesaria. Hay otras capas, la piel es necesaria, la lealtad puede ser necesaria, ¿por qué los rasgos de la personalidad han de ir en paquetes? Renunciar a algunos no nos impide conservar otros.

En fin, me vuelvo. He comprado una tarta con velas. Como tenemos los horarios cambiados mis compañeras de piso estarán durmiendo cuando yo me vaya. Encontrarán en la nevera la tarta con sus tres velas, una por cada una de nosotras. No sé por qué una tarta pero deseo que la enciendan, y soplen.

Hoy no he ido a escribir al locutorio. Estoy en la mesa de la cocina de este piso de Parla al que muy probablemente no vuelva nunca. Mañana estaré en casa. Mi ego me dice que he hecho el ridículo, pero entonces recuerdo que no tengo. Si no tienes ego, tu ego no está en cuestión. Son otras cosas las que están en cuestión. Si no tienes ego tampoco tienes que ser fiel a tu ego, sino a esas otras cosas.

Es curioso, yo veía a Susana y todo el tiempo me decía: tengo que contarle que el ego es como un botón de terciopelo, se arranca y no pasa absolutamente nada. Pero un buen día el ego vuelve y se instala otra vez. ¿Cómo iba a entenderme Susana si yo no me había dado cuenta?

Félix a Mauricio

Pues ha firmado, Mauricio. Ayer por la noche mi madre se acostó temprano. Yo estaba estudiando, salí y vi a Juan en el sillón leyendo unos folios, con un vaso de vino y un plato con queso en la mesa pequeña. Le pregunté si tenía tiempo para que hablásemos un rato. Le dije que debería jurar que guardaría el secreto y que si jurarlo o prometerlo le parecía una estupidez, por favor me lo advirtiera. No se burló. Dijo: te doy mi palabra.

En vez de empezar por el principio, te hice caso y empecé por el final: todo lo que nos contaron Goyo y Susana, esa azotea, los tubos con algas verdes. Me hizo dos preguntas que no supe contestar: si había algún peligro en el manejo de los gases y de dónde pensábamos sacar los tres mil quinientos euros. Le dije que en cuanto supiera ambas cosas se las contaría, que podía esperar y firmar cuando yo tuviera la respuesta. Dijo que no, que firmaría ahora, que le gustaría conocer las respuestas cuando yo las tuviera pero que estaba dispuesto a firmar en cualquier caso, y que además me agradecía mucho que le hubiera pedido la firma.

En ese momento yo tenía que haberle preguntado por qué: por qué lo agradecía, por qué firmaba y hasta, ya puestos, por qué se había enamorado de mi madre. Pero no me salía hacerlo y me quedé callado. Juan me ofreció queso, vino, yo no tenía ganas de tomar nada. Tampoco quería irme. Señalé sus folios, le pregunté si era algo urgente y dijo que no, era el trabajo de un chico muy patoso a quien, después de intentar que realizara varios ejercicios físicos sin conseguirlo, le había pedido que le escribiera cinco folios sobre algún tema del cuerpo humano. El chico había elegido la torpeza motora y, por lo que Juan llevaba leído, no lo había hecho nada mal.

Nos quedamos callados, qué mal rollo, me parecía que cualquier cosa que dijera iba a sonar a conversación profunda. Juan tomó más queso y bebió más vino, eso fue un punto, no es tan fácil seguir comiendo tranquilamente con alguien que sólo mira. Luego habló él. Me dijo que el trabajo de ese chico le estaba interesando mucho porque, a pesar de ser profesor de educación física, y a pesar de que le gustaba serlo, desde hacía algún tiempo había empezado a pensar que el problema de los humanos era no ser lo suficientemente torpes. Hay que tropezar más, dijo. Hay que ir más despacio. Le interrumpí.

—Lo dices porque se te dan bien los deportes, eres ágil.

—A mí me gusta el deporte, creo que hace funcionar mejor el organismo y eso te da una sensación de libertad, casi te predispone a ser feliz. En cambio lo ágil..., a veces dudo de ello. Pararse, tropezar, advertir las dificultades, eso no está mal, ¿no crees?

—¿Qué tendría de malo que todo el mundo fuera ágil? O al revés: ¿toda esa gente inflada de comida basura crees que es feliz?

—Una cosa es la gordura acompañada de sedentarismo, y otra la torpeza motora. A una gacela le conviene no ser torpe, pero los hombres deberíamos serlo un poco, y las mujeres.

—¿Para qué?

—Para ir más despacio. Es una cuestión general, no va a arreglarse nada porque en cada curso haya dos torpes motores más o menos. La mayoría de los torpes motores ahora tampoco pueden aportar mucho: el parámetro es la agilidad; su torpeza ellos la viven como carencia. De hecho hoy es una carencia.

—¿Y qué crees que pasaría si cambiara la proporción?

—Creo que nos ayudaría a recordar que entre nuestro cuerpo y las cosas hay algo, algo físico, material, no quiero decir el alma ni nada parecido; hay pensamiento, elaboración, memoria. Mira, ni el mejor atleta del mundo puede compararse con un guepardo corriendo. Tendemos a compararnos con las cosas que funcionan a la perfección. Es un error. La especie humana es una de las tantas chapuzas de la naturaleza. La vida se hace con esas chapuzas. Como lo que me has contado de la fotosíntesis, que es chapucera, incluso poco eficiente desde algún punto de vista y, sin embargo, gracias a ella apareció la atmósfera, que nos permite vivir.

—Pero hace falta un baremo, Juan. Incluso para hacer una chapuza y que funcione necesitas tener la perfección como punto de referencia.

—¿Por qué? ¿Por qué la referencia tiene que ser la perfección y no la vida? La perfección puede ser una posibilidad más, un dato más, pero no la referencia. En la empresa de tu madre la búsqueda de la perfección, de lo máximo, va a dejar a mucha gente sin trabajo, y creo que esa misma búsqueda es lo que ha encerrado a tu hermana en su cuarto.

—Ya, lo que digo es que si quieres hacer algo es bueno tener un modelo. No sé, quieres hacer una silla y te imaginas la mejor del mundo, luego haces una regular, pero no vas a empezar imaginándote una regular.

—Es que la mejor silla del mundo no sirve para nada, sería una silla que no se destruyera nunca, por ejemplo, ¿y para qué quieres una silla que dure cinco billones de años? Tendríamos que tropezarnos, Félix, para ir más despacio, para recordar que tropezarse forma parte de nuestra vida. O que la distancia más corta entre dos puntos sólo produce líneas rectas, y hay otras.

Estuvimos un rato más. Todavía no sé bien por qué firmó. Tampoco sé bien por qué alguien tan ágil puede tener interés en tropezarse todo el rato. A lo mejor está relacionado con la rapidez. Como si un cuerpo rápido no pudiera dejar de ser rápido a no ser tropezándose, como si Juan quisiera dejar de ser rápido.

MANUELA SE PRESENTÓ en la casa, sin avisar, un viernes a las cuatro de la tarde. Enrique oyó ruido en la cerradura y, pensando que se trataba de Marcos, él mismo abrió la puerta antes de que Manuela acertase a introducir la llave correspondiente. «Dos meses y medio son suficientes para que olvide cuál es la llave de casa», pensó. Poco romántico para ser el primer pensamiento, poco hospitalario, poco alegre, si bien Enrique fue capaz de mantenerlo en la zona abisal de las cosas pensadas que no se dicen.

Después se besaron. Los chicos no estaban y tampoco Susana. Fueron al dormitorio, la persiana había quedado medio bajada, la cama hecha. Envueltos por una penumbra que oscurecía los cuerpos, se amaron con ciclos sucesivos de obscenidad y ternura que en algunas ocasiones excitaban a Enrique hasta el dolor. Lo habitual era el sexo confortable, unas veces vivificado por las fantasías, otras simplemente rápido. Pero de tarde en tarde ocurría, Manuela se le acercaba de pie, no dejaba que él se tendiera en la cama y empezaban una persecución sin límites.

Antes de quedarse dormido alcanzó a oírla levantarse. Luego, al despertar, vio que Manuela estaba a su lado. Fue entonces cuando ella le contó todo desde el principio. Aquel ecuatoriano tenía un nombre, Carlos Javier, y en efecto había sido el desencadenante del viaje de Manuela al espacio exterior. Le habló de la tintorería sin extenderse mucho. Y sobre todo le habló de sus planes, que a él, por fortuna, no le parecieron mal. En realidad, se limitaban a dar las clases de otra manera y, aunque no fuera ésa la palabra que había usado Manuela, hacer un poco de voluntariado. No, Manuela no dijo voluntariado. Dijo «incidir en los puntos sensibles del capitalismo». Mientras oía lo que Manuela estaba contando, Enrique pensaba que voluntariado resumía bien la intención de Manuela y que seguramente por eso, para huir del tópico, ella había elegido una expresión distinta.

Enrique la puso al día de las cosas de los chicos. De Susana dijo: «He discutido con ella un par de veces». Esperaba que ella no le preguntara y, en efecto, Manuela sólo añadió: «Yo he pensado mucho en ella estos días». Estaba claro que ambos preferían pasar de puntillas por el asunto. «¿Y tú?», dijo luego

Manuela. A Enrique le sonaron raras esas dos palabras, recordó por un momento el perfil y el ojo solitario de un pez de compañía. Después habló de su trabajo e hizo reír a Manuela con las variadas historias que había ido inventando para explicar su ausencia a según qué colega, familiar o amigo. Le contó que al principio se había sentido dolido no por su marcha sino por el hecho de que ella no hubiera compartido su angustia con él. Luego había pensado que la angustia no permite a veces elegir con quién compartirla.

Mientras hablaba, Enrique receló de sí mismo. No estaba mintiendo, no estaba ocultando nada como tampoco el pez de compañía oculta su otro ojo cuando mira por el acuario. Pero hay otro ojo. Un ojo que aguarda, no sin complacencia, a que Manuela se dé de bruces con la realidad. Y el ojo desea, silenciosamente, que después de diez o doce clases en el instituto el renacer del entusiasmo de Manuela se marchite, pues dar las clases de otra manera es un combate inútil contra las circunstancias: el contexto permanece y las nuevas formas no logran alterar lo sustancial. El ojo se dice que el voluntariado no proporciona un alimento nutritivo sino sólo apto para excitar las papilas gustativas. El ojo confía en que después de semanas, o meses quizá, Manuela despierte un día sin ganas de ir a un despacho a rellenar papeles para emigrantes o a un centro cívico a dar clases de español para extranjeros. Entonces el ojo, el otro, acogerá a Manuela con comprensión, cariño y una cierta, y en absoluto velada, sensación de triunfo.

Eran más de las seis, pronto llegarían los chicos y decidieron levantarse.

Eloísa estaba tumbada junto a Vera en el sofá verde donde solían ver películas grabadas. Iban por la mitad de *La princesa prometida.* Elo le había dicho a su hija que vería toda la película con ella, pero aunque estaba allí, mirando la pantalla, su pensamiento vagaba lejos. A veces reía, otras apretaba fuerte la mano de Vera, pues conocía la película de memoria y había llegado a automatizar esos gestos como las curvas de una carretera. Entretanto, recordaba el día en que Goyo volvió de Sevilla. Ella le abrió la puerta y, al ver su gesto, no pudo evitar sonreír: era como si las razones, el énfasis, lo que Goyo pensaba decirle, estuviesen allí delante, como si Goyo se hubiera presentado en su casa con un enorme rebaño de ovejas o con un maletín lleno de maletines dispuesto a hacer cualquier demostración. Eloísa había tapado la boca de Goyo con su mano al abrazarle: «No voy a irme —le dijo— pero borra lo que te escribí; no intentes convencerme. Me quedo porque quiero».

Había pasado casi un mes desde entonces y empezaba a establecerse una costumbre implícita: normalmente Goyo dormía en casa de Eloísa. Si Vera iba a casa de una amiga o de los primos, a veces ella dormía en casa de Goyo. Cuando Goyo tenía reuniones hasta tarde se quedaba en su casa, pues además Eloísa sabía que su hija deseaba ahora con especial ansiedad tener momentos a solas con ella.

Terminada la película, Eloísa repasó con Vera las cosas que debía llevar al día siguiente al colegio. Se quedó en el dormitorio de la niña charlando un rato y después se fue al salón a leer. Aún no había abierto el libro cuando Goyo llamó por teléfono:

—Elo...

—Sí.

—No sabía qué hacer, si presentarme allí o llamarte. Pero creo que voy a ir allí.

—¿Qué pasa?

—Es la corporación, se ha aprobado un proyecto y no puedo seguir sin hablar de eso contigo.

—No vengas, se haría muy tarde, cuéntamelo ahora.

—Te lo cuento si me prometes que no decidirás nada, que esperarás a mañana cuando nos veamos.

—De acuerdo.

—Tiene que ver con las algas.

—¿Con el biodiésel? ¡Goyo!

—¡No, no!... Se trata sólo de filtrar gases de combustión, y de paso producir *Spirulina*.

—¿Y dónde queréis hacer eso?

—En la azotea de una panadería.

—Me estás hablando de un juguete.

—Sí y no. He calculado al menos ocho fotobiorreactores, y no pienses sólo en el prototipo, piensa en el uso que le daríamos si logramos tener la capacidad.

—¿Qué uso?

—Para nuestros colectivos sería una forma de meter la política en el trabajo. Pero en este caso concreto, quién sabe, es muy improbable pero quizá pudiéramos introducir el debate del biocombustible agrícola frente al de algas.

—Muy improbable, te lo aseguro. De todas formas, yo prefiero quedarme fuera. No entiendo eso de ir por la mañana a trabajar a una petrolera y por la tarde organizar manifestaciones contra las petroleras. Sé que hay gente que lo hace, comprendo tu derecho a hacerlo, pero a mí no me sirve.

—No, Elo, no hablamos de hacer las cosas por la tarde, en los ratos libres. Se trata de usar nuestro tiempo de trabajo para producir algo que hayamos elegido. Habrá que estudiar la composición de los gases de combustión, montar los fotobiorreactores, estaba pensando en montar seis tradicionales y dos modelos experimentales. Y muchas más cosas.

—¿Quieres que te ayude a hacer eso en horas de trabajo?

—Sí.

Eloísa notó el pequeño latigazo de un interés que despertaba, muy débil, como una onda sonora que apenas se percibe pero que contiene señales de aventura, la atracción de lo prohibido. El conocimiento acumulado despertaba también y Eloísa veía moverse las ideas y sentía el deseo de hacer algo fructífero con ellas.

—Lo hablamos mañana, Goyo —dijo con una dulzura seria y contundente—. Duerme tranquilo.

Después de colgar, Eloísa no volvió a abrir el libro. Pensaba en los futbolistas vendidos y comprados continuamente. El trasiego era tal que si de verdad existía el sentimiento de ser de un equipo, sin duda no podía cambiar a ese ritmo, de manera que jugadores del Racing seguirían siendo del Betis, y jugadores del Betis serían del Depor y jugadores del Mallorca serían de la Real Sociedad. La prostitución, todavía la gran metáfora. El sentimiento de la prostituta como el del ingeniero químico y el del futbolista no valían nada, eran apenas carne de radionovela. Las empresas lo sabían y por eso, si bien nunca olvidaban exigir en los contratos cláusulas de confidencialidad, no tenían en cambio inconveniente en conceder al empleado sus sentimientos: la esquizofrenia, la capacidad de manifestar desafecto hacia la empresa en discusiones privadas, cenas, conversaciones.

La prostituta puede soñar con quien desee y el futbolista puede alegrarse de que su equipo pierda mientras no se note, mientras el sueño no inhiba los supuestos gemidos de placer, mientras la doble lealtad del futbolista no dé lugar al anticuado, romántico, inverosímil gesto de un penalti fallado aposta y la consiguiente prima perdida.

De igual manera en su empresa, se dijo, abundaban quienes, como ella misma, aunque se consideraban unos privilegiados por estar trabajando en una estructura que les pagaba bien, les proporcionaba medios para ser profesionales brillantes, les facilitaba la vida cotidiana mediante seguros, créditos, bonos, etcétera, sin embargo, al mismo tiempo, soñaban, criticaban, no compartían los criterios de la empresa y llegaban a calificar muchas de sus actuaciones de grotescas, hipócritas y codiciosas. Luego, en las encuestas internas, decían sentirse parte de la empresa; ni siquiera mentían. Como indicaba su comportamiento, en efecto les gustaba trabajar allí. Al menos, no se notaba que no les gustara, no fallaban penaltis a propósito ni llegaban tarde, no infringían las reglas.

Eloísa podía ser crítica con el programa de biodiésel agrícola en su interior. Daba igual. Eso no generaba tensión, enfrentamiento, fuerzas opuestas. Hasta el momento ella había procurado evitar el conflicto. No tenía ningún interés por las tormentas, prefería la calma, la angustia aplacada. Puesto que el metabolismo era consustancial a la vida, puesto que no había modo de soslayar el intercambio con el exterior, Eloísa aspiraba a que ese intercambio transcurriera de la manera más lisa posible.

Sin embargo, ahora estaba decidiendo decirle que sí a Goyo. Colaboraría en ese invento de la corporación, y aunque podía no suceder nada, también podía acabar exteriorizando un conflicto que hasta entonces había mantenido latente. ¿Por qué? Llamó a Murdok con la mirada. El gato saltó al brazo del sofá, luego se tendió en su regazo. Los dedos de Eloísa jugueteaban en el cuello del gato. Sin duda lo hacía por Goyo, no tenía ningún sentido quedarse al margen tal como se estaba desarrollando la relación entre los dos. Trató de pensar en lo que habría ocurrido si otra persona le hubiera hecho la misma solicitud. Habría puesto cualquier excusa, pensaba. En cambio, la presencia de Goyo le impedía descartar aquel asunto con dos frases.

Pero además, se dijo, había algo muy excitante en la idea de la libertad. Pensó en un tipo de enlace no exactamente químico que explicara por qué algunas ideas hibernan pero no se extinguen y son como un gas reactivo que conecta la radionovela de la prostituta enamorada o el estudio número 12 para piano de Chopin con el callado heroísmo del científico que se niega a aprobar una investigación amañada en una película ingenua. Quizá también la independencia de Polonia que reclamaba Chopin fuera ingenua por ser la independencia de los aristócratas, y, tal vez, el amor de la prostituta sólo la debilitara. Sin embargo, se dijo, no convenía dejar a un lado la reacción explosiva que podían provocar.

Las empresas graciosamente concedían el sentimiento de afinidad. No obligaban al trabajador a batirse con nadie en su vida privada para defender la imagen corporativa. Siempre que no estuviera desempeñando algún tipo de actuación pública, representativa, el trabajador podía criticar a su empresa. El periodista, fuera de la redacción, se mostraba distante e irónico con su periódico; el ingeniero químico, fuera de la petrolera, suspendía a la misma en casi todas sus prácticas. Y la empresa sonreía y toleraba, pero un buen día quien habitaba dentro del monstruo tenía una idea desprovista de todo fundamento: la idea de que podría clavar al monstruo una daga en el corazón.

Murdok ronroneaba, Eloísa miró la expresión complacida del gato. Ella misma esbozó una sonrisa recordando el día en que había ido a la facultad para hablar a los alumnos de doctorado del biodiésel. No eran más de diez, y desde el principio Eloísa había mirado y eludido los ojos de Goyo. Los miraba porque se sentía descubierta. Los esquivaba porque temía mirarlos demasiado y que las demás personas lo notaran. Tras las dos horas de seminario bajó a la cafetería con los alumnos. Goyo no fue de los más locuaces; sin embargo, la rozó sin motivo aparente en dos ocasiones. Al final, cuando ya se dispersaban, Goyo le pidió su tarjeta para enviarle algo por correo electrónico. Eloísa miró el correo con especial interés durante la primera semana. Después se propuso no estar pendiente de su mensaje y por último logró no estarlo de veras algunos días. Entonces él la llamó y quedaron. ¿Pretexto? Eloísa recordaba que había habido un pretexto relacionado con el CO_2 y la eficiencia fotosintética, pero había durado medio minuto. «La verdad es que te deseo mucho», le había dicho Goyo, y ella se había sentido bien al oírlo y le había besado repitiéndose que no estaba haciendo nada malo.

Vivieron un primer mes imprudente, febril y sin preguntas. Era verano, la niña estaba en la playa con la abuela y los primos. En Madrid, Goyo y Eloísa dormían todas las noches juntos. Después se fueron a una pequeña casa que unos amigos de Goyo tenían en un pueblo de Almería y les prestaban. Cuando aparecieron las preguntas Goyo se encargó de sacarlas fuera por los dos, como en un videojuego donde hay que conseguir que las figuras atraviesen la línea sin que ningún elemento las golpee. El arma defensiva de Goyo era también una pregunta: ¿por qué no?, ¿por qué no?, ¿por qué no? En todas las posturas, en silencio muchas veces, escribiéndole papelitos, con sus brazos y sus piernas rodeándola, Goyo la repetía.

Así pasó el segundo mes, sesenta días, ¿por qué no? Eloísa se dejaba hacer y al mismo tiempo se entregaba. Estaba feliz pero no podía quitarse de la cabeza una sensación intensa, rabiosamente melancólica, de último día, de último verano adolescente. Depositada muy al fondo de su pensamiento, la sensación no interfería en los actos cotidianos aunque a veces asomase mientras hablaba por teléfono con Vera o al oír cosas como «Madrid», «el año que viene». Por ello, si bien después Goyo se había referido varias veces a aquellos ochenta y tres días con sus noches, Eloísa pensaba que el tiempo de ambos estaba empezando ahora.

En septiembre sucedieron los veintitrés días restantes. Su hija Vera conoció a Goyo, voló cometas con él y fueron los tres al cine. En apariencia, las cosas seguían su curso; sin embargo, para Eloísa había empezado la cuenta atrás. Esperaba que ocurriera algo, las estadísticas indicaban que ocurriría y Eloísa había cifrado en ese acontecimiento el final del último verano.

Fue un sábado por la mañana. Estaban en casa de Goyo, él la hacía estremecerse de placer con su boca cuando sonó el móvil. No descolgó, ni siquiera se le ocurrió hacerlo. Un par de horas después, Eloísa fue a recoger a Vera a casa de sus primos.

Sólo cuando ya había aparcado el coche se acordó de mirar el registro de llamadas perdidas. No pudo verlo, el teléfono estaba sin batería y Eloísa reparó en el coche de su madre aparcado aunque no estaba previsto que ella fuera. Abrió la puerta uno de los primos. «Está allí», dijo. Eloísa entró en el dormitorio. Vera yacía en la cama, su madre, su hermano y su cuñada estaban junto a ella y, por un instante, Eloísa tuvo la absoluta seguridad de que la niña no respiraba. Enseguida advirtió que sí. Sólo dormía. Le habían dado tres puntos en la ceja por una caída, nada grave pero al principio se asustaron. Eloísa tomó la mano de la niña y se quedó con ella. Temblaba de miedo por dentro. Oía el móvil, evocaba su placer.

A Goyo no le contó nada de la llamada. Había sido una casualidad, una coincidencia negativa, acaso. Basar en ella cualquier comportamiento era absurdo. Si no hubiera cogido el móvil por estar subida en una escalera, o hablando por un teléfono fijo, o conduciendo... Se le ocurrían mil situaciones que no habrían resultado premonitorias. Eloísa no era supersticiosa; sabía que estaba adoptando un comportamiento irracional pero había visto las orejas al lobo e imaginaba esas orejas asomando detrás del orgasmo, detrás de las llamadas de teléfono, detrás de la vida diaria.

Decidió ocultar eso a Goyo, y limitarse sólo a las etapas de la vida, al momento en que estaba cada uno. Mientras hablaba, Eloísa parecía la serenidad en persona; sin embargo, en su interior se agitaba la memoria del placer. Quería decirle a Goyo que nunca el deseo la había acercado tanto a alguien, nunca se había sentido tan envuelta por otro cuerpo, ni había visto su propio placer extenderse en el cuerpo ajeno. Decirle que cuando el dedo de Goyo la hacía correrse otra vez, era como si todo lo que en algún momento estuvo roto pudiera ser tirado al aire y caer entero. Pero Eloísa dijo en cambio que necesitaba dejar esa relación y pidió a Goyo que la ayudara.

Goyo lo hizo, desapareció. Sin llamadas ni reencuentros, sin ir una mañana a recoger una camisa o preguntarle alguna cuestión de sus investigaciones, sin despedirse de Vera, sin devolver las cosas de Eloísa, sin una señal. Luego, después de tres meses, llegó aquel mensaje por correo electrónico. Eloísa se resistió al principio porque seguía pensando en las etapas de la vida. Pero a veces dos seres se encuentran, que es como decir averiguan la dirección del otro, sus coordenadas, y ya no pueden dejar de saber que saben dónde están. Cuando Eloísa vio a Goyo en el trabajo comprendió que esta vez empezaría la cuenta hacia delante sin ningún miedo.

Dijo sí. Ahora volvía a decirlo: rompía el dique y dejaba por completo de protegerse. Estaba dispuesta a involucrarse en ese proyecto de fijación de CO_2. Además de sus conocimientos técnicos podría, pensaba, aportar edad. Nunca había tratado de aparentar que tenía los años de Goyo. En el tiempo vivido se van sedimentando decepciones pero, se dijo, también victorias. Ella tenía siete años más que Goyo y diez o incluso doce más que algunos de quienes constituían el núcleo de la corporación. Quizá se necesitaba tener diez años menos para saltar sin ver qué había al otro lado. Ellos lo habían hecho y ahora Eloísa podría contribuir a poner en funcionamiento uno o dos centros de producción fotosintética que fueran lo suficientemente sólidos.

Murdok se estiró y abandonó el sofá. Ella se levantó.

Mauricio a Félix

Bien, me alegro de que Juan firmase. Yo ya tengo la *Spirulina*. La tengo aquí en la mesa, en un tubo de ensayo de unos veinte centímetros. Yo me la imaginaba como las algas que vemos en las playas, pero no: es una microalga, son células muy pequeñas, el aspecto es de agua teñida de verde con polvos de ese color. Así que otra vez tenías razón y el que yo trabaje en una tienda de lujo ha servido para algo. También ha servido que me gusten los tíos. Ni se me habría ocurrido insinuarme para pedir un favor, odio los jueguecitos de seducción y más si son falsos. Pero entre los homosexuales surge a veces un magnetismo que se parece a la empatía. Él me contó que se iba al Chad, yo le dije que necesitaba *Spirulina* viva y que uno de los sitios donde podía conseguirse era el lago Chad. Con sencillez, él respondió que le gustaría traérmela. Entonces escribí en un papel todo lo que nos habían contado Eloísa y Goyo sobre cómo conseguirla y transportarla. Creo que si se lo hubiera dicho a un hetero, o a una chica, no habría sido tan fácil. Puede que sólo dependa de la persona, pero no es frecuente que los clientes de esta tienda sean comprensivos ni amables. Este hombre sí lo es, por lo menos conmigo.

Tendrá treinta y bastantes, es discretamente guapo, me dijo que no andaba muy bien de ánimo porque lo había dejado con su pareja y ahora se arrepentía. El viaje a África lo reservaron juntos. Él había decidido ir de todas formas, ya había pedido los días de vacaciones y si se quedaba sería peor. Es controlador aéreo, viene a la tienda, mira las cosas y al cabo de una semana o dos vuelve y compra algo. Una vez le pregunté en qué pensaba. No el clásico «¿en qué piensas?» de enamorados plastas sino en general, es decir: en qué pensaba cuando no pensaba en lo que tenía que hacer o en el trabajo o en el día de ayer o en alguien en concreto. Lo entendió enseguida. Se me quedó mirando y me dijo: en los turistas espaciales. Tiene su lógica. Se pasa noche y día pendiente de los aviones, así que piensa en quienes logran salir del espacio aéreo. Es una forma de pensar en la muerte. El controlador pensaba en la tristeza de los que logran salir: pueden ver la tierra azul pero luego deben volver y se mueren, me dijo, como todo el mundo.

Ese día compró un flexo con diseño de película americana de los años cuarenta. Hoy, a eso de las doce, ha aparecido con la *Spirulina*. Me ha dicho que el viaje no había estado mal, y luego ha sonreído al añadir: ni bien.

Me ha dado el tubo, yo iba a preguntarle si le había costado mucho trabajo conseguirla y todo eso pero de pronto él va y me dice: «La mayoría de la gente está convencida de que no vivirá toda su vida en la misma ciudad. Creen que acabarán volviéndose a su pueblo, o yéndose a las Alpujarras o a una isla. Pero los únicos que se van son los jubilados finlandeses, o alemanes. Además, la gente no se imagina con el andador, como esos jubilados, ni en un pueblo turístico. Se ven como viejos lobos de mar, meditando con la mirada perdida en el horizonte. Yo me veía así. Como soy español no pensaba irme a las Alpujarras sino a algún lugar de África. Y joder, allí me he dado cuenta de que son todo fantasías, no voy a ir a ningún sitio. Voy a morirme aquí, en Madrid. Me desespero cuando lo pienso». Ya te digo, yo no sabía qué contestar. Menos mal que él tampoco parecía esperar que contestara nada. Le di las gracias por la *Spirulina*, él hizo un gesto como de quitarle importancia al asunto y se fue. Luego llamé a Goyo para decirle que ya tenía el tubo.

Cuando estaba hablando con Goyo entró otro cliente, de unos cincuenta años, maleducado, cretino, viene a menudo y es de los que se comportan como si alguien le hubiera dado un certificado garantizando que su valor equivale al de quinientos dependientes como yo. Me dieron ganas de decirle: «Te morirás en Madrid». Pero lo peor es que seguramente no, éste será de los que tienen reservada una clínica en Suiza o una mansión en Tánger, si es que no ha contratado ya una cámara de congelación. Lo que hice fue preguntárselo. Mientras esperaba la respuesta de la tarjeta de crédito, acudí a mi cara de ingeniero belga: «¿Usted ha elegido ya un lugar para morirse?», dije. Me miró a la defensiva, pero yo seguí como si tal cosa: «Algunos clientes me hablan de Ginebra, otros prefieren Menorca, Japón está ganando adeptos». Sonrió: «Te refieres a un lugar de retiro —dijo—, un sitio donde acabar mis días». Yo le miré desde arriba: «Eso es morirse, ¿no?». Ya había salido el tíquet de la tarjeta. Se lo di. El hombre lo firmó y cogió el reloj que yo le había envuelto por un extremo, como si fuera un bicho. Se fue sin contestarme.

Dejar de ser rápido, dices del novio de tu madre. No sé si se puede dejar de ser nada, por ejemplo ese cliente, dejar de ser cretino: no lo sé. Dejar alguien de ser un solitario, tampoco sé. Si se pudiera dejar de ser cosas, tengo la sensación de que el tiempo nos parecería más benigno. Pero también tengo la sensación de que no se puede, creo que todo se va acumulando. Eres rápido y, como mucho, puedes tratar de aprender además a ser lento. Pero sigues siendo rápido. Sigues siendo cretino aunque te tomes el trabajo de aprender a ser una buena persona. Supongo que por eso la reeducación es tan complicada. Aunque no es imposible, complicada sí, porque no se sustituyen unas cosas por otras sino que se acumulan. Soy fumador y no me convierto en no fumador sino que, si no fumo, soy además no fumador. Soy un crío caprichoso y cuando crezco puedo tratar de ser también un adulto un poco responsable. Es como eso de los tres cerebros. El de los reptiles sigue aquí.

Envidio bastante a los que sois de ciencias, Félix. En química parece que sí existen las transformaciones, tienes una sustancia, tienes otra y si las unes emerge una tercera sustancia que es realmente nueva, es otra distinta de las dos que tenías. Me gustaría saber química de verdad, comprender ese proceso a la perfección. Pero soy de letras y las humanidades están más familiarizadas con el pesimismo. Porque en las humanidades no puedes librarte de la historia. Del crío caprichoso y el adulto que intenta ser una buena persona no emerge algo completamente nuevo. Los dos están presentes, no sé explicar bien cómo, tal vez en restos de conexiones de neuronas, en hábitos adquiridos. A mí me habría gustado estudiar química o física. La biología ya cambia. Se parece más a la historia. La biología debe contar con nuestras dimensiones, si se trata de seres humanos debe considerar cuánto duran los órganos; incluso si se trata de plantas hay conceptos que permanecen, cosas como la muerte o el agotamiento. Yo sé que los cuerpos se mueren, que los glóbulos rojos cambian cada ciento veinte días y hay células que viven mucho menos, pero sigo pensando que de esas muertes no emerge nada radicalmente distinto, todo permanece, uno es también con todos sus glóbulos muertos.

Bueno, Félix, mañana nos vemos. Tengo ganas de pisar esa azotea y de saber cómo conseguiremos el dinero para la bomba soplante. Y tengo ganas de verte.

En el instituto de Manuela la proporción de emigrantes rondaba el treinta por ciento. La última vez que salió el tema en una conversación con amigos de Enrique, Manuela dijo: «Supongo que no necesito aclarar que no tengo nada en contra de los emigrantes cuando digo que su presencia masiva dificulta la enseñanza mientras que, convenientemente repartidos, su presencia enriquece las aulas, etcétera.» Luego añadió: «O sea, sí necesito aclararlo, lo acabo de hacer», y todos menos ella rieron.

Después de haber estado en dos institutos de barrios muy conflictivos, Manuela llevaba diez años en uno de los que ella llamaba los regulares, un lugar relativamente tranquilo. Allí, el paisaje le parecía a menudo para echarse a llorar. De uno en uno, Manuela llegaba a entender a sus alumnos. En cambio, tratarlos en grupo le hacía preguntarse cómo podía ser que la belleza objetiva de un cuerpo adolescente desembocara en esas ropas, en esos juicios sin fundamento, en esa crueldad carente incluso de la sutileza de la crueldad infantil. Todo lo sabían, no necesitaban que nadie les dijera nada y, al mismo tiempo, qué extraviados, qué solos.

Manuela no se llevaba mal con la dirección. Cuando solicitó el permiso sin sueldo, se lo concedieron sin pedir explicaciones. El interino había seguido el programa al pie de la letra. Ella decidió partir, en uno de sus grupos, la hora por la mitad. Veinticinco minutos para el programa y otros veinticinco para la tintorería. Era consciente de que estaba ejerciendo de tutora aunque precisamente ese año no le había tocado, pero no veía otra salida y a veces se decía que quizá fuera mejor así, al fin y al cabo ella no pretendía hablar de los «problemas» de los alumnos sino de lo que no entraba dentro del catálogo de problemas.

No podía explicar en su clase la justicia sin contarles también que la mayor parte de los tribunales y las leyes existentes serían parciales con ellos porque estaban en el lado débil de la balanza. Pero si les contaba eso, si sólo les hablaba de lo insuficiente entonces les paralizaría. A la vez que abría un abanico de desconfianza y miedo, debía abrir otro de posibilidades de acción y las únicas a su alcance tenían que ver consigo misma y con el instituto. Dedicaría, por tanto, veinticinco minutos a preguntar a los chicos qué les gustaría saber de sus profesores. Incluida ella, claro.

Al principio se lo tomaron a broma y entraron derechos

en lo previsible: que si todavía follaba y cuántas veces, que si se había tirado a alguien del instituto, cosas así. Luego, al ver que ella les contestaba, comprendieron que se lo había preguntado en serio. «Lo que os contamos os interesa muy poco —les dijo—. Y eso rebota en nosotros. Así que vamos a ver si logramos hablar de algo que nos sirva.» Poco a poco fueron apareciendo preguntas curiosas: si se consideraban mediocres, cuánto ganaban, si despreciaban a los alumnos. Hubo, claro está, otros que no se inmutaron y siguieron a lo suyo, hablando entre ellos sin atender. Cuando Manuela sugirió que plantearan esas mismas preguntas a cada profesor, Charlie dijo:

—Yo con ellos delante no me sale.

—Escríbeselo —contestó Manuela.

—¿Que les mande una carta? Tú lo flipas.

—No. En el próximo ejercicio que tengas que hacer, en vez de contestar a lo que te pregunten, haz tú las preguntas.

—Sí, ya, para que me puteen.

—No creo. Si pasa algo, me lo dices y yo me ocupo. Pero si pones preguntas como las últimas que estáis diciendo, te las deberían contestar. Es justo que lo hagan.

Diana preguntó:

—¿Por qué dices que es justo?

—Porque quien escucha tiene derecho a saber quién le está hablando, y en nombre de qué.

Comunicado 4 mostrando preocupación

Como algunos otros sujetos colectivos, puedo oír panorámicamente. Hay miradores donde quedan todavía telescopios pintados de azul cobalto que funcionan con monedas. El sujeto individual echa la moneda, pone el ojo en el telescopio y distingue hileras de casas o de campos, aunque en un radio relativamente pequeño. El oído panorámico permite registrar todo lo que está sonando en una región de varios miles y a veces de cientos de miles de kilómetros cuadrados.

No es que yo sea capaz de discriminar cada una de las palabras que están diciéndose. Con esos telescopios azules se puede distinguir hasta el color del jersey de una persona que cruza la calle, pero no si lleva reloj de pulsera. Con mi oído pasa algo semejante. Miro a lo lejos y escucho infinidad de televisiones, radios, motores, algunas personas que hablan, gritos y bombardeos: no se mezclan, distingo cada fuente de sonido pero algunas frases, algunas palabras, se pierden.

Los mapas auditivos se parecen a los mapas lumínicos aunque con excepciones. Por lo general las manchas de luz son también manchas de sonido. Por lo general, en las grandes extensiones apagadas reina el silencio; a veces, sin embargo, brilla un sonido animal o la luciérnaga de alguien que silba una canción. Por lo general, allí donde hay luz, luz artificial quiero decir, hay ruido, aunque a veces aparecen vacíos sonoros en zonas iluminadas: comidas en silencio tras una discusión o silencio junto a la luz de una pantalla conectada a internet, si bien entonces el murmullo del teclado y algunas señales auditivas en el monitor desprenden una neblina sonora. También, la luz callada que ilumina el libro a quien lo lee.

Son las seis y cinco de la tarde y he de emitir mi comunicado, con preocupación incluida, en medio de un terrible guirigay sonoro. Para sortear el ruido podría escoger una frecuencia de murciélago o de ballena pero: ¿qué harían con mi comunicado los murciélagos y las ballenas?

Lo equivalente a un cambio de frecuencia es un tono de voz bajito y firme. Aunque no me engaño: si bien el timbre importa, y la intensidad, la mejor forma de lograr que en la barahúnda a uno le escuchen durante unos minutos es ser no sólo respetado sino querido, cosa que está fuera de mi alcance.

No me considero un mal sujeto, no es eso. Es más, aunque mi condición de sujeto colectivo no garantiza la bondad, sin embargo sí la facilita. Hay excepciones, por supuesto. Hay personas jurídicas que no son centros públicos de biotecnología ni asociaciones recreativas: son empresas privadas cuyo comportamiento nos hace un flaco favor de imagen. Por más que me duela reconocerlo esas personas jurídicas son de nuestra especie, lo que sucede es que no han evolucionado, el capitalismo se lo ha impedido obligándolas a mantener unas constantes vitales que las desgracian y nos desgracian a los demás.

El imperativo de obtener beneficios a través de la explotación del trabajo y los recursos las convierte en seres dañinos, inadaptables, condenados a la extinción, que, en el camino, pueden arrastrar al planeta entero. Esas empresas aíslan a sus miembros, en realidad no tienen miembros sino accionistas, y compartimentan la información. Traducen a cifras cualquier toma de decisiones, hecho que no siempre es malo pero que, muy a menudo, es insuficiente.

Un sujeto individual llamado Jerry Mander ha escrito sobre las empresas en cuanto personas jurídicas. No le falta razón en la mayoría de las cosas que dice. Pero quiero precisarle la minoría, quizá porque soy un sujeto colectivo y me desazona el que alguien pueda atribuir algunos de los rasgos que él atribuye a las grandes corporaciones a todos los sujetos colectivos por igual.

Jerry Mander dice: la forma es el contenido. En eso estamos de acuerdo. Hay, en efecto, problemas inherentes a las formas y las reglas mediante las cuales se ven obligadas a actuar estas entidades. Y añade: si estos problemas los hubiera causado el personal podrían solucionarse cambiando el personal; por desgracia, no es así. También aquí estoy de acuerdo con Mander.

Un centro público de investigación matemática, o de cualquier otra cosa, no es exactamente una empresa. Cuanto más lejos logre mantener sus reglas de aquellas que rigen una empresa, más posibilidades tendrá de ser una buena persona jurídica. En tal caso sí podría, por ejemplo, verse afectado por el factor humano del personal. En cuanto a la corporación que se está poniendo en marcha, es un sujeto colectivo pero no es una empresa. Tampoco es un centro público. Ahora se habla mucho de biodiversidad. Entre los sujetos colectivos también existe la biodiversidad.

Mander cita al escritor Ambrose Bierce, quien definió «corporación» así: un ingenioso engaño para obtener beneficio individual sin responsabilidad individual. Su definición vale para la corporación capitalista. Pero no para una corporación que en absoluto persiga un beneficio individual ni eludir responsabilidades. Entonces, ¿por qué mis miembros individuales no han elegido otro nombre? Entiendo que renunciar a las palabras es ya un principio de rendición. Empresa viene de emprender, corporación viene de cuerpo. Ellos no tienen nada contra emprender ni contra un organismo, un cuerpo, colectivo. Ellos, y ellas —ustedes me disculpen—, dicen que palabras como «corporación» y «empresa» podrían designar otra forma y, por tanto, otro contenido.

Todo esto es algo abstracto, lo sé. La dificultad para hacerme querer nace de lo abstracto. Veamos, puedo explicar por qué no soy una mala persona jurídica pero es que hacerse querer suele estar bastante relacionado con la carnalidad. Había una novela de un extraterrestre que andaba buscando a otro, aquí en la tierra. Podía adoptar la apariencia de distintos cuerpos humanos, conde-duque de Olivares, Gilbert Becaud, Paquirrín, no se sabía cómo era su cuerpo extraterrestre en realidad. Pero adoptase la apariencia que adoptase, le gustaban los churros. El extraterrestre se había instalado en un barrio de Barcelona y cuando se le presentaba la ocasión comía unas cantidades desorbitadas de churros, tres kilogramos, siete kilogramos. Tal vez bajo ese cuerpo cambiante había un organismo que se deleitaba con el aceitazo de los churros e incluso lo procesaba. O simplemente era un tipo caprichoso como cualquier ser humano pero sin ciertas limitaciones físicas. El hecho es que los lectores se identificaban, también yo, con el extraterrestre, y los siete kilos de churros nos hacían verdadera gracia.

En fin, aquel extraterrestre buscaba a Gurb, hacía pis, rezaba sus oraciones, no comía sino que se zampaba bocadillos de tortilla de berenjena, o huevos fritos con morcilla, atún, berberechos, churros, y le acababas cogiendo cariño. Pero yo no rezo, ni como churros, ni adopto la apariencia de Paquirrín cuando experimento una gran sensación de desamparo. No bebo cubatas, ni cerveza, no me persono en los sitios ni duermo con pijama. Inconsútil e incorpóreo, a lo que más me parezco, de parecerme a algo, es a la información genética contenida en una molécula de ácido desoxirribonucleico aderezada, eso sí, con la intención corpórea, viva, personal, de seguir unidos que comparte la mayoría de mis miembros individuales.

Hay en mí asomos de lo que podría llegar a ser un carácter, ataques ligeros de melancolía o, por ejemplo, haber conservado la imagen del centro de biotecnología marina que visitó uno de mis miembros y haber hecho de ella, no sin emoción, mi postal favorita: dos cúpulas verdes, cirros de nubes en formación, el océano Atlántico en una franja. Pero nada de esto me inviste del necesario calor humano y el consiguiente frío con que los cuerpos se vinculan unos a otros en la tierra.

Si no es porque a uno le quieren, si tampoco uno dispone de proposiciones sobrenaturales o de fórmulas secretas, de un conjunto de significados no sólo valioso sino fenomenal, sus palabras se abren camino pero uno nunca sabe por cuánto tiempo. A lo lejos el mundo estalla una y otra vez y uno nunca sabe en qué momento las bombas sonoras prohibidas, ilegales, arrojadas no obstante con impunidad, terminarán por arrasarlo todo.

Emito este comunicado preguntándome qué significa que un jefe de Estado muestre preocupación. ¿Basta una expresión contrita en el jefe de Estado, un timbre de voz grave? ¿Ha de crispar los ojos y las manos? ¿Debe emitir junto con sus declaraciones un lamento gutural, un aullido prolongado, quejumbroso, que avance por la sala de prensa y en el último instante llegue a quebrarse en grito? ¿Habrá de mantenerse en vela el jefe de Estado? ¿Actos como el ayuno y la vigilia son evidencias o sólo atisbos de preocupación? No estoy seguro pero a estas alturas yo diría que una expresión contrita resulta claramente poco. Tampoco basta un conjunto de sílabas articuladas con vocablos tales como deplorar, entendimiento o cese de las hostilidades.

¿Todos los jefes de Estado aullando, rasgándose la corbata, mesándose los cabellos podrían evitar algo: el despegue, al menos, de un avión; el lanzamiento, al menos, de una bomba; evitar al menos una muerte, una única muerte de, pongamos, un niño de once años elegido entre todos los niños de once años que morirán? No. La historia y la actualidad son inequívocas cuando ponen al descubierto la inutilidad completa del acto de mostrar preocupación. Sin embargo, los jefes de Estado continúan haciendo declaraciones en ese sentido.

En cuanto a mí, tengo muchísimos menos instrumentos a mi alcance que un jefe de Estado. Los civiles muertos, desollados, heridos, me conciernen, pero las acciones de mis miembros no logran de momento, aunque quisieran, parar el daño. Sé por tanto que debería estar haciendo otra cosa. Quizá mostrar preocupación sea un impulso procedente de la parte más cercana a ese lugar de los organismos individuales en donde se origina la caricia, el miedo, el gusto por los churros. ¿Por qué no logro frenar ese impulso?, ¿por qué no quiero frenarlo?

Necesito mostrar preocupación porque las palabras escritas no tienen timbre. Me refiero a la cualidad que diferencia los sonidos de un mismo tono. Y un significado sin timbre puede llegar a ser confuso. Veo cómo se dibuja en el aire el primer proyecto de la corporación. Sobre una azotea varios tubos transparentes, algunos hechos con botellas de plástico recicladas, contienen microalgas que se alimentan del calor y el humo de una chimenea, limpiándolo y produciendo oxígeno. Extraña forma, gaseosa en sentido estricto, volátil, de entender la lucha política. La mayoría de quienes oigan hablar de ella y se la representen la juzgará bastante poco práctica. Yo, mostrando preocupación, les digo que se trata de una forma desviada de lucha, se trata de un camino provisional, y sé que suelen ser más largos, pero, precisamente, los desvíos aparecen cuando el camino normal está cortado.

Los sujetos colectivos no fuimos educados para la esperanza sino para la acción. Yo no manejo los registros de la esperanza y no busco introducir un timbre esperanzado, sí en cambio un timbre serenamente abominable, quizá piadoso y hasta ridículo, un timbre que roce la aberración y se aparte del camino correcto cuando este comunicado formule la pregunta que se clava en el corazón de nuestra impotencia: ¿para quién trabajamos?

Y el público, ¿quién es el público? El sujeto mitad individual, mitad colectivo, llamado Bertolt Brecht, respondió a esto último: «Una asamblea de individuos capaces de reformar el mundo que reciben un informe sobre él».

Cuaderno de Manuela

Hoy es jueves, son las siete de la tarde y estoy escribiendo en un VIPS. Hace un par de horas me ha llamado el director por el asunto de las preguntas de los chavales. No parecía quemado con el tema, tampoco divertido. En fin, me ha dado la impresión de estar algo angustiado aunque seguramente me equivoco. Julián no suele angustiarse; como dice Enrique, es uno de esos tipos que llevan escrito en la cara: «Me gustan todas las mujeres». Enrique está celoso de Julián. Y sí, me atrae alguien que es capaz de disfrutar con cada cuerpo. En realidad, si no me he acostado con Julián ha sido por fidelidad a Enrique. El martes me preguntaron en clase por eso, por la fidelidad. Les dije que no tenía que ser exactamente igual a convertirte en una monja. Quizá se parezca más a no acostarse con aquellas personas que al otro le dolerían particularmente.

Cuando estoy a solas con Julián hay un instante en que imagino que nos rozamos, descubrimos nuestra mutua excitación y todo se precipita. El despacho de Julián es pequeño, tiene dos estanterías de madera y un archivador metálico, su mesa y al otro lado una silla de madera donde me siento. Pero él suele esperar de pie, delante de la mesa, y yo imagino que pondrá la mano al final de mi espalda, yo le diré que se tumbe en el suelo, me sentaré despacio sobre su excitación e iré bajando poco a poco. Sin embargo hace un rato no he fantaseado nada. Julián estaba inquieto y como necesitado de saber.

—Por favor, explícame qué estás haciendo.

—Dar clase. Intento contarles que saber menos no significa estar libre de responsabilidad.

—Te lo pregunto otra vez. Nunca me he opuesto a los temas transversales, si en biología quieren enseñar a los chavales a poner una reclamación en el ayuntamiento porque el agua está contaminada, perfecto. Pero has entrado en nuestras vidas privadas. No sólo en la tuya. En la vida de Isidro, de Mercedes, la mía.

—Son los chicos quienes están entrando.

—¡Porque tú se lo has dicho!

—¿Y por qué no quieres que entren? Julián, ¿no ves que no podemos seguir así? «Educar en la solidaridad, el respeto», todas esas cosas que nos marca la ley, pero es absurdo: ¿estar contra el hambre en el mundo, contra la pobreza? ¿Cómo vamos a hacerlo sin llegar hasta el fondo? ¿Y cómo vamos a llegar hasta el fondo quedándonos fuera?

—Eso es problema de la ley, yo doy clase de física y no de educación para la ciudadanía o como coño se acabe llamando eso. Bien, se supone que esos principios generales nos conciernen a todos pero te los saltas y en paz.

—¿Qué podemos perder? Míralo así. Todo lo que podíamos perder ya lo hemos perdido. ¿Cuántas veces hemos dicho: «Los institutos cada día se parecen más a guarderías. Nuestro trabajo consiste en mantener a los chavales quietos dentro del edificio durante ocho horas»? O: «¿Para qué necesita aprender la composición del átomo un futuro buzoneador?». Nadie va a venirnos con salidas humanistas a estas alturas. La cultura, las bondades de la cultura. Por supuesto. La inteligencia es un músculo y sería mejor si lo tuvieran en forma. Pero ¿mejor en qué condiciones? Hablemos de las condiciones. Hablemos de su futuro y de la posibilidad que tienen de intervenir en su futuro. Y, para tener derecho a hablar del suyo, hablémosles del nuestro.

—Hay otro latiguillo, Manuela, antes se decía: «Lo primero es conseguir que estén dispuestos a aprender lo que ya saben».

—Es verdad, no me acordaba.

—Eran otros tiempos. Llevo veinticinco años en esto, me quedan quince, no tengo ganas de jugar a profesor de instituto de barrio negro a estas alturas. No me pagan lo bastante, ni de casualidad.

—Lugar común número cuatro —le he dicho—: «Abominamos de las películas americanas de profesores de instituto que, en barrios chicanos o negros, logran que sus alumnos dejen de ser marginales y se conviertan en futuros americanos integrados, habitantes de urbanizaciones de clase media». Pero aquí no se trata de eso.

—No, lo que tú pretendes es... ¿cruel? Supón que aprenden que no son inferiores. Estupendo. Pero aquí no hay película de hadas, de aquí no se van a ninguna universidad buenísima norteamericana con una beca. De aquí, directos a Leroy Merlin para que les despidan por ir de listos. O, peor, ¿y si sólo es ridículo, Manuela? Les has entretenido un rato. Se aburren, tú les has divertido un rato. Después ¿qué vas a hacer? Déjalo, no me contestes.

Julián me ha mirado y he sido consciente de que en mis fantasías él debe de tener diez años menos, y yo también. Le imagino igual de larguirucho, con la misma nariz ganchuda y los ojos deseantes pero con menos entradas en la frente, con las venas de las manos menos marcadas. Y a mí me veo en una especie de treintena eterna. ¿Por qué no? Follar también es salirse del tiempo. Por un momento me ha parecido que Julián me reprochaba mi doble juego: compartir con él ese deseo de querer salirse del tiempo aunque sea un rato, alentárselo y alentarlo en mí pero, a la vez, estar atándole una piedra al cuello, otra más, que nos hunda a todos los del Instituto Julio Rey Pastor de Madrid dentro de este tiempo insuficiente. Luego me ha dicho:

—Ya veré lo que hago, Manuela. De momento, considero que este asunto no le incumbe a la dirección. Si hubieras usado tus horas de tutoría, nadie se habría extrañado tanto, pero da la casualidad de que este año no eres tutora de ningún curso. Voy a interpretar que ha sido una cuestión de temario, las dichosas preguntas de los filósofos, la verdad, la justicia. Pero si sigues mezclando a otros profesores tendrás que hablar con la jefa de estudios.

Me he levantado pensando que los días en que jugué a ser psicoanalista argentina enigmática que escribe en los cafés estaban muy lejos. También el locutorio de *Blade Runner* en Parla estaba lejos. He rozado la mano de Julián y me he excitado levemente, y he visto en sus ojos el homenaje al cuerpo y al contacto. Después he salido, he cogido mis cosas y he venido a este VIPS. Aquí no hay mujeres enigmáticas. Aquí nadie hace versos. Aquí las pocas personas que escriben copian apuntes, rellenan impresos o nos cacheamos la vida por ver si llevamos tijeras de uñas, penas, augurios, en el bolsillo del pantalón.

HACÍA VIENTO y lloviznaba. Félix había llegado el primero. El panadero le propuso que se quedara abajo con él hasta que llegasen los otros o cesara la llovizna, pero Félix prefirió subir. Apenas miró la azotea, los metros de que dispondrían y demás. Fue directo a uno de los extremos, desde allí recordó la única vez en su vida que había montado en barco. Sólo había sido un ferry, para cruzar el Tajo en Lisboa, sin embargo también había hecho mal tiempo y eso hizo que la mayoría de los turistas se quedaran dentro. En cubierta, donde más fuerte eran el viento y la lluvia, pudo imaginar cómo sería haber tenido otro destino, haber nacido en Portugal y haber acabado tripulando un barco de cabotaje todos los días entre semana y algunos domingos.

Ahora, frente a aquel mar lluvioso de antenas, anuncios, tejados, pensaba que no habría ninguna diferencia entre pilotar un ferry, acabar de becario en el Consejo Superior de Investigaciones Científicas o ser profesor de ciencias de la naturaleza en un colegio privado con un contrato temporal. Un poco más de vistas en el ferry; ni siquiera más aire libre porque al cabo de un año seguro que ya no tenía ninguna gana de asomarse a la cubierta. Y luego pagar la casa, hacer la compra, llamar por teléfono, su madre, su hermana, internet, algún libro, alguien con quien vivir.

No confiaba mucho en los fotobiorreactores, no se había atrevido a decírselo a Mauricio ni a nadie pero pensaba que aun cuando saliera bien, y era complicado por el clima y por coordinar el tiempo de todo el mundo, tampoco iban a llegar mucho más lejos de producir dos kilos de *Spirulina* semanales. Eso no era ni parecido a movilizar a treinta mil personas en una huelga.

La llovizna se convirtió en lluvia, el viento empezó a silbar. En el mal tiempo siempre parecía haber una posibilidad de cambio. El viento bramando contra las esquinas de los edificios, el color gris tierra de la luz, el ruido del agua en los canalones y la idea de que después, cuando pasara el aguacero, vendría otra realidad, un cambio de plano, otras miserias pero menos punzantes, otras preocupaciones pero más abiertas.

Félix se refugió bajo un saliente junto a la puerta. A lo lejos se veía un trozo de cielo azul por donde la tarde iba a acabar abriéndose. El sol delataría entonces la realidad de siempre.

Oyó pasos y notó que empujaban la puerta, era Goyo, seguido de Eloísa, Susana, Mauricio. El panadero apareció el último y les pidió permiso para quedarse. Se miraron entre sí dudando.

—En ese caso —dijo Mauricio por fin— tendrías que firmar este papel.

Dio al panadero una copia de la adhesión. El panadero la leyó con rapidez, sacó un bolígrafo del bolsillo de su camisa y firmó. El sol ya se mezclaba con la lluvia pero el panadero les propuso reunirse en su despacho hasta que dejara de llover y el suelo se hubiera secado.

Bajaron. Eloísa abrió una bolsa de deporte y sacó varias botellas vacías de menos de un cuarto de litro. Había cortado el cuello y la base de tal modo que más que botellas eran cilindros que se acoplaban unos en otros. Mientras les explicaba que deberían medir el ph y la densidad del cultivo todos los días, y que esto apenas les llevaría quince minutos, Eloísa fue acoplando los cuerpos de botella sobre la mesa del despacho. Ayudándose con una masilla adhesiva, hizo tres prototipos de fotobiorreactores verticales, uno triangular y uno con la forma del signo de infinito que habría que colocar en ángulo, sujetándolo, como al resto, con cinchas y tensores. Contó que deberían vaciarlos cada dos o tres días y poner la *Spirulina* a secar; usarían la misma agua de nuevo y dejarían siempre un poco de *Spirulina* para que volviera a reproducirse.

Después Goyo habló de cómo instalar la bomba soplante, y de cómo insonorizarla para que no molestase a los vecinos. El aire de la bomba mantendría las algas en movimiento para aumentar la incidencia de la luz.

—¿Y el dinero? —preguntó Susana.

—Los fotobiorreactores más grandes podemos hacerlos con botellas Pet, de polietileno tereftalato, usadas —dijo Elo—. Para algunos intentaremos comprar el plástico en grandes planchas, eso subiría un poco el coste, no mucho, pasaríamos de tres mil trescientos a tres mil setecientos euros, con la bomba soplante y todo lo demás.

—Estamos mirando un nuevo plástico hecho con un derivado del maíz, biodegradable a corto plazo, lo fabrican en Inglaterra —añadió Goyo—. Si filtra la radiación ultravioleta, tiene la transparencia suficiente y un precio razonable, lo encargaríamos.

—Tengo una propuesta para el dinero —dijo Mauricio—. Pedir el sueldo de un día a todos los que se vayan a involucrar en este proyecto.

—¿Pero los que sólo estudiamos? —dijo Susana.

—Vosotros nada. En casos como el de Félix, que trabaja

unos ocho días al mes, que divida lo que gana al mes entre treinta y ponga la parte proporcional.

—Me parece bien. Habíamos hablado de involucrar entre cincuenta y sesenta personas —dijo Goyo—. Aunque haya cuatro o cinco estudiantes, si cada persona pone el sueldo de un día será suficiente. Tampoco es bueno que sobre.

—¿Por qué? —preguntó Félix—. Puede haber roturas, imprevistos. Y está el segundo dispositivo.

—Entonces se vuelve a pedir dinero —dijo Goyo—. Pero creo que todos queremos evitar la idea de que estamos montando un negocio. No estamos produciendo para invertir. Lo hacemos para, no es un juego de palabras, intervenir.

—¿Qué pasa si alguien se fuma un canuto de *Spirulina*? —preguntó el panadero.

—Nada —dijo Elo—. Es como fumarte un mentolado pero que en vez de a menta sabe ligeramente a carne cruda.

—Eso no me lo habíais dicho. ¿No querréis que haga pan con sabor a carne cruda?

—No —rió Elo—. Al hornearla, la *Spirulina* pierde el olor, que además es muy suave, pero no las cualidades nutritivas.

—Bien, sin bromas, quiero compraros la *Spirulina*.

—Al por mayor es muy barata, unos tres euros el kilo o un poco más. Deberías aceptarla como pago en especie por el uso de la azotea.

—¿Subimos? —dijo Susana—. Tenemos que medir y ver varias cosas.

Había pequeños charcos en el suelo, el sol ya declinaba y el espacio parecía algo más limpio, pensó Félix, más nítidos los colores, más perfiladas las aristas, todo brillante, preciso y duro, como si los ojos alcanzaran a ver el óxido de las antenas y aun el del alambre de las pinzas de la ropa.

Instalando ocho fotobiorreactores dispondrían de algo más de dos metros cuadrados para secar la *Spirulina*. En cuanto a la chimenea, el secuestro de CO_2 no sería espectacular, puesto que las tasas de emisión de CO_2 del propano eran bastante bajas. Sí sería, no obstante, lo suficientemente significativo en relación con las recomendaciones del panel internacional de cambio climático. En la solicitud al colectivo dijeron que cada uno de ellos se haría cargo de diez personas. Acordaron que el panadero no debía entrar ahí, su papel era otro y su adhesión significaría que, en otro proyecto, alguien podría solicitar su fuerza de trabajo como director de una pequeña empresa.

Con respecto al montaje, Eloísa dijo que por el momento bastaría con que cada uno estuviera en contacto con cuatro personas más, veinte personas aun con los horarios muy fragmentados podrían poner en marcha el dispositivo. Goyo y ella, con otras seis personas, se ocuparían de montar los fotobiorreactores. Susana y Félix se dedicarían a la bomba soplante; en cuanto a Mauricio, de momento quedaba liberado con la única tarea de mantener viva la *Spirulina*.

Todavía siguieron hablando un tiempo. El panadero quiso saber qué ocurriría en caso de tormenta, cómo asegurarían la bomba. Susana prometió trasladar las preguntas al militante que iba a hacer la instalación en la chimenea.

Mauricio se había situado de espaldas al horizonte de tejados. Desde allí veía el momento en que los demás desconectaban de la conversación y proyectaban la mirada lejos. A él nunca le habían interesado especialmente las azoteas, ni esos miradores puestos en bares o restaurantes de los últimos pisos. Debía de ser la tercera o cuarta vez que Félix dejaba vagar la mirada, no sin melancolía. Mauricio creyó entender lo que le pasaba, pensó que Félix, precisamente por ser el más joven, debía de sentirse muy viejo entre toda esa gente, porque los años a veces traen consigo la necesidad de creer para actuar, pero en la estricta juventud se actúa sin asideros. Mauricio trató de interceptar la mirada de Félix dos o tres veces sin conseguirlo.

Hacía meses que Mauricio deseaba a Félix. No militaban en el mismo grupo; Mauricio se había fijado en él en una manifestación y luego habían vuelto a verse en reuniones de varios colectivos. La primera vez que hablaron Mauricio pensó que Félix podía llegar a desearle, pero no estaba demasiado seguro. Félix era bajo, no mucho, aunque no era alto, y la distancia entre ambos, que a Félix parecía no causarle problemas, a Mauricio le cohibía. Un par de veces fue con él y más gente a tomar una caña después de la reunión para terminar a su lado hablando de cactus, de baloncesto, de Arkansas. No podía entender cómo llegaban a esos temas y tenía la esperanza de que a Félix le interesaran tan poco como a él, pues eso significaría que estaba igual de nervioso. Nunca pensó encontrarle en la asamblea, no imaginaba que Félix quisiera ser delegado, aunque tampoco él había querido serlo y acabó yendo de carambola. A la comisión de acciones productivas se apuntó porque le interesaba pero también porque estaba Félix. Allí hicieron una lista con los correos electrónicos de todos. Una lista utilitaria. Él, sin embargo, le había escrito dos mensajes apasionados sin atreverse a mandárselos. Cuando se encontró con un mensaje de Félix en su correo no daba crédito. Era un mensaje raro, Félix le contaba cosas, sin encabezamiento, sin despedida, sin la menor alusión a una relación entre ambos. Mauricio procuró corresponder. Le inquietaba la idea de convertirse sólo en confidente; él quería, sí, la confianza que Félix le ofrecía pero también quería el cuerpo. Y así seguía, centinela de aquel intercambio de preguntas, a la espera de un roce, de una señal.

Por fin, casi como cuando un portero de fútbol se tira hacia un extremo y la punta de sus dedos logra desviar la trayectoria del balón, Mauricio pudo afectar de algún modo el ángulo de visión de Félix, hacerle salir de sí, lograr que sus miradas se encontraran. En ese momento Mauricio ya no pensaba en el deseo sino en los años de Eloísa, en los del panadero, en cómo la nueva relación laboral de Goyo parecía haberle vuelto más viejo, igual que él mismo había envejecido con cada mes pasado en la tienda. Sólo en Susana y en Félix permanecía aún lo que él llamaba la apuesta, una forma de estar en el juego sabiendo que se puede perder todo y estando dispuesto a perderlo porque se es consciente de que nadie tiene la vida en propiedad. Los jóvenes que deciden arriesgar su vida en países lejanos no son unos locos, se dijo; son, por el contrario, demasiado conscientes. Después los años doman y aferran a los hombres a sus cosas, a su puñado de recuerdos, a sus miedos, y ellos juegan, sí, pero con prudencia, reservando.

Mauricio quiso decir con la mirada a Félix que él también había estado ahí, que había sentido el profundo desconcierto de quien daría la vida y observa sin embargo a los adultos ponderar un par de horas a la semana, un día sin cobrar, el riesgo de un problema en el trabajo o la posible vergüenza ante el deseo no correspondido. Los demás empezaron a levantarse, Mauricio les vio salir por la puerta de la azotea y vio a Félix bajar con ellos.

Enrique a Goyo

He llegado a pensar que mi hija lo hizo a propósito, que no fue el azar sino una broma jurásica, una venganza profundamente rebuscada. Susana tiene un lado perverso aunque no lo parezca, la perversión de la casualidad. «Los peces en un acuario no son felices, sufren estrés y aburrimiento, viven miserablemente y mueren prematuramente», es una frase panfletaria del manual ecologista; sin embargo, mi hija me la dijo cuando acababa de ingresar en la mayoría de edad y la frase resultó ser su casual y perversa forma de acabar con la autoridad paterna, con el complejo de Edipo, con cualquier brizna de respeto o admiración que alguna vez pudiera haber sentido hacia quien ya no era más que un patético pez de acuario, es decir, yo.

En esta ocasión, Goyo, no violé ninguna intimidad, no registré las pertenencias de nadie. Los papeles aparecieron, con sus dibujos, sus esquemitas. ¿Registrar para qué? Tras la vuelta de Manuela me había entregado con fatalismo a la evidencia de estar en minoría en mi propia familia, al menos durante unas semanas, o quizá meses, durante el tiempo que durase el increíble sarpullido de militancia que uno creía vencido como esas enfermedades que hoy vuelven, el sarampión, la tuberculosis. Desde entonces he estado asistiendo, con algo que ya sólo puedo calificar de pasmo, al proceso que puede convertir a mi hija, a mi mujer y pronto, lo presiento, a mi hijo pequeño en seres dedicados a hacer que la sociedad evolucione precisamente en la dirección que a ellos les gustaría. He intentado ser benévolo y limitarme a recordar aquella imagen católica del niño vaciando el mar con un cubito de playa; en efecto, la palmaria idiotez de la criatura me parece pertinente.

Si me hubieran tocado los años de esplendor de los partidos comunistas, o simplemente el reflujo del sesenta y ocho, entonces no sería nada benévolo. Tuve un atisbo de lo que debió de ser aquello en las manifestaciones del referéndum de la OTAN. Entonces tú eras un crío pero yo tenía veintiocho años y aunque me daba perfecta cuenta de que aquel chunda-chunda terminaría en nada, me irritó, vaya si me irritó, cientos de miles de personas corruptas, es lo que he dicho, sí, corruptas, jugando a la felicidad culpable del pacifismo. Y ya sé que los de izquierdas sois los puros y que la corrupción es de derechas, pero te diré que el pacifismo es esencialmente corrupto. Quienes lo promueven se benefician de algo que no les corresponde, porque vivimos en un mundo armado y los románticos pacifistas se benefician de la defensa nacional.

Seguro que tú has estado en las manifestaciones contra la

guerra de Irak, otro chunda-chunda demagógico: ¡que no maten a los niños!, claro, claro, ¿quién coño va a querer que maten a los niños? Pero cuando un par de delincuentes rompe la ventanilla del coche del pacifista chunda-chunda para robarle, o cuando un chico de diecisiete años da un tirón a la abuela de los pacifistas y le parte la cadera para quitarle el bolso, ellos acuden corriendo a la policía, y quieren que la policía represente la autoridad, vaya armada, se sirva de las investigaciones militares, ponga coto a las mafias, evite, en fin, que la exquisita civilización apuntalada, como ningún pacifista ignora, con fuego se venga abajo. Unos corruptos, Goyo, sacan los beneficios pero se desentienden de los riesgos y los inconvenientes. No prevén las consecuencias de su discurso, no se hacen responsables sino que se aprovechan de que, afortunadamente, nadie lo asumirá.

Ojo, no es eso lo que pienso de Manuela, ni de Susana, ni siquiera de ti. Vuestra insignificancia me permite, como decía, ser benévolo. Sabes que al llamaros insignificantes no os insulto, os describo: sois insignificantes porque, al menos a este lado del Atlántico, no podéis aspirar al poder bajo ninguna de sus formas; no vais a sacar ninguna ventaja de vuestras reuniones. Ahí viene el repelente niño del cubito, me gustaría darle un buen meneo pero todavía puedo poner cara beatífica y acariciarle la cabeza: ya te cansarás, monada, ya te cansarás. Y a vosotros lo mismo, no, incluso algo mejor. A vosotros puedo respetaros un poco, la potencia del otro se respeta, su capacidad para hacer algo a cambio de nada. Os respeto y os considero distintos de esos tipos de izquierdas que se llenan la boca de grandes palabras cuando lo único que buscan es un puesto de concejal para corromperse.

Algo a cambio de nada. Verás, chico, yo respeto a la madre Teresa de Calcuta, pero la mayoría de las organizaciones sin fronteras me cargan bastante, todo el día pregonando su número de cuenta corriente y excitando tus bajas pasiones: gracias a ti esa niña no se morirá, de manera que si no metes la mano en el bolsillo acabas convertido en un asesino de niñas por omisión, o en un colaborador necesario del maremoto, la malaria, la explotación infantil. Pornógrafos sentimentales es lo que me parecen muchos de ellos y no me gustan; eso sin contar con que nunca acabas sabiendo a ciencia cierta adónde va el dinero.

En cuanto a vosotros, no queda muy claro adónde va vuestra potencia. Aunque a veces un grupo ecologista denuncia una grieta en una central nuclear, o unos cuantos anarquistas o comunistas organizan huelgas y acaban consiguiendo reivindicaciones de tres al cuarto, por lo general sois más pintorescos que otra cosa. Me recordáis, con perdón, las risas enlatadas de las series televisivas. Vosotros sois las protestas enlatadas. Una reforma laboral que no os gusta, una política exterior convencional, un exceso de tráfico motorizado y ahí están vuestras protestas enlatadas de domingo por la mañana o de martes a las ocho de la tarde. No es culpa vuestra, claro, qué podéis hacer si sois mil quinientos tipos o quince mil, poniéndome estupendo, en un país de cuarenta millones.

Os habréis preguntado por qué sois tan pocos, digo yo. Supongo que en alguna de esas reuniones que tenéis alguien habrá planteado que es rarito esto de que haya treinta y nueve millones novecientos ochenta y cinco mil individuos equivocados en este país. Un día se lo dije a Susana; según ella el problema era que yo no hacía bien las cuentas: hay millones de personas en vuestro bando, pero estáis muy dispersos, algunos todavía no se han dado cuenta de que son de izquierdas, son emigrantes o jóvenes que no conocen la existencia de ciertos grupos políticos porque... no tenéis televisiones, periódicos, tiempo..., pobrecillos. Un argumento inane, me parece. Pero seamos generosos, os concedo hasta un millón de personas. La mitad de los votantes de Izquierda Unida, de la otra mitad no me fío, y quinientos mil más de canapés variados: todo tipo de grupos anticapitalistas, republicanos, ecologistas, rojos, que quieras incluir. ¿Qué hacemos con los otros treinta y nueve millones? Es el placer, Goyo, es el placer. Permite que te lo cuente, por si te sirve.

Permite que te diga que no sabéis nada del placer. ¿Sexo? ¿Por qué no? También sexo. Y dormir cuando se tiene sueño, arrebujarse bajo las sábanas notando cómo el cuerpo se abandona. Poder librarse del frío cuando se siente demasiado frío, o del calor. El agua de la ducha vigorizando el organismo. Que no se estropeen las cosas. Abrir la nevera y que se encienda la luz. Girar la llave del coche provocando el estremecimiento de un motor que va a ponerse en marcha. «¡Pobres conductores! —le he oído decir a Susana—, ¡toda la vida arrastrando una tonelada de metal, viviendo para pagarla y arreglarla y darle de comer, sufriendo en los atascos!» No estaba hablando conmigo. Creo que a mí no me habría escuchado, pero lo que yo le habría dicho es: ¿tonelada que arrastramos? No, tonelada que nos amplía, tonelada que nos obedece, placer de ser por fin una estructura poderosa y rápida en vez de ser lo que de otro modo somos, pequeñas piltrafillas vulnerables.

Susana no comparte ese placer, está en su derecho aunque debiera ser capaz de sentirlo si quiere comprender algo, si quiere averiguar por qué se siguen teniendo coches por más que, según ella, no sean rentables en tiempo y en dinero. El objetivo principal del coche no es el transporte sino la expansión del yo. Y como lo del yo es un poco excesivo, lo dejamos en expansión del ánimo. No te hablo de un asunto complejo, es algo que pertenece al orden de los rugidos. Mira, chico: ¿nunca te ha tocado estar en una cola detrás de una señora —o un señor si vas a llamarme machista— que pide cien gramos de esto, ciento cincuenta de esto otro, y ahora un poquito de mortadela, no, no, mejor me va a dar jamón de York pero córtemelo fino, etcétera? En ese momento no piensas con palabras sino que sientes un profundo deseo de dirigirte a la señora y ¡¡¡¡¡¡ROUGHHH!!!!!!, onomatopeya. Pues eso, ¿ves?, se trata de eso.

Podría contarte unas cuantas cosas del placer, si te interesa, aunque no ahora: todavía nos queda el asunto de los dibujos y los esquemitas que encontré ayer. Sucede que mi hija apunta maneras autoritarias: de un modo suave pero inflexible ha obligado a toda la casa a reutilizar el papel de la impresora. Quien vaya a imprimir en lo que necesite disponer de un envés del papel blanco, limpio, debe encargarse de poner el papel del montón de folios nuevos. Si no hace nada, las hojas que están siempre puestas en la impresora son hojas escritas pero con una cara sin usar sobre la cual se imprime lo que uno quiere. Alguna vez tiene sentido, cuando imprimes cosas sólo para no tener que leerlas en el ordenador y vas a tirarlas poco después. Pero otras veces acaba siendo molesto, te confundes, demasiada tinta y demasiadas letras por todas partes. Sin embargo, todos nos hemos adaptado a la causa nimia de no gastar dos o tres paquetes de quinientos folios al año. No somos una familia intransigente. Pues bien, imprimí el texto «Emboscada: vehículos blindados en guerras no convencionales»; me interesan los temas militares, creo que te lo he dicho. Y al dar la vuelta al segundo folio encontré dibujos, esquemas y la letra de mi hija. «Bomba» fue la primera palabra que leí, estaba subrayada.

¿Broma siniestra, casualidad? El verano que siguió a aquella frase de los peces dejamos que Susana se quedara sola en Madrid. Tenía un grupo de amigos de la facultad y habían montado unos semilleros. Bueno, había cumplido dieciocho años, iba a hacer algo relacionado con su carrera, nos pareció bien darle un poco de independencia. Nosotros estábamos en la playa con los chicos. Un fin de semana yo volví a Madrid. Sí, también para vigilarla un poco. Además tenía una reunión con un posible cliente de la empresa, un holandés que pasaba por Madrid y aunque yo estaba de vacaciones mi jefe me preguntó si podría verlo. Me reuní con el holandés a la hora del café. Después fui a casa. Susana había dejado una nota cariñosa diciendo que volvería para cenar. Encontré la casa bien, no muy limpia pero aceptable. En la nevera, pegada con un imán, había una lista de cosas que Susana pensaba comprar: yogures, galletas, judías verdes, queso, melocotones, eso era el apartado supermercado; en el apartado farmacia: aspirinas, pasta de dientes, preservativos. ¿Casualidad? Mi hija sabía que yo venía, sabía que vería la lista. No tenía por qué informarme de que ya no era virgen pero prefirió hacerlo y evitarse conversaciones engorrosas, o quejas lastimeras de su padre de acuario.

Supongo que fue así, decidió que si daba por hecho que yo iba a encajarlo bien a mí no me quedaría más remedio que encajarlo bien. ¿Y por qué no iba a encajarlo bien? No soy un tipo conservador en ese aspecto. Lo habría encajado bien si ella me lo hubiera dicho. O si hubiera acabado suponiéndolo al verla con sus amigos. Fue el método lo que no encajé bien. No dije nada, claro. ¿Me tocaba hacer de padre guay? Pues bueno. Pero me molestó, ¿cómo decir?, la escenografía, la nevera, el imán, esa forma suya de adelantarse a los acontecimientos. No obstante, durante la cena gasté la bromita correspondiente: «¿Has visto la oferta de la farmacia? Si consumes más de dos preservativos al día, el tercer polvo te lo regalan». Me miró como a un chicle pegado en el zapato. Sin embargo, hizo un esfuerzo y sonrió.

Cuento esto porque lo de la bomba llovía sobre mojado. Susana sabía que esas hojas iba a usarlas yo con toda probabilidad, ¿no podía haberlas roto? Podía haberlas tirado a la papelera, no es lo mismo imprimir en el envés de una hoja impresa que en el de una hoja escrita a mano, el nivel de guarrería aumenta considerablemente. Sin embargo, las puso ahí y a mí me dio, como suele decirse, un vuelco el corazón. Todas las hijas dejan de ser vírgenes, pero muy pocas se hacen terroristas, y si de lo que se trataba era de comunicar que ella era una de esas pocas para que yo supiera a qué atenerme, la verdad es que todo me parecía muy cruel. Enseguida vino la furia: ¿de verdad Susana había creído que yo no iba a hacer nada?, ¿de verdad pensaba que yo estaba dispuesto siquiera a negociar las condiciones: sólo si vuelas cajeros automáticos, o cementerios de coches, o sólo si me prometes que no vas a causar víctimas, sólo sí...? ¡Por Dios! Una bomba no es follar, que se acueste con quien quiera, que tenga tres amantes simultáneos, se lo monte con chicas o practique el tantrismo. ¿Pero se había creído que el pobrecito pez paterno contemplaría cómo ella preparaba los detonadores desde detrás del cristal?

Ya sé que esto es ridículo, Goyo. «Soplante», ese insólito adjetivo unido a la palabra bomba me habría dado la clave. Sin embargo, dejé pasar una hora hasta que lo leí en otro esquemilla de la página siguiente, y esa hora me ha cambiado.

Menudo hipócrita, puedes pensar. Un tío se imprime un artículo sobre instrumentos explosivos improvisados (IED, Improvised Explosive Devices, hacen saltar los tanques por los aires, sí, de eso trataba el artículo), y luego se escandaliza porque su hija dibuja un aparato para hacer burbujas. Lo de mi artículo te lo explico, y de todas formas era un artículo, no un dibujo hecho a mano de lo que parecía un explosivo casero. Me interesa lo militar, como sabes. Me interesa el punto de intersección en que el valor se cruza con la logística y por lo tanto con el dinero.

En Irak, por ejemplo, ante la perspectiva de una guerra de guerrillas a mediados de 2003 se hace patente la necesidad de vehículos blindados. El precio aproximado por molde para un

M1114 es de unos 155.000 dólares, y el del chasis de unos 80.000. Pues bien: «Sorprendentemente, el mando norteamericano no parece haber contemplado la pasividad de una lucha irregular después de la campaña militar», lee uno. «A pesar de que ya se habían desarrollado moldes protectores para su instalación en equipos motorizados, su producción no tenía ninguna prioridad.» Ahí tienes el lugar que ocupa la vida humana. «Se esperó hasta noviembre de 2003 para dar al mando de materiales órdenes de adquirir 1.000 moldes blindados para camiones y vehículos Hummer en Irak. Después de serios reveses en las calles de las ciudades iraquíes, los pedidos alcanzaron la cifra de 13.000 en diciembre de 2004.» Este cóctel de incompetencia, coordinación, técnica y negocio me parece revelador.

«La promoción de oficiales a puestos de mando debe obedecer a méritos profesionales y no de otra índole», se dice en el artículo. El factor humano no es despreciable, Goyo, pero tampoco es una mera cuestión de sentimiento, de nada sirve la generosidad de dar la vida si no tienes un mando que pueda combinar las operaciones, preparar la industria local, lidiar con la corrupción. Por lo menos la mitad de las bajas estadounidenses han sido víctimas de instrumentos explosivos improvisados (IED). No obstante, todavía no se producen moldes blindados en cantidad suficiente, la industria no los produce o el Senado no aprueba el presupuesto o ambas cosas. Claro que a vosotros los temas militares no os interesan, sois pacifistas. En cambio, en mis artículos militares yo me paso el día leyendo citas de comandantes revolucionarios cubanos, guatemaltecos, salvadoreños, rodesianos, sudafricanos. Los milites sí se toman la molestia de estudiar al enemigo.

Me gustan los militares, cuando ellos dicen fuego guerrillero saben de lo que hablan, no son como mi hija o mi mujer, quienes, cuando lo dicen, están pensando en algún libro o en la letra de una canción. Esto por lo que respecta a mi artículo.

En cuanto al dibujo y la palabra bomba: después de verlos deposité con cuidado el papel sobre mi mesa. Tuve la delicadeza de cubrirlo con otro. Lentamente decidí que había tocado fondo, estaba harto. ¿Perspectivas? A estas alturas, la fantasía de un apartamento y chicas no me seduce particularmente. Esa teoría de que la vida nos sonreiría si pudiésemos tener sexo con chicas de diecisiete años igual que tenemos conversaciones sobre la salud, pues qué quieres. Follar también cansa, te lo digo yo, que manifiesto un gran respeto por el placer. Bordeo los cincuenta y por supuesto que quiero seguir follando, pero no a costa de sacar la lengua fuera como un perro.

Garantízame mi esperanza de vida, la del varón blanco de país del primer mundo, setenta y seis años. Sin tragedias. Sin que me arruine. A mi edad ya ha comenzado la decadencia del cuerpo, no es un plato de buen gusto pero si no hay sorpresas desagradables puede sobrellevarse bien. ¿Que preferiría vivir cien años con el cuerpo de los veinticinco? Así es, pero tener una crisis existencial porque no puedo me parece de críos. La muerte, la enfermedad, el dolor, todo eso es un asco, de acuerdo. Que investiguen lo que haga falta para evitarlos. Mientras, pasa la vida y la vivo, y más que tener una rabieta quizá me convenga reírme por dentro de lo que sé, lo que todos sabemos: que el plazo es corto y acaba.

Desde la madurez, además de mirar cómo se cae la carne puedo fijarme en otras cosas. Ventajas, diría yo, sí, ventajas. No sé si un día será posible gozar del cuerpo de los veinticinco con el cerebro de los cincuenta, pero, si me dieran a elegir, eso es lo que querría. De manera que no miento ni idealizo cuando digo que pasados los cuarenta el cerebro mejora, en ciertos aspectos. La angustia, por ejemplo, es de otra clase a mi edad. No quema. El infierno es frío. Fue en medio de un infierno frío, sin temblores, sin necesidades imperiosas de abandonar la casa para meterme en un bar, fue con tranquilidad, sentado frente a mis papeles, como decidí que estaba harto y que algo debía hacer. Algo que no fuese dejarle a Manuela la casa y la custodia de los niños y poner en bandeja a Susana la figura de padre en crisis con apartamento.

Yo he invertido en mi familia, Goyo. Lo digo sin cinismo. He invertido memoria, dinero, cariño y esfuerzo. No sé si es la mejor elección, pero ya es tarde para la base en la Antártida y creo que para el encoñamiento también. Sin especial énfasis en las cursilerías, en las comilonas navideñas, espero al menos ver crecer a mis hijos, distribuir un pequeño patrimonio que ayude a los posibles nietos a no venir al mundo del todo desamparados, hacer algún viaje con Manuela, tal vez comprarnos una casa en Portugal, morir acompañado. No pienso tirar todo esto por la borda.

Tampoco pretendo convencer a mi mujer y a mi hija de sus errores. Ningún papel más desagradecido que el del aguafiestas. ¿Voy yo a recordarles que si hay cincuenta sitios de la web de eso que ellas llaman prensa alternativa, hay cincuenta millones de sitios pornográficos? ¿Que antes se inundará la tierra que habrá en Europa una revolución? ¿Que mientras cuatro personas leen a Marx en Madrid, dos o tres millones leen el *Marca,* las revistas femeninas, etcétera? Lo saben de sobra. No, gracias, no pienso cargar con el muerto de contar que no existen los Reyes Magos. Lo que yo haré será ponerles delante otros Reyes Magos mucho más poderosos que los padres, y a ver qué dicen.

5

Ya habían dado comienzo los trabajos en la segunda azotea. Eran las doce del mediodía. Esa mañana acudieron un estudiante de económicas, el dependiente de una ferretería, un administrativo y una profesora de universidad. Realmente, pensaba Goyo, les faltaban militantes que supieran trabajar con las manos. Tras probar los fotobiorreactores pequeños, habían decidido acoplarlos de manera que ahora la azotea aparecía atravesada por cinco tubos largos y delgados, en forma de zigzag. La instalación no era difícil pero habían tardado mucho más tiempo del previsto, y eso contando con las instrucciones del dependiente de ferretería. Elo, que también era bastante manitas, había participado en el montaje. Luego se había marchado a una reunión de trabajo. Goyo estaba resacoso y con dolor de cabeza.

—Me voy —dijo—, me encuentro fatal. ¿Creéis que podréis acabarlo? —preguntó.

Le respondió el dependiente:

—Sí, seguro, ¿dónde dejamos las cosas?

—Dejadlas abajo, hay un pequeño cuarto de almacén, los de la panadería lo saben. De todas formas yo vendré esta tarde, si queda algo pendiente no hay problema.

Junto a la puerta de la escalera, Goyo se detuvo un momento para mirar los grandes tubos vacíos, inmóviles, y a su alrededor personas de distintas edades en movimiento, trabajando frente al cielo. Había una rara belleza en esa mezcla del trabajo de las personas frente a la futilidad de los tubos de dos y hasta tres metros, sin agua, de momento, sin algas, vanos y transparentes.

Bajó despacio la escalera. La borrachera de la noche anterior pesaba. A eso de las nueve, sin cenar y después de leer lo que el padre de Susana le había escrito, llamó a Elo. Supo mentirle con gran naturalidad. Le dijo que Álvaro había llamado bastante contristado por problemas con su chica, y que iba a verle. Pero fue él quien, después de colgar a Eloísa, llamó a Álvaro para contarle que estaba mal, que necesitaba quedar con alguien y pedir bourbon del malo.

—¿Vas a querer unas rayas? —le había preguntado Álvaro.

—Por mí no, lo que quiero es dejar de pensar.

Álvaro pasó a buscarle en coche.

—Llévame a un sitio cutre —le había pedido Goyo.

—Yo no voy a sitios cutres.

—Seguro que sí. Un sitio oscuro con gente de pie y tías muy colgadas. No me lleves a esos bares modernos iluminados, con sillas por todas partes.

Álvaro le entendió. El lugar no era cutre ni turbio pero sí lo bastante oscuro como para que fuera fácil borrarse en cualquier lado.

—Tú dirás —dijo Álvaro—. ¿Te divorcias? ¿Te casas? ¿Corea del Norte ha dejado de ser comunista?

Goyo rió, aunque notó que la risa caía al suelo. Pensó en no hablar y, remedando al vaquero desesperado, pedir tres, cuatro pequeños vasos de bourbon uno detrás de otro; sólo entonces, cuando empezara el mareo, dejaría salir las palabras ya sin ton ni son. Pero no iba a hacer eso porque tanto como necesitaba aturdirse, necesitaba decirle a alguien que realmente él no tenía derecho a la sinceridad, que debería haberse callado y así seguir siendo ante Eloísa lo que era para Álvaro: un tipo con un hermano que se había muerto, sin detalles, sin ningún detalle, un chico con una biografía un poco accidentada, igual que, por otra parte, casi todo el mundo.

¿Cómo había podido medir tan mal sus fuerzas? Después de contar la historia de Nicolás llevaba más de dos meses sintiéndose un faquir y además farsante, uno de esos que le han quitado el veneno a las serpientes venenosas, uno de los que usan clavos de goma y no son delgados porque ayunen sino porque su metabolismo les hace serlo. ¿Quién era él para hablar de normales y de no normales?

—Un anormal, lo que soy es un anormal —dijo en voz alta mirando hacia Álvaro. Pero Álvaro ya no estaba allí, había ido a por las bebidas y se acercaba con una cerveza y un vaso de bourbon.

—¿No te vas a emborrachar conmigo? —le preguntó.

—Es que no he cenado —dijo Álvaro.

—Yo tampoco.

—Si quieres que después de esta cerveza me pida un whisky, vas a tener que decirme qué has hecho.

—Nada, nada de nada. Bueno, sí, el capullo, no haber hecho nada y hablar como si hubiera hecho algo.

Goyo salió del edificio de la panadería y el sol empeoró su dolor de cabeza. Recordaba más o menos la conversación con Álvaro, tenía conciencia de haberle mareado, saltando de un tema a otro y sin llegar a explicar las cosas de forma lineal en ningún momento. Pero es que habría tenido que empezar demasiado atrás y, por otro lado, al menos con Álvaro sí había sido claro; no le había llamado para hablar sino para emborracharse con él. Después de dos cervezas, Álvaro también había pasado al bourbon y habían terminado la noche hablando de cuando eran adolescentes y veían al doctor Spock. Éstos son los viajes de la nave estelar *Enterprise*, que continúa su misión de exploración de mundos desconocidos.

Goyo echó a andar hacia la casa de Susana. Estaba bastante lejos. Aunque no pensaba ir a ver a Susana, y menos a su padre, tampoco tenía ganas de ir a ninguna otra parte ni quería pasear sin rumbo.

—Al padre de una amiga le ha dado por escribirme cartas electrónicas —le había dicho a Álvaro—. No tiene razón en casi nada de lo que dice. Políticamente hablando, me refiero, y no te rías. Hasta ahora le he contestado, pero hoy se me han quitado las ganas.

Álvaro le había seguido la corriente, renunciando a querer saber de quién era padre ese tipo que escribía a Goyo o por qué ya no tenía ganas de contestarle. De vez en cuando hacía comentarios de borracho solidario:

—Pues si no tienes ganas no le contestes. ¿Quién le manda escribirte? Mira que es coñazo la gente a veces con lo de escribir.

Ahora Goyo pensaba que Álvaro debería haberle obligado a hablar. Por otro lado, no podía cargarle con esa obligación, no eran tan amigos, quizá ni siquiera eran amigos sino dos individuos que por azares de la vida habían viajado en la misma fila de asientos. Goyo había llamado a un conocido para emborracharse y no a un amigo. Y había acabado por no contar a Álvaro casi nada.

No le dijo que había tenido la fantasía de presentarse en casa de Enrique para responderle en persona pero que, entonces, había sentido miedo de querer quedarse a vivir allí. Eso le ocurría muchas veces de pequeño. Cuando se quedaba a cenar en casa de un amigo, cuando iba a casa de otro a jugar y merendar, siempre creía ver señales de familias verdaderas, la salsa de tomate le parecía mejor, sentía más deseos de mojar el pan en ella que en la de su casa.

Llegaría a la casa de Enrique, empezaría a hablar con él pero entonces le ofrecerían quedarse a comer y él miraría la cocina, el arroz blanco, los gestos cotidianos, y pensaría que quería vivir allí, con esa madre que se fugaba y ese hermano que jugaba al voleibol y ese padre que hacía preguntas, con esas personas que no eran mejores ni peores que su madre ni que su padre ni que su hermano Nicolás, aunque ¿y si en el fondo él pensaba que sí lo eran? ¿Y si en el fondo él era un desertor, tenía madera de desertor y sólo había permanecido de pie con los demás porque no había encontrado el modo de irse?

Goyo no había mentido a Eloísa, sin embargo no podía dejar de preguntarse cuánto peso tenía lo que había callado, por ejemplo la tarde en que, con trece años, leyó el libro *¡No os llevéis a Teddy!* y sintió tanta vergüenza que necesitó deshacerse de él, bajó a la calle para tirarlo, lo echó en una papelera a trescientos metros de su casa temiendo aún que alguien pudiera encontrarlo y, por asociación o lo que fuera, el libro acabase volviendo a su casa. Era un libro de una colección juvenil sobre un chico de unos diez años con un hermano deficiente, Teddy, en una ciudad noruega. Un día Teddy daba una pedrada a un chico normal sin darse cuenta de lo que hacía. Los amigos del chico normal hablaban de llamar a la policía, de que Teddy no sabía controlarse y había que meterle en un correccional o en un manicomio. Entonces el hermano decidía huir con Teddy. Cogía las llaves de una casa de campo de sus tíos y se iba allí con su hermano, primero en autobús, luego en tren, luego andaba unos cinco kilómetros campo a través arrastrando a Teddy, quien a pesar de ser fuerte tenía la musculatura rígida, se cansaba, lloraba cuando tenía sed. Al llegar a la casa no había casi nada que comer, Teddy volvía a llorar y el hermano no encontraba más comida, tampoco sabía poner la calefacción, estaban empapados, pero el hermano no quería ir a buscar a alguien y que les descubrieran. Goyo no pudo recordar cómo se llamaba el hermano, para él era sólo el hermano, el hermano que había hecho todo lo que él no se habría atrevido a hacer por Nicolás.

Había llegado a la calle de Bravo Murillo. Supo que no iría a ver a Susana ni a Enrique, entró en un bar y pidió una caña. El libro acababa con que tanto Teddy como el hermano cogían una pulmonía, luego los padres aparecían, ellos se curaban y gracias a una mujer que el hermano y Teddy habían conocido en su viaje, Teddy terminaba yendo a una escuela nórdica, preciosa, para niños como él. La noche anterior, en uno de los saltos constantes de un tema a otro, le había dicho a Álvaro:

—La Ley de Dependencia es una mierda. Es la peor de todas las mierdas que he visto nunca.

—Pero si es una ley de esas de Estado social y de Derecho. Si hasta a mí, que soy liberal, me parece bien.

—¿Cómo no va a parecerte bien? Otra vez la historia de los conciertos: el Estado no sólo permite que se pueda hacer negocio con cosas como la educación o cuidar, en este caso, sino que además subvenciona esos negocios. Pero lo malo no es eso. Lo peor son los sueldecillos, comprar consenso y a dormir. Cuando un niño tiene una deficiencia física en una familia, lo que hay no es sólo un problema de dinero en esa familia, es un problema colectivo. Y ahora salen madres en los periódicos diciendo que necesitan dinero para comprar una bañera donde poder bañar a su hijo. Pues seguramente lo necesitan, pero por ese camino no vamos a ninguna parte.

—¿Un problema colectivo? No sé de qué estás hablando, Goyo.

—Por ejemplo, de construir gimnasios de rehabilitación

con bañeras de burbujas y piscinas de masaje y tuberías de colores y salas de espera con sillones cómodos y salas de juegos adaptadas para los niños, y que para el padre o la madre o el hermano o el amigo o quienquiera que lleve al niño sea fácil llevarle, y para el niño sea fácil estar ahí.

—No sé de qué mundo estás hablando y me parece que tú tampoco —le había repetido Álvaro.

—Pues yo he visto esos gimnasios de rehabilitación en el estado de Anzoátegui, en Venezuela, construidos con los petrodólares que tanto os irritan.

Goyo recordó que entonces Álvaro, quien siempre entraba al trapo de esas discusiones, la había rehuido para contarle una historia mínima, rara. Goyo le había escuchado primero sin entender y comprendiendo luego que se trataba de una nomentira, de una confidencia.

Al parecer, unos días atrás Álvaro estaba en el segundo piso de un edificio esperando el ascensor cuando éste se abrió: dentro había una mujer rodeada de bolsas hablando por el móvil. La mujer miró a Álvaro y señaló las bolsas con un gesto de impotencia que a Álvaro le pareció exagerado, pero no intentó entrar en el ascensor, dejó que las puertas se cerraran y bajó a pie. Como la escalera de bajada estaba junto a los ascensores, cuando llegó al primer piso pudo ver a la mujer y oírla hablar mientras iba sacando las bolsas del ascensor: «Fíjate —decía—, después de tanto tiempo [...], me estoy llevando sólo la ropa, las cosas personales». Contestaba a alguien por el teléfono, pero su tono era tan triste que parecía interrogativo.

—El desconcierto de la soledad, tenías que haberla visto —dijo Álvaro a Goyo—. Era una mujer bajita, de pelo corto, poquilla cosa aunque seguro que había sido una mujer agradable. Mi madre va a acabar en la misma situación. Cuida y supone que van a cuidarla, ni siquiera exige nada, hay divorcio, hay separaciones, todos somos libres, pero ella todavía supone que se quiere para seguir queriendo, en el fondo se parece a ti. ¡Lo colectivo!, por favor, Goyo, aquí no hay nada: se quiere a una mujer hasta que se pone vieja, entonces, como hará mi padre, se la cambia por otra, la lucha de clases se reduce a que mi madre cobrará una buena pensión. No es un problema de lucha de clases: es biología, egoísmo, lo que queda cuando te quitas de en medio la religión. No es que estuviera mal quitársela del medio, pero el mundo que hemos hecho funciona así, más te vale verlo.

Él había dicho:

—Oye, Álvaro, no me vengas precisamente tú con el rollo de la malvada biología. La biología es la hostia. Convertir luz, carbono y agua en glucosa también es biología. O lograr que células separadas formen un órgano. ¿Por qué eso no lo imitamos, eh? Podríamos, si nos dejaran.

Llegados a ese punto estaban los dos muy borrachos; se quedaron sumidos en un silencio parecido al cabeceo de una barca.

Ahora Goyo empezaba a encontrarse mejor. Tras tomarse las tres patatas bravas que le habían puesto, se terminó la caña y pidió otra. Le agradó notar la espuma en los labios. El frescor de la cerveza que al principio le había destemplado, ahora le reanimaba. Un grupo de cinco o seis personas entró en el bar, casi todas le miraron, claro, sin ver a Nicolás mientras proseguían una conversación ya empezada.

Goyo pensó que probablemente Elo, cuando le miraba, tampoco veía a Nicolás. Porque la historia de Nicolás que le había contado no era su historia sino la historia de algo que Nicolás le había hecho comprender casi como en una demostración matemática. Y él había contado la demostración. ¡Qué presuntuoso había sido al pensar que ella, o incluso Enrique, le mirarían viendo a un faquir, aunque fuera de pacotilla! Como mucho, Eloísa vería que quien estaba con ella había sido también el hermano de Nicolás, y sí que lo había sido. Un hermano, por cierto, nada del otro mundo. Pidió dos cañas más, una para él y otra para Nicolás. A veces, todavía, le hablaba. En la confusión acústica del bar, bajo la mirada rutinaria del camarero, Goyo dijo:

—Tuviste un hermano capullo, tío. Eso ya no tiene mucho arreglo.

Susana

No pensaba que mi padre fuera a reaccionar así. El primer dispositivo ya está funcionando, la verdad es que es bastante llamativo, los tubos, el color verde de la *Spirulina* moviéndose con las turbulencias. La semana pasada recolectamos los primeros gramos. Nos costó aunque es muy fácil, pero era la primera vez y estábamos aprendiendo.

Llevo tres semanas absorta con los fotobiorreactores, a ratos me impresiona que hayamos podido hacerlo. De pronto estamos transformando un poco la realidad: donde no había nada ahora está nuestro dispositivo. Cada día emitimos oxígeno y fabricamos una pequeña cantidad de aminoácidos esenciales, ácidos grasos poliinsaturados, glucosa, vitaminas, en forma de *Spirulina*.

Lo malo es que, ocupada con nuestro dispositivo, los exámenes de la facultad y las reuniones de los grupos, he estado poco atenta a lo que ocurría en casa. El motivo ha sido ése, que se han juntado varias cosas. Pero está mal. En otras circunstancias tendría una justificación. No la tengo si pienso que mi madre acababa de llegar después de pasarse más de dos meses en una tintorería, y que mi padre casi no hablaba.

Debería haber estado más atenta. No creo que eso hubiera arreglado nada, además, tampoco se trata de arreglar. En realidad lo que ha dicho mi padre no es irreversible. Pero me preocupa que a mi madre y a mí nos haya cogido tan fuera de juego. Sobre todo a mí. Mamá quizá se lo esperaba un poco más.

Rodrigo se acostó primero. Marcos se quedó viendo una película con mi madre. Mi padre estaba en su ordenador y yo en el mío. Oí que Marcos iba al cuarto de baño, luego se asomó a mi cuarto para darme las buenas noches.

Unos minutos después entra papá. Quiere hablar con mi madre y conmigo. Yo termino de escribir un correo y salgo. Papá está sentado en la cabecera de la mesa del comedor con dos carpetas de cartón azul. Yo me siento a su lado, mamá no ha llegado todavía. Él no parece apenado, compungido, nada.

Lo primero que pienso es que van a divorciarse. Pero si van a hacerlo, lo normal sería hablarlo primero con mamá, no con ella y conmigo a la vez. Entonces fantaseo con que ha cometido alguna clase de desfalco. Y vuelvo a decirme que esa noticia tendría que dársela primero a mi madre. ¿Por qué a las dos? ¿Qué puede ser lo que mi padre tiene que hablar con las dos a la vez? Hay una carpeta para cada una sin abrir. Y papá está callado esperando a que venga mi madre, no quiere empezar sin ella. Se oye una puerta, él y yo levantamos la cabeza. Llega mamá.

—Perdonad —dice, y se sienta al otro lado. No da ninguna explicación de por qué ha tardado. Papá suele ser muy sensible a los retrasos y siempre quiere que le expliques la causa, pero esta vez ni siquiera mira a mamá con enfado. No dice nada y nos da las carpetas.

—He puesto esta casa a vuestro nombre, las cuentas que tenemos en el banco y las acciones. Sólo queda que firméis unos papeles que están ahí.

Yo pienso en la enfermedad, en que se muere, aunque no

tiene una cara nada trágica sino que casi me parece, o a lo mejor es ahora al recordarlo, que se lo está pasando bien.

Ni mamá ni yo abrimos las carpetas. Mamá pregunta:

—¿Qué pasa, Enrique?

—Nada, un regalo que os hago. Vosotras tenéis bastante claro hacia dónde queréis que vaya esta sociedad. Yo no, yo no lo tengo nada claro, así que pienso que sois vosotras quienes debéis disponer de nuestras propiedades. Eso me ayudará a quitarme más de un peso de encima. Viviré sin estrés, sin aburrimiento y menos miserablemente.

Esto último lo ha dicho mirándome. No es la primera vez que me recuerda mi frase sobre los peces.

Mamá al principio ha reaccionado con algo de enfado:

—No le veo la gracia. La casa antes estaba a nombre de los dos, tampoco veo cuál es la diferencia.

—Yo sí las veo, Manuela. La diferencia y la gracia. La diferencia es que si antes hubieras querido vender esta casa y dársela, pongamos por caso, al ecuatoriano, habrías tenido que consultarlo conmigo y habrías podido suponer que yo iba a negarme. Pero ahora ya no tienes obstáculos. El único problema es que tendrás que consultarlo con Susana, puede que ella prefiera usar el dinero para comprar un local para su grupo ecocomunista o cualquier otra cosa. Pero obstáculos serios ya no tienes.

—Bien, ya veo la diferencia, ¿y la gracia?

—Sí, la gracia está en que a cambio de mi desprendimiento voy a pediros una cosa, una sola cosa: quiero estar presente en vuestras deliberaciones. Quiero ver cómo decidís qué destino vais a darle a los bonos del Estado, cuánto dinero vais a reservar para Marcos y para Rodrigo, si cuando vendáis esta casa compraréis otra más barata o decidiréis alquilar. Son temas serios, ya lo sé, no te tomes a mal lo de la gracia. Me permito suponer que además de serios van a ser... ¿reveladores? Digámoslo así, entonces.

En ese momento mamá y yo nos hemos mirado. La verdad es que casi no he hablado con ella desde que volvió. Me daba corte pedirle que me contara «su experiencia». Me daba corte por mí, porque no se me ocurría ninguna forma de preguntarle que no me obligara a decir algo sentencioso, solemne, y por ella. A lo mejor no había aprendido nada en esos dos meses, estaba en su derecho y si yo le preguntaba podía hacerla sentirse ridícula, bueno, es difícil de explicar.

Así que en ese momento me di cuenta de que no sabía qué le había pasado a mamá durante los dos meses, ni tampoco sabía qué estaba haciendo ahora. Suponía que lo mismo de siempre, pero quizá no, como yo paraba muy poco en casa tampoco había podido enterarme de nada. La he visto ahí, mirándome, y me han dado ganas de hablar todo lo que no había hablado con ella. Entonces, quizá de forma un poco precipitada, he dicho:

—Yo no acepto esa condición, papá. Si quieres poner las cosas a nuestro nombre, de acuerdo. Pero no acepto que tengas que estar presente cuando hablemos.

Pensaba que mi padre iba a provocarme, preguntaría por qué no aceptaba, discutiríamos. Me preocupaba que lo preguntase, sin embargo papá se ha callado. Eso me ha sorprendido de él. Después de unos minutos en silencio, ha dicho:

—Como queráis. Yo sólo pedía, no era una condición. Lo que sí querría, aunque tampoco es una condición, es que firméis los papeles lo antes posible.

Papá se ha levantado, y mamá le ha retenido con la mano, tirando de ella hacia abajo para que se sentara otra vez.

—¿Por qué quieres que firmemos enseguida? —ha dicho una vez que papá se ha sentado de nuevo.

Él ha tardado un poco en contestar, como si hubiera estado contando hasta diez. Después ha hablado vocalizando mucho, sin una gota de malestar, incluso parecía otra vez ligeramente contento.

—Teniendo en cuenta que vuestra ideología os obliga a despreciarme y a despreciar los bienes de que disfrutamos, espero que os libréis cuanto antes del obstáculo que suponía mi titularidad. Tengo ganas de que me liberéis de vuestro desprecio. Es lógico, ¿no?

Luego, con absoluta naturalidad, se ha despedido:

—Os dejo. Me voy un rato al ordenador.

Se ha marchado despacio. Mamá y yo nos hemos quedado frente a frente.

—Antes de hacer nada, será mejor que cada una pensemos en todo esto por nuestro lado, ¿te parece? —ha dicho mamá.

Yo he asentido y mamá se ha levantado. Eran las doce y media de la noche. He estado mirando los peces de mi padre. Después he venido aquí y he empezado a copiar lo que había pasado. Ahora me arrepiento aún más de no haber hablado con mamá, la verdad es que no tengo ni idea de lo que le ha pasado en estos meses.

Y luego está mi padre. Me descubro llamándole mi padre en vez de papá, igual que hace un momento, cuando he dicho los peces de «mi padre». Me cuesta pensar que es papá quien está en el despacho del fondo con el ordenador encendido. De repente un extraño, no sé si era un título de una película o si mezclo dos, da igual, es el título de mi película. De repente un desconocido, de repente alguien que llega de un viaje sin que yo supiera que se había marchado. Al fin y al cabo mamá ha estado en una tintorería. No sé lo que ha hecho, pero puedo imaginar qué clase de cosas habrán podido pasar por su cabeza. En cambio, ¿dónde ha estado mi padre todo este tiempo? ¿Hasta dónde ha tenido que llegar para volver con el trofeo de una escritura y unos bonos del Estado? ¿Ha matado cabras y liebres con sus manos?, ¿lobos? ¿Ha tenido que desollarlos?

Creo que mi padre tiene razón con su entrega de carpetas y propiedades. Tiene, sí, razón, pero me gustaría decirle que no tiene la razón. Es que la razón siempre se pierde un poco cuando se llega a un punto en que, para tenerla, te alegra que las cosas vayan mal. Igual le hemos dejado solo. Parece que es lo que nos ha dicho con esa calma, vocalizando, casi contento. Yo creo que aquí nadie deja solo a nadie porque en principio estamos todos solos a no ser que te acerques. «¿Qué derecho tienes tú a afirmar que estamos solos, que tú estás sola?», podría decirme él. Es verdad, a mí me han dado de comer, me han vestido, me han ayudado a estudiar, me han dado una cama y sábanas planchadas y si tenía fiebre han llamado a un médico y han estado conmigo jugando a las damas o haciendo puzzles. Cuando te han cuidado parece claro que no has estado sola.

Pero, entonces, porque me han cuidado yo estaría siempre ligada a quienes me han cuidado y no podría hablar ni decidir nada por mi cuenta. Según dijo una vez mi padre, sólo quien se ha hecho a sí mismo puede hacerlo. Lo que pasa es que las personas a quienes nadie ha cuidado, los niños que se mueren con dos meses o se ven obligados a pegar tiros con doce años, tampoco pueden hablar ni decidir porque no les dejan. Así que nadie podría hablar ni decidir. Para mí, nadie se ha hecho a sí mismo. Seguro que Carlos Javier, el ecuatoriano, se ha hecho a sí mismo mucho más que yo, pero alguien le habrá cuidado cuando nació, y le habrán apoyado en otros momentos.

A lo mejor mi padre está en lo cierto y yo tengo muy poco derecho a hablar. Ya no lo sé. Yo creo que no le hemos dejado solo. Antes era distinto pero, ahora, las únicas veces que se ha acercado a preguntarme algo ha sido para vigilarme, como cuando le entró la obsesión por mi amigo mexicano que fue espía de la inteligencia militar soviética. Hoy tampoco nos ha preguntado nada a mamá o a mí. No se ha acercado sino que nos ha desafiado, desde su sitio, su acuario, su torreón o lo que sea.

EMPEZABA A ANOCHECER en la segunda azotea, aunque los fotobiorreactores recibían todavía una luz considerable. El cultivo, ya bastante concentrado, había pasado del color rojo ladrillo al rojo sangre. Cuatro personas habían estado aprendiendo, junto con Félix y Mauricio, a comprobar el ph, la salinidad y la temperatura de la microalga *Porphyridium cruentum*. Cuando terminaron, ellos dos se quedaron recogiendo el instrumental. Luego se sentaron en el suelo, la espalda apoyada en un pequeño muro de separación con otras azoteas; veían los tubos rojos recortándose contra pedazos de cielo y de edificios.

Mientras conversaban, el ruido amortiguado de la bomba soplante y el lento burbujeo en el interior de los tubos componía un fondo de sonido particular, un tanto submarino. Esa mañana habían sabido de una demanda del ayuntamiento contra el dispositivo de la primera azotea. Sin embargo, el panadero no parecía preocupado. Antes de instalar la chimenea había negociado con los vecinos el usufructo de la zona común y había recabado varios permisos. Por el momento pensaba agotar los plazos. De recurso en recurso, dada la difícil calificación jurídica de los fotobiorreactores, calculaba que pasarían al menos dos años hasta que pudiera surgir algún problema serio, y eso si no conseguían antes una resolución que les protegiera contra el derribo.

Mauricio conocía el caso de una amiga de su madre que había construido una especie de apartamento en la azotea absolutamente ilegal y, sin embargo, el juez le permitió quedarse con él alegando que la demolición era un procedimiento que debía ser aplicado con mesura. Félix no era tan optimista:

—Qué me cuentas —dijo—. La amiga de tu madre es distinta de gente como nosotros, tendría contactos y vete tú a saber.

—Ya, Félix. Pero aquí están demandando al dueño de una panadería. No saben que estamos nosotros detrás. Y a veces no sólo hay corrupción, hay chapuza. Demoler es un lío, los ayuntamientos, los jueces, todo el mundo prefiere no demoler: es más cómodo.

—Vale, a lo mejor tenemos suerte, no digo que no.

—Tiempo seguro que ganamos, el panadero parece un tío bastante listo.

—Es que, mira, esto de las algas está bien, muy bien, si quieres, pero no sé adónde nos lleva.

—Estamos probando, unos reparten fotocopias, hacen páginas web, se manifiestan. Es lo que hacíamos nosotros normalmente; ahora, además, fijamos CO_2.

—Otros hacen huelgas, Mauricio, como mi madre, y se las roban.

—¿Les han robado la huelga?

—Llámalo como quieras. Le empresa de mi madre tenía beneficios, sólo podía cerrar con el consentimiento de los trabajadores, y ayer aceptaron.

—¿La oferta que les hicieron era buena?

—No, era más o menos la de siempre. Pero los sindicatos llevan seis meses metiéndoles miedo. Los propios sindicatos, ¿sabes? La empresa ya no tiene que molestarse en hacerlo, envía a los representantes sindicales y éstos se dedican a decir que quienes se oponen al cierre serán responsables de que toda la plantilla se vaya a la calle sin nada. Al principio eran mayoría los que querían luchar, las que querían, porque había muchas mujeres, pero a ver cómo le explicas a tus compañeras que tus propios representantes te están mintiendo, que os han vendido, que van de la mano con la patronal.

—¿Cómo está tu madre?

—Te agradezco la pregunta, aunque me da rabia. Es que no falla, joder, cuentas esto y enseguida se pasa a cómo se siente ella. Lo entiendo, en serio. Pero me da rabia porque no es como contar que tiene una pulmonía, mala suerte, hay que aceptarlo y entonces sí sería normal preguntar cómo lo lleva. Lo que ha pasado no es cuestión de suerte, es un abuso, los directivos de la empresa y los directivos sindicales tiran a las personas a la basura.

Mauricio guardó silencio. Al poco, Félix le miró.

—Lo siento, no iba contra ti. Y mi madre..., mira, ella siempre decía: «Hay que luchar contra el cierre, ¿qué vamos a perder ya? Si se pierde la lucha, pues se pierde, pero al menos lo habremos intentado y la dignidad no la perdemos». Ahora ha perdido las dos cosas, la lucha y la dignidad. Debe de ser como que te violen.

—No lo sientas, no me había ofendido. Hace años me pasó lo mismo que nos acaba de pasar. Cuando mi primo tenía ocho años y yo catorce vino una tarde a contarme que le habían pegado, chicos mayores que él, no recuerdo por qué. Yo hice lo que he hecho ahora, le pregunté si le dolía, empecé a mirarle los golpes. Mi primo se soltó y me dijo: «Están ahí, están en esa calle». Así que fui con él, éramos dos contra cinco, pero ellos sólo tendrían diez años y yo siempre he sido bastante alto, acabaron yéndose, tan maltrechos como nosotros o un poco más.

—Sí —dijo Félix—, es eso. Sabemos dónde están pero no hacemos nada.

—Y qué vamos a hacer, Félix, no querrás que volvamos a la edad de piedra. Entiendo que un trabajador desesperado de Sintel le diera un golpe al secretario general de Comisiones. No sé si lo justifico, igual sí. Pero no consiguió nada. Y aunque lo hubiera conseguido.

—Yo no lo tengo tan claro. No podemos liarnos a golpes, tampoco podemos contar con las instituciones porque a la hora de la verdad nunca se ponen del lado del más débil. Tenemos que organizarnos, lo sé. Pero es que cuando lo hacemos, como ha pasado en la fábrica de mi madre, también perdemos porque ellos tienen el poder y, día tras día, con amenazas, con sobornos, con artimañas van minando nuestra organización. ¿No es un poco estúpido? Había ochocientos trabajadores, casi todas mujeres, luchando juntas. Dentro de poco habrá ochocientas mujeres solas, recluidas en su casa, mendigando trabajo, yendo a los ambulatorios a que les den somníferos. Cuando estás en desventaja el que va ganando se encarga de que nunca te puedas organizar del todo.

Ya eran casi las nueve de la noche, el rojo de los fotobiorreactores resaltaba contra el cielo oscurecido. En medio del burbujeo las algas crecían. Por cada nuevo gramo de peso seco de algas que cosecharan, dos gramos de CO_2 muy simples habrían sido convertidos en moléculas complejas, digeribles, metabolizables. Minuto a minuto germinaban en los tubos pigmentos rojizos de naturaleza proteinita, preciosos para el diagnóstico clínico, exopolisacáridos con propiedades antivirales, ácidos grasos poliinsaturados, buenos para la alimentación infantil. Sin embargo, pensaba Félix, también aquel interior bioquímico podía, en cualquier momento, ser puesto al servicio de turbias rentabilidades.

Metió las manos en los bolsillos de la cazadora. Estaba más sereno. El aire fresco le hacía sentirse vivo, el agua salada artificial desprendía un ligero olor a mar. El anochecer había virado el rojo de los tubos hacia el malva. Era como si la azotea estuviera desplazándose por el cauce en calma de un río. Deseó poder llevar algo de esa calma a casa.

Se levantaron casi a la vez.

—Te has fijado? —dijo Mauricio—. Ese tubo tiene un color diferente.

El fotobiorreactor central tenía en efecto tonalidades pardas en algunas zonas.

—Puede que se nos hayan colado bacterias. ¿Quién viene mañana?

—De mi grupo, un psicólogo, no sabe nada de algas, pero se supone que tiene que acompañarle alguien que sepa del grupo de Goyo o del de Susana, no me acuerdo.

—Bueno, cuando llegue a casa aviso a Goyo.

Luego Mauricio se quedó mirando a Félix:

—Sabes lo que me pasa, ¿no?

—Sí —dijo Félix—. Venga, vámonos.

Comunicado 5 por la lejana montaña

Los seres colectivos no somos tan solitarios como yo haya podido dar la impresión de ser. Y no siempre aspiramos a unirnos con otros seres colectivos sino que a veces experimentamos un afán de disolvernos en nuestros distintos seres individuales. Hace tiempo que quiero disolverme dentro de Manuela. Ella no es miembro mío, militante mío. Pero me presiente. Sin embargo aquí estoy. Aunque los seres colectivos tengamos debilidades, somos bastante disciplinados en general.

Hoy me he concedido esta licencia de «por la lejana montaña» como si pudiera comer los churros del extraterrestre. Como si pudiera pisar suelos de cordilleras para, desde allí, contemplar las vidas de los hombres y mujeres que me dan vida. No puedo montar en un caballo, eso está claro. Ni siquiera podría cabalgar sobre una manada de caballos en el supuesto de que todos mis miembros decidieran y pudieran ponerse a cabalgar al mismo tiempo.

Yo no soy todos mis miembros sino que soy todos mis

miembros y también soy otra cosa. No hay que incurrir en el misterio de la santísima trinidad para comprender esto.

Cierto sujeto individual y físico famoso, Richard Feynman, ha dicho: «Se necesita un grado mayor de imaginación para comprender el campo electromagnético que para comprender ángeles invisibles. ¿Por qué? Porque para hacer comprensibles los ángeles invisibles todo lo que tengo que hacer es alterar sus propiedades un poquito —los hago ligeramente visibles y entonces puedo ver las formas de sus alas y sus cuerpos y sus halos—. El problema es que no hay ninguna imagen del campo electromagnético que sea precisa de algún modo». Él se refiere a que no vale pensar en un campo de trigo y luego ponerle círculos o lo que sea y creo que, con nosotros, también pasa. No vale pensar en un sujeto individual y luego multiplicarlo o ponerle camisetas de un solo color.

«Volando por la clase —contaba Feynman a sus alumnos—, hay ondas electromagnéticas que llevan música de una orquesta de jazz. Hay ondas moduladas por una serie de impulsos que representan lo que sucede en otras partes del mundo, o aspirinas imaginarias disolviéndose en estómagos imaginarios. Demostrar la realidad de estas ondas solamente requiere conectar un equipo electrónico que las convierta en imágenes y sonidos.»

«Si entramos en mayores detalles —continuaba—, para analizar hasta los serpenteos más pequeños, hay diminutas ondas electromagnéticas que han entrado en la clase provenientes de grandes distancias. Ahora hay diminutas oscilaciones del campo eléctrico cuyas crestas están a treinta centímetros una de otra y que vienen desde millones de kilómetros de distancia, transmitidas a la tierra por el vehículo espacial *Mariner II* que acaba de pasar por Venus. Sus señales llevan resúmenes de información tomada por ese vehículo acerca de los planetas [...]. Hay serpenteos muy diminutos de campos eléctricos y magnéticos que son ondas producidas en galaxias, hace miles de millones de años luz en el rincón más remoto del universo. Se ha demostrado que esto es verdad "llenando la clase con alambres": construyendo antenas tan grandes como esta sala. Se han detectado ondas de radio procedentes de lugares del espacio más allá del alcance de los grandes telescopios ópticos.»

Yo soy la suma de todos mis miembros y soy otra cosa. Puede que resulte difícil de imaginar, pero no más que el viaje de un sollozo por un cable de teléfono o a través del aire. Por otro lado, aunque cueste imaginar los campos eléctricos y magnéticos y más los agujeros negros, sin ir tan lejos representarse bien un contrato laboral es muy difícil. El propio Feynman tuvo dificultades para imaginar a una escala humana. Uno de los hábitos de Marx, por ejemplo, era tratar de representarse cosas normales, cosas como la jornada de trabajo: así vio que la jornada medía a qué velocidad el capital consume la vida del trabajador.

Conviene adiestrarse en el arte de imaginar lo que existe. La mayoría de los sujetos tanto individuales como colectivos tendemos a pasar horas imaginando lo que no existe en el espacio y en el tiempo. Según parece, los sujetos individuales se inclinan a imaginar lo que no existe en el tiempo, como encuentros pasados o futuros con otros sujetos y cosas así. En cuanto a los sujetos colectivos, proyectamos estructuras espaciales inexistentes, pongamos la estructura de mí mismo cabalgando por la lejana montaña.

A pesar de todo, las cosas que se imaginan suelen responder a una necesidad concreta. Yo imaginé la montaña porque necesitaba mirar lo que dicen mis miembros individuales desde una cierta distancia, y así extraer algunas indicaciones. De cerca la impresión es que cada uno se mueve dentro de su núcleo, y que su movimiento es íntimo aunque a veces interaccione con vibraciones de confianza o recelo de otros miembros.

Aunque también se advierte cómo su movimiento adquiere cierta coordinación y continuidad logrando trazar una figura más amplia, no cuántica sino visible, unos tubos que modifican el espacio y en cuyo interior se sintetiza glucosa, es decir, realidad.

Busco una lejana montaña mientras aspiro a, bajo las estrellas, unirlo todo. La confusión de Goyo, su dificultad para separar lo general de lo particular, lo común de lo vivido. El deseo de Mauricio de no creer en lo que no ve. La huida hacia delante de Susana ante la ofuscación y la posible malicia de su padre. La impaciencia de Félix, quien quisiera evitar rodeos, movilizar ciudades enteras, pues así aliviaría su angustia familiar y, quizá, salvaría a su madre. Mis miembros individuales se encuentran, si no perdidos, voy a decir sumidos, metidos debajo de cosas que existen en ellos o fuera de ellos y que influyen en su comportamiento. Sumidos en demasiadas cosas.

Un río, un niño, un hombre que se tira, o no se tira, para salvarle. Es un problema relativamente sencillo sobre todo porque el resultado sólo admite dos variables posibles: un acto digno o indigno. Otras veces, sin embargo, la vida transcurre entre menudencias, tejidos, sinapsis y pequeñas complicaciones, sin que se sepa dónde terminan. Además, casi todo está vivo o en movimiento, crece y decrece, se desplaza, se transforma. Un ecuatoriano que llama al timbre en una trayectoria vital es una anécdota pero en otra produce una serie de conexiones de consecuencias crecientes. Por esa cadena de conexiones la vida de varios de mis miembros resulta afectada, ¿cómo reconocer el momento de hacer un corte y averiguar si su respuesta será un acto digno o indigno?

Quizá no pueda obtener el resultado hasta dentro de mucho tiempo, tal vez no se hayan expuesto todas las circunstancias o no haya formulado el problema adecuadamente. La complejidad, no obstante, nunca debe ser una excusa. He visto a demasiados seres individuales ampararse en lo complejo para cometer injusticias completamente simples, claras y nítidas. Si yo fuera la suma de mis miembros, intentaría encontrar resultados parciales para valorar sus conductas sucesivas. Es, en cierto modo, lo que ellos intentan. Pero yo además de ser la suma soy otra cosa, y en mi calidad de esa otra cosa lo que me pregunto y trato de vislumbrar es: a qué distancia están de la salida. Sé que hay una salida. Aunque doscientos años de adelanto no son demasiados, me sobran para saber que hay una salida.

Desciendo ya de la lejana montaña. Mis miembros recorren calles, se entristecen, respiran, se sorprenden. Y yo recuerdo ahora a un amigo, también individual, a quien escuché decir que añoraba el frío por los abrigos. Vivía en un país cálido pero habría querido tener un pretexto para la tela de paño gris o negra, el cuello del gabán subido, los botones. Trato ahora de imaginar a un ser colectivo como yo mismo con abrigo. Entre todas nuestras necesidades no está la de disfrazarse un poco, necesidad a partir de la cual surgió, supongo, la moda. No es que no nos haga falta disfrazarnos porque seamos siempre francos y directos. Se trata sólo de que somos distintos de nosotros mismos. Somos en otros; esto que suelen saber algunos abuelos, padres, madres, amigos, enamorados y algunos miembros de la clase trabajadora, a nosotros nos constituye. Somos en otros y por esa razón advierto el deseo de mis sujetos individuales de cambiar de aspecto a veces, pues, aunque digan algunos lo contrario, los militantes también deambulan, se desorientan y, ciertos días, anhelan irse de vacaciones de sí mismos.

En la cafetería del instituto, Pilar, la jefa de estudios, y Manuela llevaban su café en la mano rumbo a una mesa.

—Lo siento, Manuela, pero no puedo dejar que sigas haciendo experimentos. En tu clase tienes libertad. Fuera de tu clase, no. No puedes decirle a un alumno que deje de contestar preguntas en un examen de otra asignatura porque «tú te ocupas».

—No les he dicho que dejen de contestar sino que pregunten.

—En lo que a mí me atañe, no hay diferencia. Llevamos nueve años trabajando juntas y nunca me has comentado estas ideas, Manuela. Me resulta sorprendente.

—No es tan raro. Tenemos muchas ideas a la vez, están ahí dando vueltas, imagínate la chatarra espacial o algo así. De vez en cuando una idea se desintegra del todo. Pero también de vez en cuando otra brilla un poco más.

—Chatarra espacial, te veo muy poética —dijo Pilar—. Creí que estábamos de acuerdo en que el propósito de hacerse amigo de los alumnos era un error. Los alumnos necesitan autoridad, para amigos ya tienen a los suyos.

—Yo no pretendo ser su amiga. Tampoco digo que no necesiten autoridad. Pero vamos a ver, los gobernadores de las colonias no tenían la autoridad: lo que tenían era el bastón de mando, instrumentos para ser obedecidos.

—Así que deberían gobernarse ellos, elegir ellos al jefe de estudios, al director, hacer autoevaluaciones. ¿Mayo del sesenta y ocho a estas alturas?

—No, no iba por ahí. Sabemos más, tenemos más formación, desde luego no eludo nuestra responsabilidad. Pero creo que estamos colonizados igual que ellos, por eso nuestra autoridad es ilegítima.

—¿Y quién nos coloniza, el Estado, la Comunidad de Madrid? Vamos, Manuela.

—Bueno, el Estado que tenemos está bastante colonizado,

no se le ve muy libre para tomar decisiones, ni al Estado, ni al Parlamento, ni a la Comunidad.

—¿Estados Unidos entonces, las multinacionales?

—Estamos proletarizadas, Pilar, llámalo como quieras. No se trata de lo que nos pagan sino de si podemos hacer otra cosa que lo que hacemos.

—Yo me siento libre —dijo Pilar.

—¿Entonces crees que sí podemos hacer otra cosa? Llevamos años viendo cómo la enseñanza se viene abajo: ¿hemos podido hacer algo para evitarlo? No es que antes fuera perfecta, antes estaba en una posición a partir de la cual habría podido evolucionar, mejorar, ¿pero ahora?

—Ya conoces mi opinión. No creo que esté tan mal. Antes eran pocos los que estudiaban hasta los diecisiete, esos pocos procedían de familias más o menos cultas; ahora el acceso se ha generalizado, se han alargado los años obligatorios. Dadas las circunstancias, en cada centro se trabaja como se puede. Los institutos no pueden cambiar la sociedad, bastante hacemos.

—Sé lo que dices. Conozco tu trabajo, me descubro antes miles de profesoras y profesores que en primaria y en secundaria hacen verdadera alquimia, convierten el agua en vino hora tras hora, año tras año. Sin ellos no tendríamos país, ni civilización. Pero trabajan con casi todo en contra y tendría que ser al revés. ¿O no?

—Por pedir que no quede —sonrió Pilar.

—Todo el mundo sabía que iba a pasar esto. —En la entonación de Manuela no había vehemencia alguna, pero tampoco melancolía. Hablaba como esas cantantes que no necesitan interpretar las letras sino sólo dejarlas salir—. ¿Era tan difícil de prever? ¿No podría haber servido el acceso masivo para extender el conocimiento, la inteligencia, en vez de para malograrlos, como ahora?

—Eso no lo vas a resolver en una clase, Manuela. Tendrías que meterte en política. Nadie te lo impide. Concéntrate en llegar a ser subsecretaria o ministra de Educación.

—¿Y entonces qué? Lo que estamos diciendo no es nada del otro mundo. Por lo menos dos tercios de los ministros de Educación que ha habido hasta ahora tienen que haberlo pensado. No vamos a creer que si no lo han hecho es porque son malvados o estúpidos.

—Bueno, conocemos a unos cuantos que han favorecido deliberadamente el deterioro de la enseñanza pública porque les convenía aumentar las diferencias de clase y los negocios privados.

—Unos cuantos —dijo Manuela—. Pero también conocemos a otros que querían hacer su trabajo bien, sabían que su trabajo consistía en contribuir a desarrollar la inteligencia y los conocimientos de varias generaciones. Querían hacerlo bien. Tenían la absoluta certeza de que no era un problema que pudiera resolverse con una ley o dos, ni con un cambio de nombre en los planes de estudio. Pero no hicieron ninguna otra cosa. ¿Es que eran bobos, o unos vagos?

—No podían hacer otra cosa, en eso te doy la razón. Menos pueden ahora que la mayoría de las competencias están transferidas. Pero si ellos no podían, tampoco tú. Además de la política están las familias, los sistemas de valores, eso no lo arregla un ministro ni el presidente de una comunidad.

—Es que ni siquiera lo intentaron. Habrían tenido que promover un gran debate nacional. Habrían tenido que plantear la pregunta sobre si la sociedad española quería o no dar prioridad a la educación. Entonces se habrían encontrado con que la sociedad española no podía tener ese debate porque estamos colonizados. No por los Estados Unidos, no es eso lo que me interesa ahora. Estamos colonizados por las empresas, por una forma de entender la economía que nos impide decidir qué clase de país queremos. ¿Has oído lo último de Sarkozy? «Quiero una Francia en la que los alumnos se pongan en pie cuando el profesor entra en clase.»

—Parece que no es tonto. Es una frase que todo el mundo entiende.

—Tonto para nada. Quiere los votos de la derecha y de una buena parte de la izquierda socialdemócrata. Pero además habla de lo único que puede hablar. El bastón de mando. En cambio, para qué se ponen en pie los alumnos sin futuro ya no es algo que pueda discutirse.

Sonó el timbre anunciando el final del recreo.

—Aunque tuvieras razón, Manuela, en este caso el bastón de mando lo tengo yo y no te permito que interfieras en las demás asignaturas. No tengo que recordarte que este año te habías librado de las tutorías.

—Ya. Y esos dos chicos, los que cometieron el error de hacerme caso: ¿podrás dejarlo pasar?

—Sí, pero sólo esta vez.

—De acuerdo —dijo Manuela—. Conste que estoy haciendo esto con un grupo de segundo. Pero voy a dejar el tema del instituto y me limitaré a cuestionar mi clase.

—Ten un poco de cuidado. La autoridad no es un sombrero que se quite y se ponga. Lo sabes.

Manuela se encogió de hombros:

—Bueno, la autoridad es algo que para bien o para mal ya he tirado por la borda. Pero tampoco pretendo hacerme amiga suya, no te preocupes.

Se levantaron, tomaron las tazas vacías y las llevaron hasta la barra. Una vez allí, Pilar preguntó:

—Entonces qué pretendes.

Manuela dudó:

—¿No vas a reírte? Compartir la impotencia, ¿sabes?

Salieron de la cafetería y Manuela se dirigió a la sala de profesores. Estaba vacía. Una vez más entre las incontables veces de sus veinte años de enseñanza, se acercó a la ventana para mirar el patio. Dos canastas que hacían también las veces de porterías. Tres bancos donde solían reunirse las chicas, mientras la mayoría de los chicos jugaba al fútbol. Tenía algo de patio carcelario aunque ella, pensó, nunca había visto el patio de una cárcel de verdad, sólo en el cine. Pasó las yemas de los dedos por el cristal. Disponía de unos minutos mientras los chicos iban entrando en clase.

Fue a sentarse a la mesa más cercana. Habían pasado tres días desde el extraño ofrecimiento de Enrique pero todavía no había hablado con él, ni con Susana. No tenía ni idea de cuál iba a ser la reacción de su hija. Cualquier cosa que decidieran tendría siempre el freno de que Marcos y Rodrigo eran menores de edad, y ella no veía en nombre de qué iba a imponer a sus hijos una educación más barata que la de Susana o una casa peor. En realidad, se había servido de la existencia de Marcos y de Rodrigo para no pensar mucho en el asunto. Todo a su tiempo, se decía sabiendo que primero debía hablar con Enrique y no de la escritura ni de las acciones. Aunque, por otro lado, ¿no eran ya demasiado mayores para hablar de «nosotros», de «nuestra relación»?

Quizá lo fueran, se dijo, pero no le quedaba otro remedio. Debía hacerlo y antes de hacerlo debía preguntarse por qué había preferido convencer primero a sus alumnos en vez de a Enrique. ¿Por qué había renunciado a convencerle como sabiendo de antemano que no lo lograría? Y si pensaba que no iba a lograrlo, entonces seguramente no tenía derecho a estar con él. Enrique merecía que ella al menos lo hubiese intentado. Sintió frío en los pies, en las manos, en la punta de la nariz. Había hecho trampa. Había pensado que el punto de vista de Enrique y su nueva forma de ver las cosas podían ser compatibles.

Sonó el timbre por segunda vez. Manuela fue hacia la clase. Todo se le estaba viniendo abajo. Ahora tendría que explicarles que no podían preguntar a los otros profesores. Tendría que contarles que no era verdad que estuvieran en el instituto para aprender como no era verdad que ella estuviera para enseñar. Ella estaba allí para ganarse un sueldo. Y ellos estaban allí para obedecer, aun cuando en un instituto de hoy el significado de la palabra obedecer fuese risible. Pero, en todo caso, el que además ella lograse enseñar y ellos lograsen aprender era secundario, podía ocurrir o no ocurrir. Entró en la clase, cerró la puerta. No se pusieron de pie al verla entrar. Tampoco le hicieron un recibimiento especial, no habían escrito en la pizarra una bella frase, ningún alumno se levantó para leerle en nombre de todos una cita de Sócrates o un poema de Walt Whitman. Ella se les quedó mirando y dijo:

—Bueno, parece que esto va a ser más largo de lo que pensaba. He estado hablando con la jefa de estudios y me ha recomendado que nos metamos en política.

El dispositivo de la primera azotea llevaba ya seis semanas funcionando, habían recolectado novecientos gramos de *Spirulina* y habían formado a más de ochenta personas que se alternaban en las tareas. El panadero ofrecía la variedad de pan con *Spirulina* en cantidades pequeñas. Habían empezado a divulgar la existencia del dispositivo, a través de internet, mediante visitas de alumnos de institutos, colectivos organizados y algunos periodistas, la mayoría de medios alternativos.

La segunda azotea también estaba ya funcionando. Allí no cultivaban *Spirulina* sino *Porphyridium cruentum*. Otras noventa personas estaban entregando a ese dispositivo lo que ellos llamaban tiempo reapropiado de trabajo. Sin embargo, desde el principio una cuestión había preocupado a Eloísa.

Aunque la fotosíntesis hiciera su labor; aunque las microalgas fijaran el dióxido de carbono y liberasen oxígeno; aunque obtuvieran de los fotobiorreactores una biomasa de microalgas y la utilizaran para enriquecer el pan o cualquier otra cosa, lo cierto era que además Goyo y ella estaban experimentando. Disponían de una mano de obra gratuita, de un espacio y un tiempo gratuitos, sin presiones de plazos ni otras exigencias. *Porphyridium cruentum* era un alga roja, de cultivo más delicado que la *Spirulina*, si se contaminaba había que parar todo el proceso y empezar de nuevo y podían hacerlo, pues no tenían nada que perder.

Elo se preguntaba qué ocurriría si averiguaban algo tangible. Porque ellos no tenían ni la capacidad ni siquiera la voluntad de patentar nada. Pero si finalmente acababan proporcionando datos útiles para que una gran empresa perfeccionara, por ejemplo, un diseño de fotobiorreactor, entonces ellos habrían participado en una especie de estafa: no habrían logrado que las personas se reapropiasen de un tiempo suyo sino que apenas lo habrían entregado a otros dueños.

Antes de empezar, Eloísa planteó su preocupación en el grupo y propuso que en la segunda azotea montasen fotobiorreactores tradicionales. En la votación había ganado, no obstante, la posibilidad de experimentar. Una de las discusiones que querían introducir, le habían dicho, era el derecho robado a experimentar, a investigar y a decidir acerca de qué asuntos merecía la pena hacerlo. Eloísa aceptó la votación. Pero no podía evitar pensar que si al final trasvasaban el tiempo y la dedicación a otras empresas, el resultado sería descorazonador.

Había cuatro personas con ella en la azotea en ese momento, cuatro partículas no desestabilizadoras sino, pensó, a su manera estabilizantes de otros sistemas de relación. Sólo conocía a Félix. Se acercó a él para despedirse:

—Espera. Bajo contigo —dijo Félix.

Elo dijo adiós a los demás y esperó a Félix en la puerta. Por la escalera él le preguntó si tenía prisa.

—No mucha —dijo.

—¿Te tomas una caña?

—Si te parece me acompañas al coche, cambio el papel y buscamos un bar ahí.

Félix echó a andar a su lado.

—Es que tengo algunas dudas con todo esto, pero no quiero plantearlas en las reuniones todavía, no quiero que nos pasemos el rato discutiendo.

—Dime. Yo también hay bastantes cosas que no veo claras.

—Bueno, cuando lleguemos al bar, son dos cosas. Oye... ¿Puedo preguntarte algo de tu vida privada?

—Preferiría que me preguntaras sobre fotobiorreactores pero venga, prueba.

—Tú estás divorciada, ¿no?

Elo asintió.

—¿Y tu hija ve a su padre?

—Bruno se marchó cuando yo estaba embarazada de ocho meses. Apareció cuando Vera tenía tres años, pasó una tarde con ella y luego no ha vuelto a aparecer.

—Pero ¿sabes dónde vive?

—Sí, creo que en Cádiz.

—¿Y nunca has hecho nada, no sé, no le has mandado gallinas muertas por correo para que todo el mundo sepa que se portó mal?

Habían llegado al coche de Elo. Félix esperó mientras ella echaba las monedas en el parquímetro y cambiaba el papel.

—No, nunca he hecho nada —dijo Elo—. ¿Tú querrías hacerle eso a alguien?

—A veces sí. A mi padre —dijo Félix.

—Sí, yo hace unos años también quería.

—¿Y por qué no lo hiciste?

—¿Por pereza, por miedo, porque no habría servido para nada?

—Ya. Pues yo no lo veo así.

Entraron en un bar. Se quedaron de pie en la barra y pidieron dos cañas.

—Si la gente no sabe lo que es que se te caiga la cara de vergüenza, habrá que enseñárselo, ¿no? —dijo Félix.

—Hay que tener tiempo, y ganas.

—¿Y tienes ganas para hacer instalaciones en azoteas y no para mandarle una gallina muerta a un sinvergüenza que además es el padre de tu hija?

Elo rió.

—Lo digo en serio —dijo Félix.

—Lo sé. Háblame de tus dudas, luego volvemos a la gallina.

—Vale. Te digo las dos. Una es la historia de «final de chimenea». Lo que hacemos es un parche, conseguimos que llegue un poco menos de CO_2 a la atmósfera, pero no conseguimos que se emita menos CO_2, que es de lo que se trataría.

—Para que las empresas emitan menos CO_2 tendríamos que usar un poder que no tenemos. Esta solución por lo menos hace pensar en lo que está pasando, hace que incluso se vea el CO_2 al ver las algas que crecen con él, y por otro lado no gasta apenas agua ni erosiona la tierra ni otros muchos inconvenientes de las demás soluciones. Pero no es ninguna panacea, y debemos dejarlo claro.

—Ya, pues eso es lo que pasa. Quiero decir, resulta que no es ninguna panacea ecológica, pero es que desde el punto de vista político tampoco. Imagínate la locura de que consiguiéramos diez millones de adhesiones. Diez millones de personas dispuestas a ofrecer parte de su tiempo laboral y de los medios de producción que usan. Pues ni siquiera así conseguiríamos nada.

—La verdad —dijo Elo—, me cuesta imaginármelo. Desde luego, si los diez millones se dedicaran a montar dispositivos como el nuestro, conseguiríamos una reducción significativa de CO_2. Aunque tienes razón en que los diez millones no podrían hacer lo mismo que nosotros. Habría que montar los dispositivos cerca de las centrales térmicas, de las grandes cementeras, y eso exige ya una organización política fuerte, habría que conseguir una ley, no se podría hacer en horas perdidas.

—¿Ves? Nosotros estamos pidiendo horas perdidas, eso no significa nada.

Eloísa miró a Félix. Le recordaba a su hermano por el físico: no era muy alto, tenía los ojos claros y grandes, un poco redondos, y el pelo rubio. Vestía también como su hermano, vaqueros azul oscuro con polos del mismo color. Pero era todo lo contrario de su hermano en la manera de afrontar la vida.

—No seas tan perfeccionista —le respondió—. Lo que se quiere, según dijisteis, es intentar llevar la política al trabajo otra vez; recordar que si no, lo demás acaba siendo contestación de fines de semana.

—¿Pero crees que vamos a conseguirlo haciendo que alguien pase un par de sus horas laborales en una azotea? Ahí no hay ninguna lucha, no es más que escaquearse, no compromete a nada.

—Esto es la vida real, Félix. No tienes una semilla, aprietas un botón y ya tienes el árbol. Pasa el tiempo. Si la pregunta entra en los lugares de trabajo, puede que ocurra algo. No lo llames horas perdidas. Son horas recobradas. Mira, a lo mejor en este momento hay trescientas mil personas que trabajan en lo que quieren. Están de acuerdo con los criterios de sus empresas, hacen lo que les gusta. Pero todas las demás, a partir de ese acto mínimo del par de horas recobradas, pueden empezar a querer que no sean sólo dos.

—¿Y ahora no quieren? ¿Crees que ahora la mayoría no se da perfecta cuenta de todo lo que no soporta, de lo desastroso que es estar en un hospital y que aumente el número de enfermos pero que no aumente el de médicos, de la mierda que es estar en una obra y no tener seguridad social o...? Bueno, da igual cualquier ejemplo. El problema es que si dices algo te vas a la calle, o te arrinconan los que tienen poder para hacerte la vida imposible. Pero no se combate el poder plantando microalgas en las azoteas.

Elo miró a Félix:

—Las microalgas no se plantan —dijo—. Se cultivan.

Félix sonrió:

—Es verdad.

Luego los dos se quedaron callados. Eloísa pensaba en ella misma, claro que era mucho más difícil, más duro, más comprometido expresar los propios desacuerdos dentro de la empresa que cultivar microalgas.

—¿Y de qué sirve enfrentarse si sabes que vas a perder? —dijo—. Hay que tener algo detrás, una red, una organización, algo que te permita no suicidarte cuando te enfrentas.

—Eso pienso yo también —dijo Félix—. Sólo que a lo mejor somos unos cobardes. Porque imagínate que ves a un grupo de neonazis apaleando a un mendigo y, como no tienes una organización detrás, te largas.

Hacía tiempo que habían terminado la cerveza. El bar estaba lleno de gente.

—Félix, te pareces mucho a mi hermano. Pero sólo físicamente. Mi hermano te habría dicho que te tomes otra caña. Habría mirado a la gente del bar y te habría preguntado: «¿Ves algún neonazi por aquí? Cuando vengan los ladrones, los cogeremos».

—¿Y tú?

—Yo soy una mezcla de mi hermano y de ti —dijo Eloísa, y pidió dos cervezas más—. ¿Qué ganarías enviando la gallina muerta, Félix?

—Yo nada, creo que ganaría el mundo. Tú educas a tu hija, ¿no? En algún momento le dices que ya está bien. Pero a los adultos nadie les dice nada.

—Porque son responsables.

—¿Responsables? Viven aquí, entre nosotros, hacen daño, y se acaban creyendo que no importa.

—Es un peligro, Félix, ¿cómo vas a mandar un cadáver por correo?

—Hay que mandarla por mensajero. —Félix sonrió—. Hay que envolverla bien... Supongo. De todas formas, si quieres un día pensamos algo mejor que la gallina muerta.

Mauricio salió de la tienda para dar una vuelta en los diez minutos de que disponía. No muy lejos estaba la plaza de Colón con los llamados jardines del Descubrimiento. Le gustaba sentarse frente a los cuatro grandes bloques de hormigón que había al fondo. El lugar no era especialmente acogedor pero él imaginaba que esos cuatro bloques amurallaban el aire y, como diques, contenían la ciudad, las llamadas telefónicas pendientes, los recuerdos.

Al pie de los bloques había un estanque surcado de cables para la iluminación nocturna. Mauricio solía sentarse en un banco situado a unos metros del estanque. Allí se representaba bifurcaciones y el lugar donde podría haber llegado si no hubiera conocido la tensión que, poco a poco, quebró el horizonte como un disparo, como grietas que se extienden y dibujan líneas en la superficie de un cristal. Un día Mauricio empujó el horizonte con el dedo, el cristal se hizo añicos y él lo atravesó. Luego había regresado para seguir haciendo casi las mismas cosas, comprando leche en el mismo sitio, yendo a los mismos cines y bares, viendo casi a los mismos amigos, pero ya no podía dejar de sentir que el cristal estaba roto, que el exterior estaba dentro y había lluvias torrenciales o un viento cortante.

Fue a asomarse al estanque bajo los bloques. Se preguntaba cuánto le costaría olvidar que el cristal se había partido, o si incluso podría pegar los trozos. ¿Por qué no? Soñó la casa en donde viviría, sus tazas, la música, la ropa en los armarios. Pediría, quizá, dinero a sus padres, se las arreglaría para encontrar otro trabajo y llegar a vivir en un hermoso piso rehabilitado. Imaginó las tensiones que allí tendría, las que no romperían el cristal sino que lo apuntarían con dinero, contactos, relaciones. Porque quizá pudiera librarse del viento y las lluvias de la militancia, librarse de la dichosa imaginación que ahora, cuando alguien decía invasión de Irak, le hacía ver caras y manos concretas y futuros abolidos. Pero a cambio seguramente crecerían otras tensiones, el cultivar contactos y pedir dinero. Proyectó sobre los bloques de hormigón su cocina, nevera y lavadora de colores, instrumentos de madera y metal, platos de loza blanca. Imaginó el cuarto de baño con una gran ventana y azulejos rojos y blancos.

Imaginó un salón con dos cuencos tibetanos sobre una mesa negra, música. Allí, en un sillón de tela, pensaría a veces en aquellos días cuando estuvo expuesto a las extensiones abiertas tras el cristal, cuando el destino le concedió vislumbrar lo épico, sin caballos, sin cañones, sin batallas bajo las órdenes de Napoleón pero también sin rutas turísticas o películas malas. Una épica menor, una cierta noción de lo desconocido. Y no supo qué carta quedarse. No supo quién quería ser sino sólo quién era, el que se levantaba, el que dejaba atrás los jardines y atravesaba el marco del cristal roto.

6

Cuaderno de Manuela

A usted que un día encontrará estas hojas no se lo he contado: Enrique ha puesto la casa y el dinero a nombre de mi hija Susana, la revolucionaria, y a mi nombre. Enrique nos ha obligado a elegir y yo le he dicho que no puede obligarnos. Es verdad, no puede. La resistencia pasiva tiene sus ventajas: una consiste en no contestar. No pueden obligarte a comer, no pueden obligarte a responder. Pueden, claro, pero en ese caso ni comes ni estás respondiendo. Si Enrique nos da un ultimátum, si mediante un acto de fuerza decide que para él una semana sin contestar o un mes sin hacerlo equivale a un sí o a un no, eso no significará que hayamos contestado y siempre quedará la duda: ¿por qué ocho días y no nueve?, ¿por qué un mes y no dos?

«Me dejas solo», ha dicho Enrique. Después de veintitrés años nos conocemos bastante y a mí se me ha encogido el estómago y se me han empañado los ojos. He pensado que yo podía estar equivocándome por completo. Pero los días duran veinticuatro horas, incluso el dolor hay que entenderlo durante veinticuatro horas. Yo ahora no entiendo esta vida. No entiendo mi propia vida, no puedo vivir repitiendo las cosas que hacía porque ahora esas cosas ya no las entiendo y tendría que repetirlas sin entenderlas. Tampoco entiendo las cosas elementales, de qué está hecha una pared, quién la ha hecho, por qué podemos pagarla pero no podemos detener la barbarie, por qué cuando se trata de evitar los males evitables somos tan débiles.

Me he acercado a Enrique. Me he disculpado por no haber intentado convencerle, por haber pensado que podía esperar. Le he pedido que me dejase intentarlo ahora. Y él ha dicho que no tenía que disculparme por eso. «No es que pensaras que podía esperar —ha dicho—, es que sabías que no podías convencerme.» Con una dulzura distante, como si me hubieran desterrado a la última isla de la tierra y él estuviese enviándome un mensaje allí, me ha dicho que yo estaba poniéndolo todo en peligro.

Mis meses en Parla podían habernos causado problemas graves, ha dicho, si, por ejemplo, me hubiera ocurrido algo. Pese a todo, él confió en mí y a mi regreso creyó que yo no perdería la perspectiva, que colocaría esa historia del ecuatoriano y todo lo que había pasado en un estante de mi rutina, en dos horas semanales de voluntariado, por ejemplo, y punto. Pero no lo hice: la mancha de aceite se fue extendiendo, yo no estaba a lo que estaba, me comportaba como si la vida dentro de casa fuera sólo un accidente temporal.

Lo malo, ha dicho, es que no era casualidad, era pura coherencia. Si yo seguía manteniendo mis ideas, por coherencia debía quitar valor a todo lo que teníamos, no podía sentirme orgullosa de la casa ni de que Marcos ganara un partido de voleibol ni de que él, Enrique, fuera como yo sabía que era. Puesto que no se trataba sólo de una racha, ha dicho, y puesto que yo no reconocía el valor de lo que habíamos construido entre los dos, tampoco iba a hacer nada por cuidarlo, pues, ha añadido, «una cosa lleva a la otra».

Hasta ese momento yo le estaba escuchando con mi mejor

voluntad; sin embargo, esa frase «una cosa lleva a la otra» me ha enardecido. Es una frase de padres, es la frase que nosotros le dijimos a Susana cuando cogió su primera borrachera a los trece años. Una frase de padres para hijos, una frase de sujetos que piensan que se dirigen a sujetos supuestamente privados de la madurez necesaria para ver sus actos en el tiempo. Encima de la mesa del salón había un catálogo de una tienda de muebles, yo lo había estado hojeando días atrás y sabía lo que ponía. Me he sentado en el sofá, he tomado el catálogo. Era consciente de que iba a irritar a Enrique, pero sentía que no me había dejado otro camino. En voz alta he leído: «La calidad de vida no depende de grandes cosas, sino de ese pequeño mundo que llamamos mi casa. Así que vamos a crear juntos un lugar donde puedes desconectar del exterior, ser tú mismo y disfrutar de las personas y las cosas que hacen que te sientas feliz. Ha llegado el momento de vivir en un mundo real: tu casa».

—Me comparas con unos creativos publicitarios. Pues te diré que esos tipos no son idiotas —ha dicho Enrique.

—Todavía no he hablado con Susana —le he contestado—. Tal vez ella tenga una idea distinta de la mía.

—Vais a devolverme la escritura, lo sé. A dar largas tú lo llamas no contestar, pero lo que está claro es que no os responsabilizáis de nada. Ni de vivir donde vivís, ni de tener el dinero que tenéis, ni de vuestra familia.

Enrique ha salido de la habitación. No creo que piense todo lo que ha dicho. Supongo que basta con que piense la mitad, o la tercera parte, para estar ante un problema serio. No comprende que Susana y yo, cada una por nuestro lado, estemos dejando de compartir sus valores. Si mañana él me dijera que se va a meter en el Opus Dei o en un partido de ultraderecha, creo que yo tampoco lo comprendería. Pero Enrique sabe que no es lo mismo. Con la ultraderecha la discusión se terminaría en media hora. En cambio si Enrique quisiera dejar de mirar hacia otro lado por un momento, entonces vería y, aun desde el desacuerdo, podría quedarse hablando conmigo hasta el amanecer.

¿Por qué no quiere? Enrique piensa que hemos cruzado el límite, que a nuestra edad no se cambia de valores ni de objetivos. A mi edad sólo las viejas damas locas escriben un cuaderno en los bancos de la calle. Yo no soy una vieja dama loca. Tampoco soy una mujer enigmática. Ahora estoy en una heladería donde parezco una profesora de instituto de cuarenta y cuatro años que hace anotaciones en un cuaderno. Me gustaría tener valor. El valor del sirviente que supo desobedecer a la madrastra y dejó escapar a la joven, llevando el hígado y los pulmones de un jabalí como falsa prueba del crimen. Supongo que Carlos Javier podría enseñarme eso.

¿Cómo estar preparados? Enrique me contó una vez que los astronautas reciben entrenamientos especiales en donde se simulan situaciones límite y resulta que luego, cuando llega la hora de la verdad, aunque la situación sea idéntica a la simulada siempre es distinta, porque es real. Si Susana oyera esto, sonreiría. Ella sabe que no me intereso por esas cuestiones. Y es verdad, no me preocupan las situaciones límite, pero las intermedias son la obligación de los adultos. ¿Qué ha sido de los adultos? ¿Usted los ha visto? En esta heladería hay al menos treinta individuos que parecen adultos, incluyéndome a mí.

Ser lo que parecemos, si usted pudiera contarme cómo se logra.

Estaban en el despacho del panadero elaborando una propuesta nueva para la asamblea. La difusión de la posibilidad de adherirse a la corporación, junto con la información que había circulado sobre los dos dispositivos, había dado lugar a numerosas solicitudes. No sólo en Madrid, en cada ciudad en donde había un colectivo trabajando se habían reunido entre treinta y trescientas, y otras tantas personas habían manifestado su intención de firmar cuando hubiese proyectos concretos.

Lo que en una primera fase se propusieron hacer, ya lo habían hecho. Habían escrito su pregunta con tiza de microorganismos. La mantendrían viva. En dos puntos de Madrid la respiración de unas células rojas y verdes, su reproducción constante, su presencia surgida al margen de los centros previsibles, idóneos, reescribiría la pregunta diariamente. Cualquier persona que mirase los dispositivos en internet en lugar de una fotografía inmóvil vería el fluir continuo dentro de los tubos, fluir que producía una suerte de combustión inversa: no del árbol al humo y la ceniza, sino del humo al árbol diseminado en vida de vegetal marino.

En ese momento tenían capacidad para montar dispositivos en quince ciudades, al menos uno por ciudad con seis fotobiorreactores de dos metros cada uno. Pero habían descartado esa vía. Aunque no abandonarían el proyecto por completo, pensaban que debían avanzar más.

—Cuando llegue el invierno —dijo Elo— va a ser difícil mantener los cultivos con vida. Entonces podríamos plantearnos montar al menos dos dispositivos en el sur, en las ciudades donde tengamos más gente.

El panadero llevaba unos minutos con ellos, buscando algún papel pero atento a lo que decían:

—No entiendo por qué no queréis hacerlo ahora, no sólo en dos ciudades, en dos docenas —dijo—. Sería impactante.

—Sí —rió Susana—. Podríamos poner una franquicia: «Meriende pan con *Spirulina* mientras contempla cómo las algas limpian el aire de la manzana».

—Y acompañarlo con una taza de té de María —dijo Félix—. ¿Se lo proponemos a Starbucks?

—He vuelto a olvidarlo —el panadero impostó un suspiro—, no sois unos chicos listos. No tenéis interés en expandiros para hacer negocio. Sois unos idealistas estúpidos y lo que no me explico es cómo habéis conseguido poner esos tubos en marcha.

—Será porque un panadero estúpido nos ha dejado las azoteas —dijo Goyo.

El panadero encendió un flexo azul marino. En la pared, media fotografía de la isla Tiburón quedó bajo el primer círculo de luz. Por la ventana entraba todavía desde el patio alguna claridad.

—Sigamos por esta vía de la producción, la fabricación, lo que sea —dijo Mauricio—. Hemos fabricado oxígeno. Fabriquemos ahora conocimiento.

En la asamblea la discusión duró casi tres horas. Hablaron de las empresas concebidas como una suma de conocimientos articulada para un propósito específico y alguien contó una historia sucedida durante un reciente golpe de Estado. Los golpistas se habían reunido en palacio, aún no tenían claros sus próximos movimientos y estuvieron charlando, bebiendo, tomando café mientras los decidían. Era de noche, el camarero que les servía lo escuchaba todo. Él fue quien informó a los guardias leales del lugar adonde iban a enviar preso al presidente y otros datos. Y aun cuando los golpistas cometieron muchos fallos, improvisaron mucho, se decía que ese error en particular había sido una cuestión de clase: para ellos el camarero no existía; las tazas se llenaban solas.

Sin duda, dijeron, lo habitual no era tener acceso a grandes secretos, y menos en el momento oportuno. Pero no pensaban en el secreto, sino en que estaban por todas partes.

—A veces —intervino alguien— parece como si la izquierda no cayera en la cuenta de eso. No hace falta que sepamos grandes secretos, basta con el conocimiento acumulado de cómo funcionan las cosas en cada lugar de trabajo.

Podían usar ese conocimiento, dijeron, para producir impulsos nerviosos, potenciales de acción. Se trataría de dejar constancia de las decisiones mal tomadas, lo inicuo, el material desperdiciado. Y también de lo insuficiente, de lo que podría estarse haciendo. Ni siquiera habría que revelar nada confidencial.

Por vez primera, Eloísa tomó la palabra en la asamblea:

—Me parece un salto muy brusco… —dijo—. Las personas necesitamos la chapuza, a veces, y el silencio. Tiempo para madurar. Tal vez estamos yendo demasiado rápido.

—¿Cuántos vamos a ser? —le respondieron—. ¿Dos mil? ¿Tres mil ochocientos veintiséis? Unas cuantas historias en unas cuantas empresas y oficinas. ¿Eso es ir rápido? Con suerte a lo mejor lográbamos que salieran a la superficie algunos temas.

Alguien dijo que conocía a un médico de un hospital situado en un barrio con abundante emigración. El número de pacientes de su consulta se había multiplicado por seis. Había pedido a la gerencia del hospital que pusieran un adjunto más, porque no daban abasto. Y la gerencia se lo negaba porque así cuadraba sus cuentas a costa del deterioro.

—Podrían tomar represalias contra ese médico por contarlo —dijo Eloísa.

—Ese médico —le respondieron— ha cumplido sesenta años. Como él dice, no tiene nada que perder. En realidad sí tiene algo que perder. Ha trabajado toda su vida en la sanidad pública por elección, por el sentido que él le veía a estar ahí, y ahora están arrasando con eso. Hay bastantes personas como él. Muchas no tienen ni un trabajo, sino medio, o trozos. Otras muchas están verdaderamente decepcionadas. No deberíamos dilapidar su decepción, es energía latente que nadie usa.

—¿Y los que sí tenemos que perder? —dijo Eloísa—. Los que no somos ogros pero nos hemos acostumbrado a consentir un poco con la deshonestidad, o con el daño a personas y lugares lejanos. Convivimos con mezquindades propias y ajenas, y en ocasiones hasta somos capaces de encontrarles una justificación. La vida es también dejarse llevar. A veces me parece que no tenemos derecho a meternos donde no nos llaman.

Alguien le respondió:

—Sólo el funcionamiento nos lo dirá. Si nadie está interesado, llegará un momento en que todo se extinga y abandonemos.

Acordaron organizar grupos encargados de recoger la información y de recopilarla. Por turnos. Llamaron a lo que harían tratar de deshacer el reflejo condicionado, ese reflejo según el cual lo dominante se percibía como probable, y aun como lógico; debido a ese reflejo condicionado no se percibía como amenaza la permanencia de un orden basado en el daño sino, absurdamente, el intento de modificar ese orden.

Alguien habló de la dificultad de dar salida a las historias.

—Puede que de momento baste con recogerlas —respondieron—. A lo mejor el acto de contarlas, fijándolas, es ya un revulsivo. Una vez que has contado ciertas cosas, no en privado, sino a un grupo que las recoge y clasifica, será más difícil seguir sin hacer nada. Y, en todo caso, nada nos impide seguir pensando.

Finalmente, la propuesta se aprobó.

Enrique a Goyo

Todo es espantosamente frágil. Un pequeño dolor en la nuca, una depresión que no se disipa, un cáncer terminal, un adelantamiento al camión equivocado y sobreviene la muerte o la parálisis en las dos piernas. La vida se nos pone del revés en cualquier momento. Puedo perderlo todo en un segundo, la razón, la movilidad, el futuro, y todavía es peor si pienso que todo esto puede pasarle a Marcos, a Susana, a Manuela, a Rodrigo. Espantosamente frágil.

No me has contestado, Goyo, pero quiero contarte en qué situación me encuentro. Ayer, después de hablar con Manuela, salí de la habitación y en mi despacho, en el tiempo que tarda en arrancar el ordenador, vi la probabilidad. Me explico: vi el gobierno despótico de la probabilidad. Vi que no es sólo un concepto matemático, es una presencia cotidiana, amenazante, cruel. No estamos seguros, vivimos en calma sólo porque la probabilidad incontrolable nos concede, minuto a minuto, que no pase nada mientras nos recuerda que podría pasar.

Ahora es muy tarde; todo parece tranquilo en esta casa dentro de un barrio bastante bueno, pero no hay ninguna tranquilidad: la amenaza llega a cada habitación, penetra nuestros cuerpos. Dicen que el cáncer empieza cuando una célula madre intenta responder a cierta agresión del entorno. ¿Te das cuenta? Nosotros ni siquiera la hemos percibido, pero nuestra célula sí lo hace y reacciona provocando el tumor. Puede que eso mismo o alguna otra cosa igual de dura esté sucediendo ahora en el cuerpo de mi mujer, de mis hijos, en mi cuerpo. Un tumor maligno, una enfermedad degenerativa, un síndrome que destruye los nervios, un aneurisma mortal, un brote psicótico.

Imagino las calles negras, oscuras, algunas iluminadas. Son como cintas que se extienden. Un atracador, una bacteria, un choque de automóviles, una llamada a cualquier hora diciendo: a tu hijo, a tu hija, le ha pasado algo. No tiene por qué ocurrir, lo sé, pero puede ocurrir. Morir en el metro, en un choque de trenes, morir de una intoxicación, ser el padre del hijo que se iba de campamento y cuyo autocar se ha despeñado en los Picos de Europa. Hablas de los normales, Goyo; yo he hablado también de los normales, pero ¿quiénes son? Hay demasiadas excepciones. Tantas excepciones empiezan a constituir una regla.

Nadie se salva, leí esa novela de Piasecki en mi juventud. Quizá algunos se salven por casualidad, pero viven con la amenaza. No podemos protegernos de la amenaza, mantenernos fuera de su radio de acción. Lo llaman sociedad del riesgo porque una cosa es la esperanza de vida, Goyo, y otra librarse de lo posible, el avión que al despegar estalla, el contagio indebido, la partida defectuosa de alimentos. Luego nos indemnizan. Muertes indemnizadas, otra gran conquista de la civilización, aunque ésta me repugne.

Vas a decirme que son infinitas las muertes de las que mi querida clase media está a salvo. Tú y yo estamos a salvo de morir sin atención sanitaria, de morir en patera, de morir, por ahora, bajo las bombas racimo. No necesito seguir, chico, ni necesitas que siga: sabes que lo sé, estamos a salvo de muchas muertes. Y además hoy no quiero que discutamos.

Después de ver la probabilidad me fui a la cama. Mi padre murió de un infarto mientras dormía, pero yo desperté. Desayunamos juntos Manuela, Marcos, Rodrigo y yo. Susana no había pasado la noche en casa. Fui a trabajar y había una neblina delante de las cosas. Me están jodiendo en el trabajo. No es algo que tenga que ver conmigo personalmente, no es que nadie me haya cogido ojeriza. Es la pirámide, son mis años, la buena suerte de otros. No te diré que he sido más noble que los demás, ni más mezquino. He intrigado como cualquiera. He sacado las garras para defender mi puesto en la pirámide, pero se estrecha y ahora me están jodiendo. Si no logro subir al próximo escalón es posible que acabe por bajar. No me dan lo que necesito. Me asignan clientes que no están a la última ni van a estarlo. Me especializan contra mi voluntad en instrumentos informáticos residuales y así me cierran el campo y los contactos.

Yo ataco a mi vez, sé que el día que me resigne la caída será muy rápida; sin embargo, al ver la niebla pensé por un momento en cómo sería una vida en donde a los hombres de clase media se nos permitiera envejecer profesionalmente en paz y también sexualmente. Mis compañeros, mis amigos, buscan a las chicas veinteañeras cuando imparten un máster, cuando acuden a una convención, a veces pagan. Yo también las he buscado, y he cubierto de cromos y palabras el momento de la constatación: el cuerpo propio frente al que se posee con dinero o artimañas. Dejadme partir. Uno querría decirlo, pero calla. Me están jodiendo en el trabajo y voy a tener que puentear, adelantarme, hacer propuestas que no se me han pedido. Bien, lo haré, son mis reglas.

Salí del trabajo, la neblina no se disipaba, yo iba conduciendo y pensé que Manuela merecía un compañero. Merecía que yo fuera su compañero, aunque esa palabra me inspire cierta aversión, como comprenderás. Ella lo merecía y yo debía estar a su lado. No soy un sentimental. No me gustan los impulsos que tan pronto vienen como se esfuman. No es un impulso lo que te estoy contando: debo estar con Manuela. Si no puedo secundar sus ideas, tampoco voy a boicotearlas ni desearé en secreto que fracase. ¿La razón? ¿Has visto esas escenas donde el amante o la novia o el viudo se inclinan sobre el cuerpo de su pareja muerta y gritan: ¡no puedes hacerme esto!? Absurdo, ¿no? Tampoco Manuela me está haciendo «esto» a mí. Debo estar a su lado. Aunque me conozco, Goyo, y sé que no soy paciente, ni sufrido. De manera que, por el bien de todos, será mejor que mida mis fuerzas: no voy a llevarla en coche a sus periplos guerrilleros; no voy a ocuparme siempre de calentar la cena sino sólo los días que me corresponde. Pero estaré a su lado.

Tampoco soy tan estúpido como para pensar que tengo derecho a perdonarla, que la he perdonado o, en el otro extremo, para pensar que no hay nada que perdonar. No tengo derecho a perdonar porque no se perdona a nadie un cataclismo. Pero hay agravios, no te quepa duda. Los agravios están por todas partes. Y no se trata de hacer las paces, qué paces, cuántas paces, cuántas guerras. Entonces, ¿de qué se trata? ¿De ser débil? ¿Me aferro a Manuela porque sé que todo es espantosamente frágil? Yo desconfío de mí tanto como tú: seguramente más, puesto que me conozco más. Es muy posible que me aferre a ella porque en la noche, a excepción de su cuerpo, todo lo que me rodea es precipicio, abismo. Sin embargo, la razón que yo me doy es ésta: si el abismo no sólo nos cercara sino que estuviera entre nosotros, si nos hubiera alcanzado sin remisión y yo encontrara a Manuela en medio de una inundación, de una epidemia, a la espera de una muerte segura, también la acompañaría. No para protegerla, Goyo, no me acuses de paternalista. Para estar a su lado. Moriría con ella, de manera que voy a vivir con ella.

Me preguntas qué te importan a ti mis buenos propósitos, qué le importan a nadie los propósitos cuando sólo son propósitos. Dame tiempo. Y verás, chico, al contártelos comienzo a acompañar a Manuela. No te oculto que te he escrito porque te veo inseguro. Con toda tu pasión y todos tus motivos me has parecido a veces lo que vosotros llamáis el eslabón más débil de la cadena. Yo quería minar tus convicciones. No te confundas, sigo queriendo hacerlo. Me ha hecho bien hablar contigo algunas veces. Tampoco es que esto sea una despedida, sólo digo las cosas como son. No puedo acompañar a Manuela y, al mismo tiempo, tratar de derribar los puntos de apoyo de mi hija porque resulta que ahora Manuela también se apoya en ellos.

De mi hija te diré que ha respondido a mi oferta, quizá ya lo sepas: ofrecí a Manuela y a Susana la escritura de nuestra casa y los títulos de propiedad de las acciones para que los donasen o vendiesen. En ese momento no pretendía, desde luego, acompañarlas sino ponerlas entre la espada y la pared.

Como ya es costumbre en ella, Susana ha colocado el tema donde yo menos lo esperaba. Me ha hablado de la gestión. El problema no era, por ejemplo, sentirse o no con derecho a modificar los destinos de sus hermanos, decía. El problema era que en este momento no disponéis aún de una organización capaz de gestionar el patrimonio que yo les había ofrecido. Reconocía que eso era una prueba de la escasa fuerza de vuestra lucha, y confiaba en que la fuerza creciese.

Conozco a mi hija, sé que no me ha dado una excusa. Vivo con una persona que en la marejada de la historia no dudaría en entregar mi casa al torbellino, a la esperanza, al error, palabras estas que, referidas a una convulsión social, lo que vosotros llamáis revolución, me parecen sinónimas. También sé que mi hija es lo bastante sensata como para no incurrir en voluntarismos románticos; Susana se da perfecta cuenta de que sois tan pocos que ni siquiera podríais hacer nada coordinado con nuestra casa, y cuando digo coordinado me refiero a que mi hija sabe que ponerle un piso a ese ecuatoriano, Carlos Javier, o comprar cien mil vacunas para África resolvería ciertas impaciencias del corazón, pero no son actos políticos.

Aunque sea sensata te la encomiendo, Goyo. Te encomiendo a mi hija si me permites este fraseo cristiano. No me siento con fuerzas para acompañar a Manuela y al mismo tiempo discutir con Susana serenamente. Dirás que mi hija no necesita que la encomiende a nadie pero ella, cómo te lo explicaría, es demasiado firme. Y las cosas firmes no tienen cintura: se parten en dos.

Sé que pidiéndote algo me comprometo contigo de algún modo, y no creas que me gusta. Esto es lo que te pido: échale un vistazo de vez en cuando. Susana está un poco sola; el que no dé problemas, no dude, no se quede mirando a lo lejos, ensimismada, no significa que siempre esté bien.

Eloísa se levantó temprano sin hacer ruido. Después de vestirse se sentó en la cama y despertó a Goyo:

—¿Podrías quedarte tú con Vera esta mañana? Quiero ir a ver ese cultivo de *Porphyridium*. Otra vez han visto tonalidades pardas. A lo mejor está contaminado.

—Podemos ir los tres —contestó Goyo medio dormido—. Si hay que vaciarlo, entre dos es más fácil. Vera también podría ayudar.

—Son las ocho. Me he levantado a propósito por eso.

—¡Las ocho!

—Luego hará mucho calor. Estaré de vuelta antes de las doce.

Besó a Goyo en los labios.

—Vale —dijo Goyo—. Llámame si se complica algo.

Paró a tomar un café en el bar más cercano y luego condujo hasta la calle de la segunda azotea. Una vez arriba, Eloísa se acercó al primer fotobiorreactor. Puso la mano sobre la tibieza del tubo como si fuera el cuello de un caballo. *Porphyridium cruentum* era un alga extraordinaria pero no muy fácil de cultivar; había dudado mucho antes de proponerla para el segundo dispositivo. Al final lo hizo, estaba segura de que la imagen de los tubos rojos se imprimiría fácilmente en la memoria de quien la viera y eso también era importante para lo que estaban haciendo.

Comprobó con alivio que las tonalidades pardas detectadas no obedecían a la presencia de bacterias. En realidad no eran pardas sino anaranjadas, aunque de noche habían podido dar esa impresión. Añadió sal al cultivo y reguló la bomba soplante para aumentar la turbulencia. Había madrugado pensando que tendría que parar el cultivo y limpiarlo. Ahora eran las nueve de la mañana y tenía tres horas libres por delante. Podía volver ya, pero no iba a hacerlo. Buscó el pequeño muro de separación con la azotea contigua y se sentó encima, la espalda apoyada en la pared, las piernas estiradas sobre el muro. Le encantaba sentir el sol en la piel cuando no era muy fuerte. A veces hablaba mentalmente con Murdok, su gato, y en ese momento lo hizo con el alga. «¿Sabes, Pecruentum? Debería estar preocupada por lo que dije ayer, pero no lo estoy. También debería haberme enfadado con Bruno cuando me dejó, embarazada de ocho meses, pero no lo hice.» Evocó a Bruno, había sido una locura casarse con él y ella no había tardado mucho en darse cuenta. Bruno desconocía la existencia de la palabra madurar. Cuando ella se quedó embarazada, él no dijo nada. Y cuando le hicieron la última ecografía y confirmaron que todo iba bien, se marchó. Las dos familias, la de Bruno y la suya, se habían escandalizado. Pero ella no podía evitar entenderle. Bruno no estaba preparado para tener un hijo. No podía afrontarlo y se fue. Nunca hablaron de abortar. Eloísa pensaba que si él no lo había propuesto era por el asombro. Había mirado atónito cómo crecía la tripa de Elo y sólo cuando apenas faltaba un mes para que la niña naciese había comprendido el significado de lo que estaba pasando.

Y ella ¿qué había hecho? Se había dejado llevar: por el asombro de Bruno, por las hormonas, por la emoción del cuerpo que crecía dentro del suyo. Los sábados, cuando iban a tomar el vermut con algún amigo, se daba perfecta cuenta de que Bruno no iba a ser el padre de su hija. Le oía hablar, hacer bromas, veía cómo la miraba al pasarle una fuente con boquerones, las chispas en los ojos, la felicidad del momento, y comprendía que Bruno se marcharía; no pensó que fuera a hacerlo tan pronto, imaginaba que sería cuando la niña tuviese cinco meses o un año, pero en cualquier caso se iría.

Durante la semana la vida transcurría sin dificultades; los dos tenían horarios largos de trabajo, follaban con deseo y después Bruno le contaba historias la mitad de las cuales eran, según llegó a saber, mentira. Un día, cuando Vera tenía ya seis meses, Eloísa se puso a ordenar la casa y encontró papeles de Bruno que no había visto nunca. Leyó que Bruno había estado dos años en la cárcel por tráfico de coca, aunque a ella no se lo había dicho. Los padres de Bruno le daban algún dinero, pero vivían en Granada y sólo vieron a Vera en una ocasión. Pasado el primer año, Eloísa decidió no aceptar más dinero. Les envió el cheque de vuelta. Los padres de Bruno insistieron un segundo mes. Luego también desaparecieron.

Algunas veces Bruno había llegado a hablar de cuando naciera la niña. Solía decir que antes de que cumpliera tres meses la llevarían a conocer el sol de medianoche y luego irían un día a ver a los esquimales. El hechicero de la tribu metería a la niña dos minutos en el agua, en uno de esos agujeros redondos que los esquimales hacían para pescar. Así la niña ya no se acatarraría nunca y, si tenían suerte, aprendería a entender el lenguaje de los peces. Eloísa le había contado algunas de esas cosas a Vera, aunque sin decirle que eran historias de su padre.

Elo no sabía en qué circunstancias habría abandonado el padre de Félix a su madre, pero pensaba que ella no quería enviar una gallina muerta a Bruno. Sin embargo no conseguía olvidar la conversación con Félix. Suponía que era esa conversación la que le había hecho hablar en el despacho del panadero como lo había hecho. Tal vez fuese un lujo no guardar rencor. A lo mejor ella era una privilegiada por no tener que guardar rencor. Sin duda lo era, se dijo. Era una privilegiada porque si hubiera necesitado el dinero de Bruno o su apoyo, si Vera tuviera problemas físicos o psicológicos, si tantas cosas, entonces todos los días aun sin quererlo estaría recordando la traición de Bruno, sintiéndose humillada.

Se quitó la chaqueta y volvió a mirar los fotobiorreactores. Le gustaba estar allí. Goyo seguramente no podía imaginar cuánto le gustaba. Tener un sitio en donde escapar de su vida, y no porque se sintiera mal. Quizá por lo contrario, porque se sentía bien en su trabajo a pesar de las contradicciones, y bien con Goyo a pesar de la diferencia de edad, y bien con Vera a pesar de la inseguridad y de las dudas que había experimentado a veces por la ausencia del padre. Sentirse bien con ellos era tal vez lo que le permitía alejarse unos instantes, contemplar a solas un modelo celular productor de polisacáridos de alto peso molecular, y casi percibir el vuelo de los electrones.

Un día dejaría todo aquello. Morir era oxidarse, era, en cierto modo, perder los electrones, el orden que los mantenía cerca. Miró de nuevo el alga roja. Había veintinueve mil especies de algas distintas, veintinueve mil estructuras vivas, fraguadas en la dificultad de la vida acuática, produciendo compuestos bioactivos para comunicarse y defenderse; millones de entidades químicas únicas estaban ahí a la espera de que alguien quisiera comprenderlas y usarlas para mejorar la vida de otras especies.

Goyo siempre le decía que era muy raro encontrar gente de ciencias militando, que era una gran suerte poder contar con personas como Félix o Susana o como ella. Decía que en las carreras de ciencias la presión del estudio era más alta y muy pocos querían ocuparse de otras cosas. Pero ella se lo explicaba de otro modo: el campo era demasiado vasto y no quedaba tiempo, aunque no por la presión de los exámenes o de los trabajos sino por la naturaleza misma, porque había demasiados lugares hacia los que mirar y mirar no bastaba, era preciso relacionarse con exactitud, con persistencia, experimentando para descubrir sus leyes.

Se sobresaltó al oír la puerta de la azotea. Calculaba que a partir de las diez podía aparecer alguien para ocuparse de los cultivos, pero todavía eran las nueve y media. Vio una figura pequeña, de pelo castaño, enseguida reconoció a Susana. Se acercó sonriendo, sorprendida.

—¡Hola! ¿Pasa algo? ¿Cómo es que has venido?

—Alguien había visto un color raro en el segundo fotobiorreactor —dijo Eloísa levantándose—. He venido a mirar, no era nada importante.

—Pues me alegro. Dentro de un rato vienen dos de mi facultad, Miguel y Marta. Pero estaban preocupados porque con el alga roja nunca les ha tocado y yo tampoco sé mucho, sólo he estado aquí una vez.

—Yo te ayudo, es fácil. Ahora acabo de añadir sal, será mejor que esperemos un rato antes de hacer las mediciones.

Titubearon ofreciéndose mutuamente un descanso, salir, un café a solas o compartido. Ninguna quería bajar y cuando Susana se sentó en el suelo, Eloísa hizo lo mismo. Susana siempre parecía mecida por algún ritmo interno, suyo. Elo sabía que tenían una conversación pendiente y decidió abordarla:

—¿Te pareció mal lo que dije ayer? Lo de que no tenemos derecho a meternos donde no nos llaman.

—Pues... bien no me pareció —dijo Susana—. Daba toda la impresión de que era una excusa. Lo que viniste a decirnos es que no tenías ganas de empezar otra cosa un poco más comprometida que esto de las algas.

—Sí, bueno...

—Mi padre a veces habla como hablaste tú. Según él somos unos soberbios por querer cambiar las reglas. En cambio, hacer lo que él hace, apoyar estas reglas, no es soberbia. Yo no veo la diferencia.

—Hay diferencia: si no haces nada, no haces nada. Pero cuando te entrometes, decides, eliges una dirección y te haces responsable de cosas de las que luego otros podrán echarte la culpa.

—No sé... Mi madre estaba tan tranquila en su casa y de repente apareció un ecuatoriano y le echó la culpa. Tú lo dijiste, dijiste que a veces consentías mezquindades lejanas o algo así. Imagínate que mañana se presenta en tu casa el hombre al que tu empresa ha machacado al montar una instalación en la Patagonia en malas condiciones. Si ahora no se presenta no es que no te eche la culpa, es que no sabe cómo llegar a ti.

—Susana, a mí no me parece mal la propuesta. Sólo intenté contar esta sensación de que a lo mejor hay que dejar a la gente tranquila. Hay muchas cosas que podemos hacer. Perfeccionar el cultivo de *Spirulina* en fotobiorreactores evitaría la desnutrición de miles de personas, y eso puede hacerse sin trazar una línea entre buenos y malos, opresores y oprimidos o como lo digáis.

—No hablas en serio, ¿no?: ¿quién va a tener la patente de esos cultivos?, ¿quién va a comercializar el alga?

—Nada es perfecto, así que habrá de todo; algunos se beneficiarán más. También ahora los laboratorios se benefician de la penicilina, pero al mismo tiempo ya casi nadie muere de una bronquitis. Dime tú qué sentido tienen nuestros ataques. Nos ha tocado nacer aquí, en un país medio rico, nos ha tocado tener formación universitaria, quizá nuestra tarea sea simplemente estar a la altura de eso.

—Quizá —dijo Susana. Estaba inusualmente seria, miraba sus propias manos recortadas sobre las losetas rojas.

Eloísa dijo:

—Tengo bastante miedo, Susana. Siento que voy avanzando hacia un remolino y no quiero que me trague.

—¿Nosotros somos el remolino? —dijo Susana con un tono distante—. Somos muy pocos, Elo.

—No sois tan pocos, habéis logrado involucrar a más de doscientas personas en una tarea que exige constancia —dijo Elo, y preguntó—: ¿En la carrera estudiáis fisiología de los vegetales marinos?

—Yo no he cogido esa asignatura.

—Es preciosa. Las macroalgas, ¿sabes?, producen muchos compuestos con actividad antibiótica. Están en una situación difícil, en el fondo del mar, rodeadas de parásitos que crecen sobre ellas, peleando por la luz, tratando de evitar que las devoren. Su capacidad de producir compuestos biotóxicos es tal que si cultivas esas algas en lugares cerrados y no renuevas el agua a tiempo, mueren en cuestión de horas por sobredosis de las sustancias que ellas mismas han producido.

—¿Te da miedo morir por culpa de nuestros antibióticos?

—De los míos, Susana. Yo nunca pensé que tuviera que defenderme de algunas cosas. Soy incoherente, bien, ¿y quién no? A veces lo soy porque me obligan, otras ni siquiera me obligan. A veces hago cosas que no son honestas. Pero vosotros habláis de un mundo en donde tendría que estar atacando y defendiéndome continuamente. Si en el trabajo me hacen mentir, yo no siempre lo veo como una ofensa. A veces sí, alguna vez. Pero otras veces miento, y a los cinco minutos o a los tres segundos, se me ha olvidado. Me da miedo pensar que voy a tener que defenderme de todo eso. Me da miedo la pureza.

Susana habló como si fuera detrás de sus propias palabras, como si cada vez tratara de responderse a lo que ella misma decía. Vacilaba, parecía que no iba a encontrar ninguna respuesta, pero al final la encontraba y seguía hablando.

—La pureza. Vaya, ahora hablas como mi madre. No lo digo por fastidiar, es que es así. Mi madre está empeñada en que pretendemos ser puros y perfectos. Sin embargo..., en los colectivos nos mezclamos más que quedándonos en casa o en nuestros círculos, ¿no? Ellos, los que están de acuerdo con las reglas, son los que no se mezclan y menos con nosotros. Ellos no permiten ninguna intromisión en su vida inmaculada. Digo inmaculada porque, mientan o no, sean o no deshonestos, hagan o no negocio con el sudor de otros, su vida no se mezcla con nada, eso es ser puro. ¿Cómo puedo equivocarme más, Elo, intentando la propuesta de ayer, o limitándome a terminar la carrera y encontrar trabajo en donde sea? Ellos nos acusan de no dudar, pero resulta que siempre han sabido cuál era el sitio que más les convenía, y si no fíjate en sus cuentas corrientes... Y nosotros, los que discutimos en cada asamblea, horas y horas discutiendo, los que tenemos que afrontar multas de novecientos euros por pegar tres carteles enanos, los que intentamos una y otra vez encontrar un camino para que esto cambie, ¡nosotros no dudamos! ¡Vaya! Dudar es más que darle vueltas a las cosas. Dudar es cuando esas vueltas puedan tener consecuencias. Yo no estoy aquí por tenerlo todo claro sino porque dudé, dudé de mi vida. Pero ellos, mis padres, muchos amigos, los articulistas de los periódicos, tanta gente, dicen que quienes dudamos somos precisamente los inflexibles.

—¿Cuántos años tienes, Susana?

—Soy un poco mayor de lo que parezco, tengo veinte. ¿Demasiado pocos?

—Bueno...

Comunicado 6 con bicicleta

Sumidos en sus vidas particulares, mis miembros me encomiendan el recuento. También para eso existo. Aquella mujer imprime en su empresa papeles propios, aunque no debería. Aquel hombre destina cuartos de hora de su jornada laboral en una fábrica de muebles a exponer a sus compañeros de trabajo un punto de vista sobre una ley o sobre un acontecimiento internacional. El teleoperador prolonga su pausa visual de cinco minutos hasta los siete y con esos dos minutos sobrantes no hace nada, se los apropia como la clase media cuando roba un jabón o un botecito de mermelada en un hotel y cree poder así fijar en parte el precio de las cosas. Los hombres y mujeres usan para sus propios fines dos azulejos sobrantes de su trabajo, cinco metros de cable que pasará inadvertido, un escáner, una cámara, un medidor de aleta de hierro. A veces se sirven en secreto de sus oficinas para follar, de los teléfonos de sus oficinas para hablar con sus madres, de los ordenadores de sus oficinas para leer el correo electrónico personal, ver páginas deportivas, pornográficas, la prensa. Uf, me canso. Corre la especie de que los seres colectivos no se cansan y no es cierta. Nos cansamos menos, eso sí.

¿Por qué enumerar? Todo el mundo lo sabe. Todo el mundo percibe la fuerza de la fricción, el rozamiento fruto de la resistencia de los seres humanos a ser explotados. Ustedes perciben que se alargan los cafés y lo llaman pereza, pocas ganas de trabajar o cara dura. Pero hay que distinguir. Con respecto a los demás compañeros y compañeras alargar un café puede ser síntoma de tener la cara dura. Con respecto al sistema capitalista, vamos a considerarlo resistencia. Políticamente no es una resistencia muy útil excepto para una cosa sencilla y quizá menos cansada que las enumeraciones. Se trata, una vez más, de imaginar. Veamos lo que existe, la gran maquinaria laboral capitalista, las pequeñas empresas, las medianas, las empresas transnacionales. Y en esa maquinaria día tras día, minuto tras minuto, veamos la fricción.

Explotar es laborioso, exige capataces, supervisores, gerentes, directores de recursos humanos, rescisiones de contratos, despidos de varias clases, bonos, pluses de productividad. No es sólo cuestión de rozamiento, es sobre todo cuestión de fuerza. La rueda de la bicicleta está en reposo, entonces alguien se sube y empieza a mover los pedales: ese primer giro es el que más cuesta. La maquinaria laboral funciona así, siempre así, siempre a la rueda le cuesta andar. Una fábrica, una empresa, una oficina no son nunca como la bicicleta que pasa con el impulso ya tomado y parece que avanza sin esfuerzo, deslizándose. La maquinaria laboral está siempre arrancando, en ella es constante ese primer momento cuando el pie aprieta el pedal y el ciclista experimenta un ligero desequilibrio y debe usar una fuerza superior a la del pedaleo en marcha para quebrar la inercia.

Comunico que no podemos dejar de lado las condiciones materiales, tangibles, en que la sociedad de una época dada elabora y cambia lo necesario para su sustento. Si alguien produce aquello que detesta, o si lo produce para que se beneficien organizaciones a las que no puede respetar, no es libre. Y si la libertad queda confinada a la noche del sábado, la tarde del domingo, la hora de la cena, no es libertad. Comunico que ya es hora de ejercer la libertad en los lugares de trabajo. Alguien me dice que en los países socialistas las personas también perdían deliberadamente el tiempo, también se resistían a trabajar y más aún que en el capitalismo. Pero ese tiempo que perdían era en cierto modo suyo. No era el tiempo de otro. Por otro lado, a la inexperiencia de los países socialistas se unía el embate del fascismo, intentaron algo que nunca se había hecho y en una situación de ataques y tormentas. Duraron demasiado poco como para poder siquiera hacer la cuarta parte de lo que quisieron. La guerra fría, ha escrito el sujeto individual Alexander Zinoviev, no se parece ni de lejos a las condiciones de un experimento de laboratorio.

Alguien, entonces, dice que hoy en Cuba roban la gasolina de los lugares de trabajo, o piezas de motores de automóvil, o el papel y los lápices. Ah, sin embargo no parece que sus condiciones sean las de un tranquilo laboratorio. Y, a pesar de todo, allí la pregunta adónde va el esfuerzo, y por qué va hacia ese lugar y no hacia ese otro, puede y debe ser contestada. Aquí, en el capitalismo, lo normal es apropiarse del excedente. Aquí no se trata de fabricar productos necesarios sino productos que permitan a unos pocos apropiarse del mayor excedente posible. Aquí la pregunta adónde va el esfuerzo obtiene siempre una respuesta irreal, pues la respuesta cierta sería: el esfuerzo va hacia la apropiación privada del excedente. Por eso cuando los sujetos individuales utilizan argumentos del tipo: pero tú no vivirías en Cuba, yo experimento un estado más cercano a la nostalgia que al fervor. Nostalgia de no estar tomando café con esos sujetos, y poder contarles que el juego de la vida no es el del Monopoly, no son parcelas lo que se reparte, vivir aquí, vivir allí, sino ondas que lo llenan todo y resulta que vivir aquí, en Europa, es una onda que se expande hasta las fábricas de México, de Tailandia, de Marruecos, hasta los yacimientos minerales de la República Democrática del Congo, porque cuando el excedente no vuelve a quien lo produjo desaparecen los compartimentos, y vivir aquí comprende tanto el zumo de naranja con cruasán y lectura de periódico como las instalaciones, guerras, fábricas, dolor que han permitido el excedente para cuya obtención existen las empresas constructoras del edificio en donde se desayuna y conversa. ¿Vivirías aquí, es decir, en cualquier punto de las montañas, las llanuras, las escuelas, las prisiones, las maquilas, las aldeas devastadas del imperio?

Alguien, por fin, recuerda que ni allí ni aquí somos perfectos. Yo adoro la imperfección. Es abierta, como los compuestos de carbono, eso permite el intercambio y la vida. La perfección es cerrada, los cristales iónicos son cerrados y están muertos. Pero precisamente por eso la imperfección no puede ser un dogma. Tiene que seguir siendo abierta. La imperfección de trabajar para aumentar los beneficios de los accionistas no es mi imperfección favorita y estoy abierto a otras posibilidades.

Imperfecto como soy me retiro a descansar a mis aposentos. Oh, sí, disfruto con esta expresión un tanto inconsecuente, como un personaje individual que en un romance dijera: voy a sentarme en unas sillas pues me acabas de romper los corazones.

Cuaderno de Manuela
La heladería está llena a rebosar. He tenido que esperar más de veinte minutos para encontrar un sitio en la barra, pero aquí estoy.

No sé qué voy a hacer. En el instituto, en fin, Julián tenía razón y de momento sólo he sido una aprendiz de bruja. He puesto en marcha trenes que no sé por dónde van a ir pero más bien parece que no tienen vías y que se disponen a chocar contra árboles o muros o contra ellos mismos. Los chavales están revueltos, han visto algo, no saben bien el qué pero lo han visto. Y están peor de lo que estaban. Taciturnos, furiosos, completamente desamparados, no sé cómo explicarlo, se mueven sin dirección y se golpean.

¿Qué esperaba? Ah, no crea que yo no me lo he dicho a mí misma. ¿Qué pretendía? ¿Asistir a su conversión? ¿Ir viendo cómo se agrupaban disciplinadamente en células? No le niego que algo he fantaseado. Los centros públicos de secundaria emiten cada año más de trescientos mil adolescentes con el graduado y unos doscientos mil con el título de bachillerato. Imagínese cómo se revitalizaría esta sociedad si en lugar de emitir una mayoría de seres aislados, serviles, dañados, emitiésemos verdaderos animales políticos. Lo que yo tengo ahora en mi clase son veinte minotauros embistiendo contra las paredes, y otros cinco que me miran con lástima, convencidos de que me he vuelto loca. ¿Que qué he hecho para llegar a este punto? Les traté como a iguales, no iguales en saber, en madurez o en vida, pero sí iguales en derechos y deberes.

A veces hablo de esto con Enrique. Él ya no se burla. Está a mi lado y es como si dijera: si te niegas a remar, si te niegas a ir hacia la playa, si lo que quieres es que nos hundamos no importa, no te abandonaré, me hundiré contigo. Me emociona. Me preocupa. Yo no puedo dar marcha atrás a mi vida, creo que él lo sabe. No puedo regresar a aquel sábado y hacer como que no se produjo ninguna llamada de Carlos Javier a mi puerta. Y Enrique, aunque lo intenta, es como si tampoco pudiera dejar de preguntarme por qué no vuelvo al redil. Qué palabra, ¿no?, pero no querría exagerar y respetuosamente le pregunto si hay otra forma de llamarlo: el redil, ovejas engordadas y protegidas y un camino marcado.

Yo conozco las líneas invisibles. ¿Quién de los que pertenecemos a la clase media no las conoce? Las amistades adecuadas y las no adecuadas, los temas de conversación adecuados y los no adecuados, las novelas adecuadas y las no adecuadas, los endeudamientos, los delitos, los llantos adecuados y los no adecuados. Sabemos perfectamente en qué consiste vivir dentro, llevamos a nuestros hijos de la mano sin salirnos del perímetro marcado por las líneas invisibles, para que aprendan a conocerlas, porque hay botellones adecuados y no adecuados, rencores adecuados y no adecuados, hay horizontes adecuados y no adecuados y eso no tendremos que explicárselo sino que ellos lo respirarán como respiran los modales o las casas de los abuelos.

Aunque Enrique ha hecho de la paciencia un acto de amor, su espera es inquietante. Dice que no quiere meterme prisa, dice que estoy tardando más de lo esperado pero que volveré. Si Enrique hubiera abierto la puerta a Carlos Javier, todo sería distinto: el acontecimiento Carlos Javier no se encuentra entre los que podrían desestabilizarle. Le habría incomodado un poco pero enseguida habría puesto a Carlos Javier «en su sitio». Yo soy más lenta, y él ahora me quiere con mi lentitud. Cualquier día, piensa, volveré a pasear por las calles que nos corresponden olvidando esas otras calles que se estrechan en la distancia.

Yo podría decir: si volviera, ya nada sería igual. Pero tampoco lo creo. Soy muy consciente de la capacidad de olvido. Se cometen crímenes, y se olvidan, se abandona al amigo y también se olvida. Se visita el otro lado, incluso se llega a vivir en el otro lado, allí donde conducen esas otras calles, y muchos años después de haber vuelto ya ni siquiera recordamos el camino. Si vuelvo al redil de la clase media, en seis meses recordaré este tiempo como una depresión, como un mal trago, y en dos años ya no lo recordaré. Así que mejor no vuelvo. Al menos de momento voy a quedarme en este otro lado.

Por aquí ya me he encontrado a mi hija. Quizá usted se pregunta qué ha sido de la frivolidad. Yo esperaba contarle a Susana que nuestras vidas se construyen a bandazos, al menos una gran parte de nuestras vidas. Contarle que una gran parte de los cambios de orientación y rumbo no los elegimos y que no siempre lo inevitable se presenta en forma de tremendo acontecimiento. A veces lo inevitable es una punta de alfiler y el balón pierde aire pero no nos damos cuenta hasta que un día está bastante desinflado. Quería proteger a mi hija, debe de ser algo bastante común. Me parecía que estaba echándose lastre encima y ya es bastante lastre lo que nos echa el tiempo. Sin embargo, ahora compruebo que mi hija es mucho más frívola que yo. Frívola en ese sentido en que yo lo uso. No la imagino comprándose cinco bolsos. Ni siquiera un bolso. Pero es frívola quizá porque desconfía de una expresión como la clase media, quizá porque tiene el suficiente poco ego como para que no le avergüence pensar en términos de clase trabajadora.

Susana está en esas calles que se estrechan hasta casi desaparecer. Ahora supongo que la veré más. Vamos, la veré el mismo tiempo que ahora o menos todavía, pero quiero decir que cuando esté con ella la veré. Susana está metida en algo que en principio no es demasiado sólido: ¿grupillos radicales?, ¿comunistas en acción?, ¿ecologistas en acción? Aún no sé bien cómo se llaman, he entendido que está metida en un grupo y luego en una coordinadora de muchos grupos. Lo curioso es que eso de lo que forma parte no es sólo algo que se extienda en el espacio. O sea, es evidente que al pertenecer a un grupo te extiendes; llegas, por ejemplo, a dos azoteas aunque sólo vayas a una. Pero me ha sorprendido el que ese grupo también extienda a Susana en el tiempo.

En este café-heladería una chica se acaba de jugar su puesto. El caso es que aquí hay que pagar y obtener un tíquet para poder pedir. Pero había tanta gente que cuando encontré sitio en la barra probé a pedir el café sin tíquet. La camarera me lo puso y no dijo nada. Después de un rato, pedí un helado. Ella pareció dudar un segundo, luego me puso el helado, también sin tíquet. Ahora que ya me voy, he hecho el gesto de escribir la cuenta en el aire. La camarera ha llenado un vaso con agua, me lo ha traído y ha dicho: aquí tiene su agua. Luego se ha ido. Entiendo que la camarera me ha invitado. No lo ha hecho por mí, no es que yo vaya muy arreglada pero tampoco tengo pinta de no poder pagar un café. Da la impresión de que lo ha hecho por ella, aunque a mí como que me ha alegrado la tarde. Estoy escribiendo estas líneas y después saldré.

Goyo a Enrique

Ok, Enrique, echaré un vistazo a Susana. Yo no me preocuparía por ella, he conocido a dos o tres personas así, son grandes, cuando dan algo no tienen miedo a perderlo. Pero un favor es un favor, al margen de lo que uno piense.

Hoy me encuentras lleno de dudas. Estamos en una especie de encrucijada. Me refiero a mi grupo, al colectivo de colectivos. Seguimos creciendo más de lo que esperábamos. Si me preguntas por qué te cuento esto, Enrique, no estoy seguro. Tú sabes por qué has estado escribiéndome: te parezco, y seguramente no te equivocas, el eslabón más débil de la cadena, querías provocar una rotura. Estabas en tu derecho a intentarlo. Yo todavía no sé por qué te contestaba. No era para poner a prueba mis argumentos contigo, al menos no lo creo. ¿Te imaginas a un diputado del PSOE siendo convencido por uno del PP o al revés? No es posible porque ninguno de ellos discute con el otro, sólo fingen discutir. Lo que hacen de verdad es oponer un interés a otro. Más sentido tendría que se retransmitiera por televisión una discusión dentro del consejo de ministros. Porque, en teoría, en esa situación el interés es común, de manera que, en teoría, insisto, la discusión no debiera estar movida por conveniencias personales, sino que el ministro de Transportes debería tratar de obtener más presupuesto con argumentos, o el de Agricultura o el de Defensa. Respecto a ti y a mí, no digo que fingiéramos, pero tampoco hemos discutido con argumentos.

Con argumentos la izquierda gana siempre; sé que te da rabia que lo diga, pero creo que tú también sabes que es así. Eso no significa, como insinuabas una vez, que Manuela o yo te despojemos de la presunción de racionalidad. Todo lo contrario. Tú mismo admitiste que racionalmente tu propuesta no sería buena para la mayoría. Lo que haces, entonces, es hablar desde posiciones.

Días atrás un amigo le preguntaba a Eloísa qué se hace cuando ves a un grupo de neonazis apaleando a un mendigo. Con argumentos nunca me harás decir que lo mejor es quedarse quieto. Con posiciones, puede que lo consigas. Si alguien me cuenta que tiene que mantener a cinco hijos y que los neonazis podrían matarle o dejarle inválido no me habrá convencido de que lo mejor sea no hacer nada, pero podré quizá entender que él no haga nada aunque reniegue de un sistema de pensamiento que se guía por posiciones.

Lo que intentabas todo el tiempo, Enrique, era llevarme a tu posición. Y admito que a veces lo lograbas. Tu familia, tus certezas, esa forma de vida en la que uno sabe en cada momento qué bienes debe proteger. Uno lo sabe porque un día hizo el inventario, asignó valores a la casa, a la descendencia, a la armonía familiar, al desayuno del domingo, a los peces. Me hablas del placer porque ocupa un puesto determinado en tu lista, como también ciertos afectos o la esgrima dialéctica.

Tú has hecho la lista, Enrique. Me hace gracia que a los de izquierdas se nos siga llamando dogmáticos. Nosotros no tenemos ninguna lista. Yo no la tengo. No digo que eso me haga más noble ni mejor, pero sí me vuelve más inseguro. Tú, en cambio, sabes qué es lo primero. Tú y los tuyos sois lo primero. Imagina ahora que el padre de un niño paralítico, viudo y de izquierdas, trata de evitar que los neonazis peguen al mendigo y muere en la pelea, y deja al niño desprotegido, solo, ¿es eso lo mejor? ¿O es mejor que aguante su deseo de ser digno y haga como que no ha visto a los neonazis para evitar correr un riesgo? No lo sé, Enrique.

En el mundo que sueña el padre de izquierdas del niño paralítico no hay duda, no puede haberla porque cualquiera sabe que no se puede vivir consintiendo que unos neonazis peguen a una vieja o a un mendigo o a un ecuatoriano o a un negro. Lo sabe cualquiera como, precisamente, también sabe que ningún niño paralítico debe quedarse solo. Así pues, el padre no necesitaría calcular nada y haría lo que tiene que hacer, del mismo modo que los vecinos del niño, los amigos del padre, los conocidos, y también el Estado y las instituciones harían lo que tienen que hacer si al padre le ocurriera algo. Pero no vivimos en el mundo que soñamos, y los de izquierdas carecemos de un orden del día en ese aspecto, no podemos elegir qué acontecimientos serán los primeros casi nunca. Por eso me gustan tus listas.

Da la impresión de que tú habrías sabido qué hacer. A lo mejor habrías establecido unos criterios claros: si el hijo es paralítico de las dos piernas, el padre debe preservarse; si tiene sólo una invalidez parcial que le permite andar aunque con muletas, el padre puede correr un riesgo; si los abuelos del niño están vivos y no son demasiado mayores, aunque el hijo sea paralítico de las dos piernas, el padre puede defender al mendigo pero sin dejarse llevar por su impulso primario sino que, aun cuando eso le haga perder algún tiempo precioso para la integridad física del mendigo, debe primero llamar a la policía. Si el niño tiene una invalidez parcial y cuatro abuelos jóvenes, el padre puede, incluso, dejarse llevar por su impulso y acudir en defensa del negro sin hacer llamadas, sin pensar, sin perder tiempo.

Tú habrías establecido esos supuestos, o tal vez ni siquiera habrías necesitado hacerlo porque tienes, permíteme decirlo, inventarios y dogmas, al menos en lo que concierne a tu esfera vital. Y yo tal vez habría cambiado de opinión en el último segundo. Crees que no, que ser de izquierdas es lo mismo que ser implacable, que los de izquierdas hemos tachado al niño paralítico y el desayuno de los domingos y el miedo. Crees todavía en el doctor Zhivago, piensas que condenaríamos a nuestra madre y denunciaríamos a nuestro padre y mandaríamos a Siberia a nuestro hermano sin un instante de vacilación. Pero no es así como van las cosas.

He leído en un libro de Carlos Fernández Liria y tres autores más que las decisiones justas, las buenas, son aquellas que se toman, no por ser altos ni bajos, gallegos o madrileños, dueños de tres casas o de ninguna casa, sino por no ser nada de todo eso, por ser cualquiera, por estar en el lugar de cualquiera y entonces hacer lo que cualquiera habría hecho en nuestro lugar. En efecto, «cualquiera lo hubiera hecho» es la frase de aquellos a quienes admiramos. Ese libro no duda con respecto a los neonazis y el mendigo. Es un libro extraordinario, una ráfaga de claridad y valor aunque, como todos los libros, hay cosas de las que no se ocupa. No habla del límite, del momento, quiero decir, en que la estructura interna de un individuo se altera o se rompe: de cuántos desayunos se puede prescindir, a cuántos niños paralíticos se puede abandonar, cuánto miedo se aguanta y quizá también, Enrique, cuánto placer se necesita. Puede que la solución consista en no pretender admirar a la misma persona todo el rato. Seguramente nadie puede ser «cualquiera» todo el rato sino sólo en las encrucijadas. Y, entonces, ¿durante cuánto tiempo puede?, ¿cuáles, y cuántas, son las decisiones críticas en una vida? Algunas decisiones, además, no tienen por qué ser dramáticas. A veces no levantar la voz cuando uno estaba a punto de hacerlo puede marcar un punto de inflexión.

Dices que vives con una persona, Susana, que en la marejada de la historia no dudaría en entregar tu casa. Pero es que a lo mejor, Enrique, en la marejada de la historia tú también lo harías. Ahora, en la pequeña marejada de tu historia has decidido acompañar a Manuela. Y yo te admiro por eso.

7

Rodrigo, hijo de Enrique y de Manuela, hermano de Susana, estaba en el patio. Era el recreo de las once, al que salían los de la ESO. Como solía ocurrir, las chicas se habían distribuido en varios grupos, y los chicos en otros tantos. En cuanto a las parejas, algunas buscaban las zonas más retiradas, otras se movían mezclándose con los demás y exhibiendo su mutuo deseo. En el campo de fútbol estaban jugando un partido. Rodrigo y dos amigos fueron a una zona con tierra para verlo.

—Lo que no soporto es que encima de pijas sean gordas —dijo Carlos.

—¿Qué más te da? —dijo Rodrigo.

—Pues claro que me da. Mira a esa ballena de Mónica, desde que corté con Marta se pasa todo el día con ella, estoy seguro de que le calentaba la cabeza por teléfono.

—Venga ya —dijo Rodrigo—, cortaste con Marta porque se hartó de que pasaras de ella.

—Yo no pasaba de ella.

—El día de la botella sí te pasaste un poco —dijo Edu.

—¿Por el morreo que le di a Sonia? Marta también estaba allí. No dijo que no jugásemos.

—Pero una cosa es un beso y otra un morreo de cinco minutos tocándole el culo —dijo Edu.

—Eso lo dices porque tú estás por Sonia —dijo Carlos—. A Marta le tocó besar a Raúl y yo no dije nada.

—Pero sólo se besaron —insistió Edu.

—¡Qué coñazo eres! —dijo Carlos—. Mira, ahí va la ballena de Mónica moviendo el culo, no la aguanto. Gorda y con ropa de marca. Seguro que le dijo a Marta que cortase.

—Marta se va a los bancos —dijo Rodrigo—. ¿Por qué no te acercas y habláis?

—No —dijo Carlos—. Mejor voy a hablar con la ballena. Venga, vamos, ¿le decimos que nos enseñe su cinturón? Seguro que le ha costado cien euros.

—Qué dices —contestó Rodrigo—. Déjala en paz.

—La dejaré en paz si quiero. Que me deje ella en paz a mí y no le vaya contando historias a Marta.

—Ni siquiera sabes si le ha contado algo —dijo Rodrigo.

—¿Tú tampoco vienes? —preguntó Carlos a Edu.

Edu miró a Rodrigo, luego dijo:

—Pues no, no me importa nada su cinturón.

—Ah, creí que erais amigos míos.

Carlos se levantó y se dirigió hacia donde estaba Mónica. Rodrigo y Edu vieron cómo Mónica sonreía a Carlos y cómo se alejaban hacia un rincón.

—Me da miedo por Mónica —dijo Rodrigo.

Álex y Raúl llegaron y se pusieron a mirar hacia donde miraban Rodrigo y Carlos.

—¡Joder! No me lo creo —dijo Álex—. ¿Carlos se va a enrollar con la ballena?

—No —dijo Edu—. Lo que quiere es quitarle el cinturón.

—Eso no me lo pierdo —dijo Raúl—. Vamos con ellos.

—Yo paso —dijo Edu, y echó a andar hacia el otro lado del campo de fútbol.

Álex y Raúl miraron a Rodrigo:

—¿Vienes? —le dijo Raúl.

—Sí —dijo Rodrigo.

Carlos había cogido a Mónica por la cintura mientras andaban hacia la zona que había detrás de los baños.

Álex, Raúl y Rodrigo fueron detrás, callados. Se quedaron en el pasadizo que había entre los baños y el rincón donde estaban Carlos y Mónica. Desde allí vieron cómo Carlos le desabrochaba el cinturón y le mordisqueaba la oreja. De pronto Mónica chilló.

—¡Qué bestia! —dijo llorosa llevándose la mano a la oreja.

Carlos extrajo el cinturón del vaquero de Mónica:

—Me lo regalas, ¿no?

Mónica estaba a punto de llorar. Carlos miró a su alrededor. Vio que al fondo estaban Álex, Raúl y Rodrigo.

—¡Va! —gritó lanzándoles el cinturón.

Álex lo cogió al vuelo. Salió del pasadizo y quedó a la vista de Mónica. Empezó a agitar el cinturón en el aire con movimientos obscenos.

Mónica se había tragado las lágrimas. Estaba seria, se mordía los labios.

—No te preocupes que no se te van a caer los pantalones —dijo Carlos, y dirigiéndose a Raúl y a Rodrigo—: ¿Habéis visto a la ballena? ¡Se ha creído que me iba a enrollar con ella!

Raúl y Rodrigo avanzaron hasta el recinto.

—Déjalo ya —dijo Rodrigo—. Te estás pasando.

—¿Pasarme? A ver, Álex, dame el cinturón.

Álex se lo dio.

—¿A que me lo regalas, Mónica? —dijo Carlos.

Mónica se había apoyado contra la pared. Asintió muy levemente.

—¿Ves cómo no me paso, Rodrigo? Es un regalo.

Carlos golpeó el cinturón contra la tierra.

—Álex, quédate vigilando que no venga nadie.

Mientras Álex obedecía, Carlos dijo:

—Bueno, ¿qué? ¿Lo probamos?

—Carlos, para ya —dijo Rodrigo.

—¿Tú eres mongolo o qué te pasa? ¿Eres tonto? Y tú, ballena, muévete.

Mónica seguía paralizada, pegada contra la pared. Carlos hizo un gesto a Raúl:

—Tráela.

Raúl, divertido, se acercó a Mónica y la cogió de la mano:

—Si te va a gustar —dijo—. Ya verás.

—Rodrigo —dijo Carlos—, como digas algo de esto, te mato. Aunque seguro que a ti también te excita.

Mónica había avanzado en silencio, con Raúl agarrándola del brazo. Cuando llegó frente a Carlos, éste ofreció el cinturón a Raúl.

—¿Empiezas tú? ¿O quiere empezar Rodrigo?

—Sí —dijo Rodrigo—. Empiezo yo.

—Pues hazlo a mano, tío, porque no pienso darte el cinturón —dijo Carlos, y rodeó a Mónica y la golpeó por detrás.

Rodrigo embistió a Carlos, Mónica echó a correr.

—¡Que no salga, Álex! —gritó Carlos. Luego se quedó mirando a Rodrigo—: Ya te lo he dicho antes. Eres tonto. —Le pegó con fuerza y le tiró al suelo. Una vez allí le puso un pie en el cuello—. ¡Álex, trae a la ballena! ¡Me parece que a Rodrigo le gusta!

Álex se acercó a Mónica.

—Raúl, vigila tú ahora —dijo Carlos—. ¿Por qué no le enseñas las tetas a Rodrigo? —dijo Carlos—. Desde ahí abajo las verá muy bien.

—Eso, enseña los melones, yo te ayudo —dijo Álex, y empezó a desabrocharle la blusa. Rodrigo aprovechó la distracción de Carlos para desestabilizarle y levantarse.

Estaban los dos de pie. Rodrigo pegó a Carlos con fuerza.

Carlos perdió el control, dio a Rodrigo una patada en los huevos y empezó a golpearle sin parar.

—¡Vete! —gritó Rodrigo a Mónica, pero Mónica no acertaba a moverse.

—¡Eres un traidor! —dijo Álvaro, sumándose, y le dio una patada—. ¡Chivato de mierda!

Álex y Carlos le golpearon a la vez hasta que Rodrigo cayó al suelo de nuevo; Carlos le pisó la cara.

—Me quedo con el cinturón —le dijo a Mónica—. Sé que no vas a decir nada, ballena, porque si me entero de que has dicho algo a Marta, a tus padres, a alguien del colegio, te hundo para siempre. Y ahora vete, que yo vea cómo te ríes.

Mónica esbozó una sonrisa llorosa, luego echó a andar despacio.

—Bueno, tío —le dijo Carlos a Rodrigo—. A ver lo que te inventas. Tú no eres un chivato, ¿verdad?

Álex y Carlos echaron a andar. Rodrigo se acurrucó de lado con dificultad y notó en la mejilla el tacto áspero de la tierra. También tenía tierra en los labios.

ENRIQUE ESTABA EN UNA REUNIÓN con miembros del ayuntamiento de Segovia, ofertando los servicios de su empresa como proveedora del software de los centros de gestión y calidad turística de la ciudad. Partía con pocas posibilidades. El análisis del DAFO (debilidades, amenazas, fortalezas y oportunidades) daba un saldo negativo y su jefe era consciente cuando le asignó ese plan de cuenta. En ninguno de los sistemas informáticos que utilizaba el cliente disponían de técnicos cualificados. El único punto donde podrían tener soluciones de negocio específicas, la gestión del conocimiento documental, estaba amenazado por una empresa con referencias en el sector. Hasta ahora sólo habían colaborado con el cliente en un área bastante anecdótica y hacía dos meses habían perdido la oportunidad de gestionar el centro de atención al usuario.

Enrique era, por tanto, un viajante con un maletín de ropa pasada de moda. Al acto de exhibir ese maletín, su empresa lo llamaba «presentación de capacidades». La exhibición dio comienzo, Enrique trataba de que las distintas áreas del ayuntamiento consideraran a su empresa como un proveedor válido cuando sintió vibrar el móvil en el bolsillo de la chaqueta. Metió con disimulo la mano para apagarlo.

Minutos después el móvil vibró de nuevo. «Para mí —decía el alcalde—, Segovia no es sólo una ciudad, es un gran espacio de intercambio social y cultural.» El alcalde había llegado tarde y se iría en cuanto terminara su parrafada, pero Enrique sabía que su atención a esa parrafada iba a ser tenida en cuenta. De manera que cerró su puño sobre el móvil amortiguando la vibración sin perder la expresión de interés tenso y profundo. El móvil se calmó cuando el alcalde se despedía. Enrique sacó la mano derecha del bolsillo para estrechársela. La siguiente y última llamada ocurrió en el momento en que hablaba la coordinadora del área de participación ciudadana, que era precisamente de quien dependía la empresa municipal de gestión y calidad turística. Por suerte en ese momento la propia coordinadora recibió también una llamada que sí atendió antes de decir: «Si os parece hacemos un descanso de diez minutos». Enrique esperó a que alguien más se levantara para levantarse él y sacar el móvil.

No reconocía el número así que se alejó un poco antes de responder. Era una voz masculina, se presentó como el jefe de estudios del colegio de sus hijos:

—Ha habido un incidente con su hijo menor. No se alarme, no ha sido muy grave, aunque tampoco le oculto que el chico está en observación. Le ha visto ya un médico y le hemos llevado a la clínica. Creemos que debería venir un familiar cuanto antes. Hemos llamado también al móvil de la madre y hemos dejado un mensaje.

—Pero ¿qué ha pasado?

—Bueno, aún no está claro. Rodrigo ha recibido varios golpes. ¿Podría usted venir?

—Ahora mismo estoy en Segovia.

—Es que el chico ha vomitado. Parece que tiene sueño..., hay un riesgo de conmoción cerebral.

—Iré lo más pronto posible.

Enrique anotó la dirección. Luego llamó a Manuela pero su móvil seguía desconectado. Buscó en el móvil el teléfono de un primo de Manuela que era médico y a quien siempre acudían en caso de emergencia. En el móvil le aparecía el buzón de voz, en el teléfono fijo no lo cogía nadie. Por último llamó a Susana, sin resultado.

Esperó a que comenzara de nuevo la reunión y el tiempo se le hizo eterno. Cuando todos estuvieron sentados, optó por la franqueza aunque sin descuidar la estrategia. Explicó que había recibido una llamada del colegio: su hijo menor se había dado un fuerte golpe. Pidió que le permitieran abandonar la reunión. Con su gesto se ganó la simpatía de los asistentes, sin embargo Enrique era consciente de que al irse así dejaba demasiados cabos sueltos que la competencia podría usar en su contra.

Condujo con angustia durante todo el camino, llamando a Manuela, a Susana y al primo médico de Manuela cada diez minutos, sin encontrar a ninguno de los tres. Una vez en Madrid, dejó de llamar. Cuando llegó a la clínica casi sintió rabia al ver el coche de Manuela. En la recepción le esperaba el director del colegio. Supo que el primo de Manuela ya había examinado al niño, al parecer el riesgo de conmoción cerebral estaba prácticamente descartado, sólo quedaba una pequeñísima probabilidad que desaparecería a las cuarenta y ocho horas. Enseguida le guió hasta la habitación en donde estaba Rodrigo con su madre. Rodrigo no dormía, y aunque el aspecto de su cara era lamentable, su expresión parecía relajada. Enrique se le acercó, le dio un beso y tomó la mano de Manuela. Luego volvió a salir. El director se había quedado esperando fuera.

Conteniendo la cólera a duras penas, Enrique dijo:

—¿Cómo que no saben lo que ha pasado? Le han pegado, le han dado una paliza.

El director hizo un gesto para que Enrique le acompañara a una pequeña sala. Una vez allí, le invitó a sentarse:

—Ha habido una pelea, sí. El hecho es lamentable y vamos a llegar hasta el fondo. Sin embargo, nada indica que estemos ante un caso de acoso escolar. Rodrigo es un chico muy querido. Por lo que sabemos, la pelea la empezó él.

Ni Enrique ni el director se habían sentado. Enrique era ligeramente más alto y al menos diez años más joven que el director. Se vio golpeándole los hombros con los puños, un puño para cada hombro hasta hacerle caer sobre la silla con gemidos de dolor. Al mismo tiempo pensaba que la cara de su hijo tal vez quedaría señalada por una o varias cicatrices. Y pensaba que la cirugía estética y el dinero podrían resolver eso, aunque siempre había riesgos. Trataba también de analizar la expresión de Manuela, le había parecido tranquila, no había advertido ningún rictus, ningún aviso de que el pronóstico pudiera ser erróneo y hubiera peligro todavía.

—No voy a discutir ahora —dijo—, pero tenga cuidado. No se le ocurra poner el prestigio del colegio o cualquier otra cosa por delante del derecho de mi hijo a su integridad física.

—Comprendo su estado —se limitó a decir el director.

—Voy a ver a mi hijo.

Enrique salió de la sala, el calor de la indignación había dejado paso a un entumecimiento general, sentía los músculos fríos y contraídos.

Cada lunes, Goyo, Félix, Mauricio y Susana se reunían con otras personas en el local de uno de los colectivos. Sin embargo, cuando pensaban que la reunión podía alargarse trataban de buscar una casa. En esta ocasión Félix había ofrecido la suya; su madre y Juan se habían ido de viaje, sólo estaba su hermana pero a ella no le importaría. Dos informáticos iban a explicarles el funcionamiento del programa para clasificar las historias recopiladas. Después abordarían el segundo punto: elegir uno o varios modos de dar a conocer parte de esas historias antes de que empezase el verano. La casa de Félix no era muy grande y tenía una decoración algo desbaratada que a Goyo le hacía sentirse cómodo. Mesas bajas de patas de mimbre grueso combinadas con viejos sofás de terciopelo y con una estantería de metacrilato. Un gran pañuelo granate colgado como un tapiz, ceniceritos de plata, sillas de tijera. Nada pegaba con nada, pero también por eso se tenía la impresión de que no sobraba nada, ni nadie.

Goyo había elegido un sitio en un rincón y aún no había hablado. Tenía bastante sueño. Llevaba varios días acostándose tarde porque las reuniones se alargaban y cada vez había más discusiones. Dentro de su colectivo, muchos eran partidarios de concentrar todas las fuerzas en el movimiento por una vivienda. Decían que eran demasiado pocos como para dispersarse y aunque en la asamblea se había aprobado la idea de los relatos, ahora se daban cuenta de que exigía un tiempo que casi nadie tenía.

En esas discusiones Goyo atravesaba siempre por un momento en el que deseaba estar de acuerdo y decir: tenéis razón, vamos a dejar esto, es inútil intentar abarcar tanto. Si se decidían a abandonar, desaparecería el riesgo de emprender algo que a lo mejor no terminaban o cuyo resultado sería quizá insignificante. Aunque, pensaba, la opresión no era siempre una apisonadora; a veces se filtraba ligera por las rendijas y alteraba la forma de mirar. La opresión sólo era clara en el extremo, en el lugar de la violencia física. Hasta llegar a ese lugar nadie era el dueño absoluto de nada, el orden que por fuera parecía estable por dentro se agitaba casi todo el tiempo. Goyo creía que objetivos claros como la nacionalización del suelo edificable o la expropiación de la enseñanza concertada debían acompañarse de otros con una apariencia menos sólida, más parecidos al sonido o al calor. La educación, la vivienda no dependían sólo de una decisión política o económica determinada. Dependían de estructuras que parecían firmes y tal vez no lo eran tanto, dependían de cosas que se daban por hechas sin que debiera ser así.

Mauricio le había hablado a veces de un grupo que, dentro de su colectivo, luchaba por la soberanía alimentaria, un concepto surgido fuera de Europa ligado al control del proceso productivo alimentario de manera autónoma. Con ello se quería garantizar el acceso físico y económico a alimentos inocuos y nutritivos. Goyo sabía que en países como la India o Ecuador la defensa de la soberanía alimentaria estaba cobrando fuerza y pensaba que quizá un día en Europa también lo haría. Y se preguntaba por otra soberanía que era preciso alcanzar, la soberanía productiva a secas, o quizá la palabra no fuera soberanía sino sólo uso de razón, tenía que ser posible usarla y, por tanto, exigir el acceso a actividades laborales que no estuvieran dictadas por la motivación de la apropiación privada del excedente; actividades, por tanto, cuyo fin pudiera ser argumentado como bueno por el individuo que las hacía llegando lo más cerca posible de una demostración.

Cuando lo decía en las reuniones, le recordaban que había muchas personas cuyo objetivo era llegar a fin de mes, obtener los míseros ochocientos euros con que vivir ahogado, y que a esas personas les daba igual, y era lógico que así fuera, saber para qué estaban trabajando. Sin embargo, Goyo no estaba seguro. Aunque esas personas no pudieran permitirse el lujo de perder los ochocientos euros, eso no significaba que les diese igual lo que hacían. Además había más gente. Cualquier trabajador o trabajadora podía, por qué no, unirse a la corporación aun cuando fuera un día: un día para preguntarse si valía la pena morir sabiendo que la parte más importante de su vida había estado destinada a aumentar la cuenta de resultados de la empresa X. Por eso Goyo acababa sumándose a quienes pensaban que valía la pena continuar con la idea.

Cuando los informáticos terminaron la explicación, empezaron a debatir las diferentes propuestas y hubo de nuevo un parón de cansancio y duda. ¿Por qué iba nadie a leer una fotocopia más, un correo más, una página web más?, se preguntaron. Las empresas publicitarias lo habían copado todo, encartes en los periódicos, panfletos comerciales repartidos a la salida del metro, falsas cartas privadas, mensajes en los parabrisas de los automóviles. Goyo dijo:

—La cuestión es que nos está llegando mucha información de personas que no vienen a las reuniones, personas que ni sabían que existíamos pero que saben lo que sus empresas están haciendo mal. Esas personas no tienen tiempo para venir, o no se fían de lo que se haga aquí, o piensan que cuestionar los objetivos de sus empresas sería tan complicado que no vale la pena intentarlo. Sin embargo, cuando alguien les pregunta saben, claro que saben.

—Ojalá pudiéramos dar la vuelta al problema de que nadie tenga tiempo —dijo Mauricio—. Hasta ahora siempre hemos intentado robar ratos al trabajo o al descanso, media hora, una hora. Pero si pudiéramos poner aunque fuese una parte del tiempo del trabajo en la política, ya te digo. Es un sueño; bien, como tantos otros, creo que de los menos disparatados. Si ganamos el tiempo del trabajo, aunque sea una parte pequeña, habremos ganado mucho.

—¿Y los sindicatos? —preguntó Olivia, otra chica nueva.

—No buscamos suplantar a los sindicatos —dijo Mauricio—, a pesar de que algunos a menudo estén ausentes o del lado de la patronal. Lo que buscamos es introducir otra clase de preguntas además de las que introducen ellos. Y encauzar un estado de ánimo.

Goyo se levantó y salió del cuarto. En un lado del pasillo había dos puertas. Detrás de la segunda estaba el cuarto de Adela, la hermana encerrada de Félix. Goyo sólo la había visto una vez, de lejos: él entraba en la casa y en ese momento ella atravesaba el pasillo para meterse en su cuarto. Entonces apenas pudo distinguir un cuerpo grande con una melena negra y rizada.

En el techo del pasillo había una lámpara no demasiado potente. Goyo la miró, y miró las puertas cerradas.

Quería saber cómo era su vida dentro del cuarto y se acercó despacio a la que suponía que era su puerta. Llamó con los nudillos. Una voz dijo sólo:

—No se puede.

Le pareció una voz tranquila o quizá muy acostumbrada a repetir esas tres palabras. No sabía si había cerrojo en el cuarto pero daba igual. Si él hacía caso omiso de la advertencia y entraba, no lograría nada. Adela saldría de la habitación o bien desaparecería aun quedándose dentro. Félix le había dicho que siempre hacía eso, y Goyo sabía que era perfectamente posible. Pensó en cambiarse por Adela durante unos días. Le prestaría su vida, le diría: navega por ella como si fuera la red, como si no fuera una vida real; ve a mi trabajo navegando, a las reuniones del colectivo, a mi casa, juega con Vera, duerme con Elo navegando; ve a comer ragout de ternera a casa de mis padres los domingos, pasa luego un rato por mi casa, entra en el cuarto de Nicolás y mío y recuerda a mi hermano y hazlo todo como si te deslizaras, sin pisar, sin quedarte parada en ninguna parte ni echar raíces. Yo mientras tanto estaré aquí, ocuparé tu puesto, me enclaustraré y cuando alguien quiera entrar defenderé nuestro reino con tus tres palabras: no se puede.

Como Adela había firmado el documento de adhesión, un día intentaron que fuera a la azotea. Pero ella dijo que en ese momento no podía, y tampoco fue. Goyo volvió a llamar. Esta vez no hubo respuesta.

—Voy a pasar —dijo.

Silencio. Goyo empujó la puerta despacio. Adela no se volvió. Goyo veía su melena negra y detrás un vídeo puesto en el ordenador, con el sonido bastante bajo. Al acercarse un poco más pudo distinguir calles con barricadas en la oscuridad, fuegos aislados, gente moviéndose, voces. No estaba claro si eso era Irak o Palestina o la periferia incendiada de París, o quizá México o Ecuador. Cuando el vídeo llegó al final, la mano de Adela movió el ratón, lo pulsó y el vídeo empezó de nuevo. Otra vez calles, barricadas, fuegos, algún rostro a oscuras, voces, gritos.

—Soy Goyo, un amigo de Félix.

—Por favor, ¿podrías salir? —dijo Adela sin mirarle.

—Sí, ahora me voy. Tú firmaste aquel papel de nuestros grupos. ¿Podemos escribirte por correo electrónico?

—Félix lo tiene. Márchate.

—Vale, me voy.

Goyo salió. En la reunión ya habían empezado con las propuestas y las tareas por hacer. Había quien era partidario de resumir algunas de las historias e introducirlas en periódicos gratuitos. Alguien se comprometió a entrar en contacto con personas que trabajaran en esos periódicos. También propusieron difundir ciertas informaciones en los propios lugares de trabajo y en otros relacionados: lo que ocurriera en un hospital difundirlo en otros, o lo que ocurriera en una cadena de restaurantes. Y se habló de acudir a métodos menos ortodoxos, como introducir las historias en cajas de cereales o dentro de libros en las librerías, en las sillas de los cines entre sesión y sesión, en las salas de espera de los consultorios médicos, de las estaciones de autobuses, de los aeropuertos, en los cuartos de baño de las empresas y las instituciones, en las sillas de los institutos y las facultades. La idea era contactar con al menos dos miembros de cada colectivo que tuvieran acceso a algunos de esos lugares; además, se necesitaba saber cuántas personas de cada organización estarían dispuestas a difundir las historias al menos una tarde al mes. En función de los resultados obtenidos, durante la siguiente reunión decidirían por dónde empezar.

Goyo no dijo nada de Adela. Esperaba que ella les diese algunas direcciones raras, foros que no tuvieran que ver con los movimientos sociales ni la acción política y que les condujeran a otros cuartos cerrados en donde otros adolescentes veían vídeos de calles ardiendo. Estaba casi seguro de que en el plazo de ocho o diez meses lograrían hacer lo que había dicho Mauricio: crear un estado de ánimo. Eran más de ochenta grupos, partidos y colectivos que a su vez podían entrar en contacto con otros. Pequeños, la mayoría, pero no tanto como para no poder actuar en las distintas ciudades y barrios. Encauzarían el desconcierto y crearían cierta expectativa. En cualquier parte, no sólo allí donde era esperable, podrían aparecer las historias de mentiras, chapuzas, abusos, imprudencias cometidas por las empresas y narradas por quien se habría cansado de verlas en silencio o de guardarlas sólo para la caña del domingo o para sí. Y la acumulación de esas historias generaría una inquietud nueva. ¿Después? Aún no sabían lo que iba a pasar después. Pero quizá necesitaban llegar a ese punto para poder pensar el paso siguiente.

Mauricio a Félix
Esto de los relatos no sé si va a durar. Me preocupa la conservación del ímpetu. Porque lo normal es desistir. Mira, en la India ahora están protestando contra las industrias de refrescos que roban el agua y producen sed. Yo he intentado contárselo a los chicos de los institutos que vienen a ver las azoteas. En principio está muy claro. Las industrias extraen no sé cuántos miles de litros de agua para fabricar la décima parte de bebidas coloreadas, tóxicas y nada nutritivas, coca-cola, pepsi-cola, lo que sea. Producen obesidad, diabetes en los niños, no alimentan y dejan metales pesados en el agua, en un país que necesita más agua de la que tiene. Con campañas publicitarias agresivas logran que los jóvenes se avergüencen de las bebidas tradicionales que son sanas y sí alimentan. Ya ves, en principio todo claro, pero no. Porque las industrias de refrescos no necesitan ningún ímpetu especial para seguir produciendo sed: ellas son eso, productoras de sed, despilfarradoras de agua, productoras de residuos tóxicos; son eso, existen haciendo eso. Mientras quienes se oponen tienen que vivir y luego, además, conservar una parte de su ímpetu para oponerse. Yo le cuento la historia a los chavales, lo entienden; después se piden una coca-cola y, claro, es normal, ¿qué van a pedir? Es lo que hay y su ímpetu no lo tienen colocado en la lucha contra la producción de sed sino en su vida diaria.

Para esas industrias de refrescos que nadie ha elegido, sobre cuyas actividades nadie ha votado, salir adelante consiste en seguir produciendo. En cambio, nosotros tenemos que vivir y luego, cuando ya cae la noche, organizarnos para ver si conseguimos que esas empresas dejen de producir sed. Lo normal es desistir. Incluso lo saludable es desistir porque si trabajásemos ocho horas y luego militásemos otras ocho horas, nuestros cuerpos se derrumbarían. Hasta ahora lo que hacemos es militar sólo un par de horas, turnarnos, relevarnos, intentar propagarnos para, al ser más, poder distribuir el tiempo. Incluso tratamos de apropiarnos de una parte de esas ocho horas para lograr que predomine la vida. Y por cada mil derrotas con respecto a una empresa contaminante o a una ley injusta, obtenemos una victoria.

Lo que me pregunto es por qué no dejamos que todo siga como está. Hemos caído en el lado bueno del tablero; bien, quizá tu madre no del todo, ni tu hermana, pero incluso con eso tú podías olvidarte. Para mí sería todavía más fácil. No creo que seamos mejores, me refiero a personas como tú o yo. Hombre, si dentro de cincuenta años seguimos en esto puede que hayamos llegado a ser un poco mejores, y cuando digo mejores digo esas personas en quienes se puede confiar, que tienen algunas normas y las respetan, normas tan sencillas como la que dijo Goyo una vez, no sacar partido del sufrimiento ajeno. ¿Pero ahora? Ahora yo creo que estoy en esto porque he empezado. Encima empecé de casualidad, igual podía haberme puesto a jugar al ajedrez o a coleccionar fósiles. Me metí en el grupo contra la guerra y lo que pasa cuando empiezas es que vas viendo cada vez más cosas. Si no empiezas, a lo mejor no miras, y si por casualidad miras, vuelves la cabeza para no ver. Pero cuando empiezas, pasas de una cosa a otra porque están relacionadas.

Dicen que la mayoría de los que empezaron luego cambian, ya sabes, que cuando envejeces te haces conservador y de derechas, y vas contando lo ingenuo que eras cuando de joven querías transformar el mundo. Pero no es verdad, Félix. Eso es una de las tantas cosas que circulan, no sé, como la idea de que un poco más de honradez o un poco menos es irrelevante. La idea circula y quienes no miran se la acaban creyendo. Sin embargo, cuando miras lo que ves es lo contrario. Cuando miro veo a los que siguen.

No están en los telediarios. Hay que ir a sus lugares de trabajo, de reunión, hay que conocer sus vidas. Puede que muchos de los que siguen no estén organizados. Puede que muchos ya no voten. Sin embargo siguen. Y hablas con ellos y te cuentan por qué les parece que algunas cosas está bien hacerlas, y otras está mal. Se han dispersado, pues sí, se han dispersado; ya no se reúnen, pues es verdad, muchos ya no se reúnen. Porque lo normal es desistir, porque el día no tiene treinta horas y los cuerpos se cansan. Pero desistir no es traicionar. Algunos abandonan, se repliegan, sin embargo eso no quiere decir que vayan a ofrecerse a las puertas de quien quiso comprarles.

Yo miro a los que siguen, Félix, y pienso que no me iré nunca. A veces sueño despierto que semana tras semana acabaremos encontrándoles. A los que se cansaron, a los que desistieron pero siguen. Luego vuelvo a la tierra y recuerdo lo que dijo Elo: «Cuando llegue el invierno va a ser difícil mantener los cultivos con vida».

Verás, Félix, antes de empezar, de lo que yo llamo empezar, ya te digo: reunirse, organizarse, todas estas cosas. Bueno, el caso es que antes yo habría puesto el punto final en la frase de Elo, conmovido con la tristeza que encierra. Pero fíjate, estar con gente como tú me ha hecho confiado. No, ingenuo no, he dicho confiado. Confío en nosotros. Por ejemplo, pienso que nosotros no somos los cultivos, no somos tan frágiles; cuando llegue el invierno, seguiremos.

Oír contar a Rodrigo cómo había sido la pelea le había desesperado. Luego Enrique se fijó en la expresión alarmada, sí, pero al mismo tiempo orgullosa de Manuela y sencillamente quiso marcharse, abandonar esa casa, esa vida, del todo. Lo que hizo fue salir a la calle a beber algo. Pero al volver a la clínica se encontró a Rodrigo hablando con Susana de los principios, ¡los principios! Marcos también estaba allí, recién llegado del campeonato estatal de voleibol, y parecía escuchar. Él no hizo nada, tampoco pensó nada. Salió de la habitación con una sonrisa estúpida en los labios. Pasó por la cafetería donde estaba Manuela, trató de hablar con ella pero vio que era inútil. Le dijo que había quedado con un compañero de trabajo y se fue.

Condujo. Le molestaban los otros coches, las luces, los peatones. Iba como empujándolos hasta que llegó a la salida de Madrid. La A-6 estaba bastante despejada, pensó en seguir al volante toda la noche y en que no amaneciera. Eran casi las diez, Marcos y Susana se habrían ido a casa. Manuela y Rodrigo estarían juntos mirando una película en el portátil. Enrique se declaró culpable de permitir que la locura creciera a su alrededor, invadiera la casa y se apoderase de un niño, porque Rodrigo sólo tenía trece años, no era del todo un adolescente, estaba en los comienzos de la adolescencia. Un golpe, recordó haber dicho en la reunión de trabajo: su hijo se había dado un golpe.

Intentó ser comprensivo y ponerse en el lugar del padre de esa chica gorda, pensar en el bien que Rodrigo le había hecho. Probablemente su hijo le había evitado humillaciones mayores, golpes con el cinturón en el culo, sobeteos forzados, escupitajos, cualquier cosa. Pero si él fuera el padre de esa chica, pensó, no tendría nada que agradecer a Rodrigo. Quizá lo odiara tanto como a los otros. Lo odiaría como los gordos que hacen dieta odian a quien les dice: anda, prueba, por un bombón no va a pasarte nada. Lo odiaría más. Lo odiaría como los padres de los hijos gordos que hacen dieta odian a sus propios amigos cuando se dirigen al hijo gordo sonrientes: coge, bonito, son bombones, están muy buenos.

Lo que el padre de una hija gorda quiere es que su hija deje de estar gorda. Porque va a pasarlo mal. Y aunque hubiera cinco estúpidos Rodrigos en cada clase, cosa del todo improbable, incluso así su hija lo pasará mal. El padre quiere que su hija no esté gorda. Quizá no le importe tanto que se asuste si eso le proporciona fuerza de voluntad suficiente. Ah, se dijo, ¿y si hubiera sido una chica coja o sordomuda? ¿Y si hubiera sido una chica más? No sabía, no sabía. Pero sí que sabía. Sabía que el heroísmo de pacotilla de su hijo le horrorizaba. Además, Rodrigo no había salvado nada. Había desviado la agresividad hacia sí mismo.

Levantó el pie del acelerador, iba demasiado deprisa y apenas tenía gasolina. Había una gasolinera quinientos metros más adelante. Ojalá fuera automática. Ojalá no tuviera que abrir la boca porque si lo hacía podría ponerse a gritar. Aunque no, se dijo, en absoluto iba a gritar, por el contrario lo que iba a hacer a partir de ahora era recuperar el control. Rodrigo y Marcos dependían de él. Susana, bueno, Susana era mayor de edad, tendría que dejarlo de momento. De Manuela no quería ni acordarse. La ligereza con que se estaba tomando el episodio bélico de Rodrigo le resultaba incomprensible. Como si hubiera sido una gripe. Unos días en la cama, y enseguida de vuelta a la normalidad, tal era el análisis que parecía hacer. Que no dramatizara, le había dicho cuando él intentó hablar del tema. Pero qué normalidad podía esperar a Rodrigo a su regreso, cómo iban a mirarle sus compañeros, los profesores, la chica gorda, las amigas de la chica gorda. Cuánto iba a tardar en quitarse de encima su patética leyenda.

Con trece años las leyendas deben ser otras, cinco goles seguidos, ser bueno en matemáticas, dos novias. O nada. Sobre todo nada. Pasar inadvertido. Sí, eso, pasar inadvertido porque ya habrá tiempo para elegir tarimas o banderas. Terminó de poner la gasolina y fue a pagar a la caja. Dramatizo, pensó de repente. ¿Y qué si dramatizaba? Quizá él veía una desgracia donde sólo había ocurrido un incidente menor, pues muy bien. Desde luego, él iba a emplearse en conseguir que así fuera, en lograr que lo sucedido en vez de crecer se disolviese en el tiempo. Si Susana había impartido a Rodrigo sus consignas, él disolvería esas consignas entre otras cientos, consignas, de derechas, consignas deportivas, consignas científicas, consignas morales, consignas contra las consignas, hasta que Rodrigo pudiera darse cuenta de que el mundo no estaba hecho por esos cuatro locos amigos de su hermana ni por su hermana.

Tras pagar se acercó a una barra blanca donde servían bebidas y pidió un café con leche. En su trabajo le tenían contra las cuerdas y ahora venía esto, se dijo, pero no le importaba. Podía hacer frente a las dos cosas. En cuanto a ese chico, Goyo, casi sentiría lástima por él si no sintiera también un profundo rechazo. ¿Por qué le había puesto el ejemplo de un padre de niño paralítico que ve pegar a un negro? ¿Imaginaba lo que iba a pasar? ¿Habían tenido ya más episodios de militantes golpeados, espachurrados, aplastados por un altruismo absurdo? Se arrepentía de haberle escrito. Incluso la discrepancia parecía sugerir una familiaridad que en ese momento se le antojaba indecente. No tenía nada que ver con él. Nada.

Volvió al coche, se quedó dentro, sin encender el motor, a oscuras. Sentía un gran cansancio y cerró los ojos. Al cabo de un rato, condujo, más despacio, de vuelta hacia Madrid. Sabía adónde iba. En internet había visto las azoteas con algas de su hija. Condujo hasta una de ellas, aparcó frente al portal y se quedó fuera del coche, esperando. Al poco el portal se encendió, un chico salía. Con premura Enrique se acercó a la puerta y la sostuvo abierta. El chico ni siquiera le miró. Subió en ascensor al quinto piso. Después había una escalera y una puerta cerrada con un candado. La luz se apagó; a oscuras Enrique bajó un piso para volver a encenderla. Subió y golpeó con el pie el soporte que unía el candado a la pared. Medio podrido, el hierro se desprendió. Enrique salió a la azotea.

Fotobiorreactores, era la palabra que usaban en la página web. Una palabra imponente, pero él sabía que un reactor no era más que una cámara, una cavidad donde albergar una serie de reacciones biológicas o químicas. Él había usado reactores en su acuario, para desinfectar el agua introduciendo ozono en un cilindro, un reactor, por donde circulaba el agua. En cierto modo, se dijo, un útero también era un reactor. Ese pensamiento le incomodó. Detestaba cualquier tipo de simbolismo. Dentro de unos instantes, a golpes, destrozaría los seis fotobiorreactores de esa azotea sin la menor intención simbólica. Los dejaría inservibles. Los haría pedazos con el único propósito de que no volviesen a funcionar.

Había algo de luz procedente de la calle. Buscó la bomba soplante y la desconectó. Dio el primer golpe con un fragmento de baldosa que encontró en un rincón. Golpeó en el codo del fotobiorreactor, donde estaban las junturas; al tercer golpe el tubo se abrió en dos y un puñado de líquido estalló en el suelo. Aunque saltó para apartarse, algunas gotas salpicaron sus zapatos. Le sorprendió ver un líquido rojizo con zonas de espuma blanca. Olía ligeramente a mar.

El líquido seguía derramándose, más lentamente ahora. Enrique sintió que se había quedado sin fuerzas. Sin embargo, despacio, avanzó hasta el segundo fotobiorreactor y volvió a golpear contra el codo; de nuevo el tubo cedió, de nuevo aquel líquido rojo, espeso, con islas de espuma. Hizo lo mismo en otros tres fotobiorreactores. Sólo quedaba uno y ése lo destrozó por completo, lo rompió en todas sus junturas y también aplastó los fragmentos de tubos vacíos con el pie en un último arranque de furia.

Mientras bajaba, se imaginó lanzando una cerilla al líquido rojo. Suponía que no sería inflamable; sin embargo, durante unos segundos le pareció ver los diez o doce charcos ardiendo, llenando de claridad el final de la noche. Pero él no habría quemado nada, tampoco habría machacado la bomba soplante. No necesitaba hacerles cuanto más daño mejor, causarles cuantas más pérdidas económicas mejor porque no pretendía entablar una guerra con Susana ni con su colectivo. Sólo quería ponerles delante la desproporción entre el acto de construir y el de destruir. Se destruye en un cuarto de hora, se dijo tras mirar el reloj no sin melancolía. Hacía diez minutos que era su cumpleaños.

Comunicado 7 desde el sobrenadante

Me gustaría que lloviera a mares aunque la verdad es que hoy no llueve, hace un calor de perros. He contado que a veces me sucede lo que a esa figura tópica de las películas, el ángel inmortal que sin embargo anhela la vida de los hombres y está dispuesto a pagar por ella el precio del dolor y la mortalidad; y, con menos trascendencia, lo que al extraterrestre que cambiaría su destino cósmico por regentar en Barcelona un bar con bocadillos de berenjenas o bien una churrería en un pequeño callejón del universo. Pero aunque añoro a veces, como decía, disolverme en uno de mis seres, en uno individual, no puedo cambiar mi naturaleza. Ni creo que pudiendo lo hiciese: las cosas que se añoran en la fantasía son distintas de las que, en verdad, se emprenden.

Soy un ser colectivo y seguiré mi camino. Eso no obsta para que, cada cierto tiempo, me impregne de las pequeñas manías de los seres individuales, dejándome permear por sus nostalgias y deseos. Así es como ha calado dentro de mí el deseo de Félix de tormentas que limpien la ciudad y la devuelvan nueva, transfigurada. También me serviría hoy una delgada capa de nieve. Pero ya digo que hace un calor de perros y, por otro lado, en la vida real la lluvia no transforma apenas nada. En la vida real, las cosas cambian con lentitud; después del tornado de las revoluciones, después de ese barredor de tristeza imprescindible, queda casi todo por hacer.

Emito este comunicado desde el sobrenadante que Enrique ha visto sin saberlo. Yo sí lo sé, pues junto con las fantasías me impregna el conocimiento de mis seres individuales. El líquido que queda sobre un sedimento después de producida la sedimentación es el sobrenadante. Los seres individuales humanos expulsan anhídrido carbónico al aire, y el alga roja *Porphyridium* expulsa al sobrenadante oxígeno y polisacáridos útiles para los seres humanos. Enrique ha arrojado los polisacáridos al suelo, luego ha visto la espuma producida por el oxígeno en contacto, pero no ha visto lo que veía. Eso pasa. Quien no sabe cómo es la bandera neozelandesa ve una bandera, pero no ve la bandera de Nueva Zelanda y, quizá por eso, al cabo de unas horas olvida que ha visto una bandera. Imaginar lo que no existe es fácil, en cambio imaginar lo que existe exige conocer. En el alga roja sedimentada, pero también en el centro de la retina de los seres humanos, hay, por ejemplo, un pigmento llamado zeaxantina que protege al ojo de la enfermedad que sufre doña Berta, la madre de Enrique.

Enrique quiere proteger a su familia como si el mundo fuera discontinuo y, aún más, no sólo como si hubiese saltos entre las cosas sino como si nadie pudiera darlos, como si entre una piedra y otra hubiera distancias infranqueables, y también entre una familia y un colectivo, o entre un colectivo y una institución médica, o entre una institución médica y una retina determinada. Sé que no le falta cierta razón. El camino que deberán hacer los pigmentos orgánicos arrojados al suelo por Enrique para ser investigados, procesados y convertidos en medicamento capaz de proteger la vista de su madre es, en efecto, largo y, diría, tortuoso. Enrique pudo haber pensado que el objetivo de Susana, Goyo y los demás no era únicamente el caos, sino también convertir ese camino en menos tortuoso. No lo pensó, así está el patio. Precisamente emito este comunicado desde el sobrenadante porque así está el patio. Aunque en otros momentos he procurado mantenerme alejado y no perder, como se dice, la perspectiva, ya no. Ahora me pego a lo que ocurre.

Se avecina para mí un momento de peligro. Los seres colectivos a menudo se escinden, se fragmentan y puede también ocurrir que alguien, incluso ellos mismos, decrete su disolución. En tal caso no es que el ser colectivo se disuelva en sus seres individuales como yo a veces fantaseo. No, en tal caso lo que ocurre es que la existencia del ser colectivo queda suspendida; puede que un día se reanude, o nunca. Están floreciendo mínimas catástrofes y, aunque no soy tan frágil como las algas, me afectan. Porque el ánimo de los seres individuales sí que es frágil, y su desánimo, en cambio, poderoso. Tres o cuatro acontecimientos encadenados o bien unidos en el tiempo generan el desánimo que en unos días se extiende, y entonces se vacían las reuniones. Llega el verano, comienza un nuevo curso, alguien se pregunta para qué intentar lo que muy probablemente sea un proceso laborioso y no remunerado. Otro alguien se ve a sí mismo repitiendo consignas dominantes con inesperado placer, se ve diciendo: lo colectivo es una entelequia o, peor, un peligro porque anula la individualidad o, más triste, se ve diciendo que es la avidez de poder de unos pocos la que impulsa las luchas colectivas por la dignidad. Entonces, lo que fue empezado no prosigue, no continúa.

Yo no soy una entelequia, puesto que Enrique ha necesitado un trozo de baldosa para quebrar parte de lo que he producido. Tampoco anulo la individualidad. Los cuerpos individuales están separados unos de otros por una membrana, la piel, y eso no les impide sin embargo extenderse, copular, edificar casas, estrechar manos, no se rompe la piel cada vez que un ser individual entra en contacto con otro. Y, en cuanto a la avidez de poder, dónde estarían los seres individuales que hoy se llaman libres si nunca otros seres se hubieran unido para enfrentar la servidumbre, la esclavitud, el miedo. Suele ocurrir que quienes critican la avidez de poder de los que luchan son quienes detentan el poder, usurpan la voluntad de millones de ciudadanos que quizá no querrían un país donde el bien público sea despreciable. Pero no atacaré más. Diré para qué sirvo.

Diré que los seres individuales acuden a los seres colectivos cuando quieren madurar sin pudrirse, cuando quieren hacer algo y el intervalo de una vida no es suficiente en tiempo o en espacio. De entre todos los seres colectivos, algunos son llamados políticos y revolucionarios. La corporación pudiera pertenecer a esa clase. Los seres individuales se asocian con objetivos múltiples, para el deporte, para el intercambio, para la defensa de sus intereses. Pero hay uno, entre todos esos objetivos, que consiste en cambiar las reglas del juego. Es insólito. No se trata de cambiar la puntuación, sino las reglas. No se trata de conseguir más apoyo para, pongamos por caso, las bibliotecas públicas, o más inversión en, pongamos por caso, las enfermedades raras. He acudido a dos ejemplos de asociaciones que reivindican ante distintos ministerios algo bueno. Pues hay también asociaciones que a la mayoría le son indiferentes, la asociación mediterránea del bonsái tomillar, quizá. Y asociaciones oscuras que buscan causar agravios comparativos y acaparar privilegios. Los colectivos revolucionarios no pertenecen a ninguno de esos tres apartados. No son perfectos, nadie es perfecto. Pero son insólitos porque en ellos está inscrita la otra pregunta necesaria: ¿por qué no?

Los bárbaros, qué duda cabe, han empleado el «por qué no», los salvajes, los que tiraron la primera bomba atómica. También, del otro lado, Koch con el bacilo de la tuberculosis. «¿Por qué no?» es la pregunta de las aplicaciones, el científico la conoce mejor que nadie. Y no voy a decir que es la pregunta de la esperanza, porque recelo de la esperanza. Pero no recelo del progreso. Ya sé que no está bien visto lo del progreso. Hasta la izquierda parece haber renunciado a él. No se confunda, por cierto, progreso con el famoso «desarrollo» que ha ido arrollando recursos, culturas, ecosistemas. Digo entonces mejoramiento, capacidad de convertir lo malo en regular, y lo regular en un poco menos regular, lo no preferible en sí preferible.

Así pues, no voy a desanimarme, esto es lo que digo. La rotura de unos tubos no sería motivo suficiente, quizá tampoco la pelea de un chico de trece años y la consecuente crisis familiar, quizá tampoco el tiempo. Pero me preocupan. Por eso pido a mis miembros individuales que no se dejen avasallar, ni dispersar, ni confundir.

Eloísa llegó a la azotea ocho horas después de que Enrique se hubiera ido. Aunque disponía sólo de unos minutos, quería echar un vistazo, pues en la última semana el volumen de alga cosechada había aumentado significativamente. Le llamó la atención la puerta abierta, parecía forzada, pero se dijo que era una puerta vieja y podía haberse roto en cualquier momento. Al entrar se quedó inmóvil. Quiso pensar en un golpe de viento o en algo que hubiese caído sobre los tubos. No, no había caído nada ni había hecho viento. Alguien había forzado la puerta y luego se había tomado el trabajo de partirlos por las junturas. ¿Quién? Gamberros, locos. Al menos quince clases de institutos de secundaria habían visitado el dispositivo y en la red podía encontrarse información. Pensó en su empresa, pero lo descartó porque no era un ensayo lo bastante grande como para que llegaran a tomarse molestias por él. Se preguntó si la otra azotea estaría intacta. *Porphyri-*

dium era más delicada que *Spirulina*, si sólo habían destrozado uno de los dos dispositivos y quien lo había hecho sabía un poco de algas, sabría también que el daño era mayor con *Porphyridium*. Se acuclilló para tocar el alga derramada. «Bueno, Pecruentum —dijo—, a ver qué hacemos.»

Luego se dio la vuelta y salió con rapidez. Tenía una cita de trabajo, pero además le había dado un repentino y absurdo ataque de pena, como si Pecruentum fuera su gato Murdok, como si los millones de microorganismos esféricos que habían ido creciendo y renovándose en esa azotea tuviesen carácter y memoria. No pensaba en la destrucción, en el colectivo, en lo que harían: se había encariñado con el alga. Aunque ¿dónde estaba el alga en sí? ¿Con qué se había encariñado: con un código genético, con cada uno de los microorganismos? Carecía de toda lógica. Abandonó el edificio preguntándose cuál era el espacio vacío donde Pecruentum se había hospedado. Un espacio que ni su hija Vera, ni Goyo, ni su familia, ni sus amigos, ni Murdok, ni sus recuerdos, ni su idea del futuro colmaban.

No se trataba de Bruno, como su hermano a veces solía decirle, sino, pensó, de la cavidad que había querido llenar con Bruno y con las historias siguientes. Un hueco que le había hecho merecer el calificativo de enamoradiza no por azar sino porque lo era, hasta el punto de sentirse enamorada de un alga o de un trozo de mar, o de la manera en que una persona lograba hacer aparecer delante de su imaginación unos boquerones jugosos con perejil fresco. Goyo estaba ahí, en esa cavidad, estaba ahí y en otras, pero aún quedaba una zona que tampoco con Bruno estuvo llena, que no lo había estado nunca y por obra de la cual Eloísa se convertía en una partícula voladora, mariposa de invierno, electrón desemparejado, fluctuante y en cierto modo tímido.

Llamó a Goyo desde un tramo atascado de la M-30, pero no logró dar con él. Llevaba dos días sin apenas verle. La recogida de información había colapsado a los grupos. Cuando Goyo llegaba a casa, se encerraba junto al ordenador tratando de idear caminos para clasificar esa información y darle salida. En menos de tres semanas había resultado que la mayoría de quienes habían firmado la adhesión quería contar cosas y además conocía a alguien que también quería contarlas. Primero hubo que establecer unos puntos y un modo de preguntar que evitase que las personas perdiesen el hilo o se enredaran con cualquier asunto. No obstante, y por lo que Eloísa había podido ver, la información aportada era en general bastante precisa.

Cada vez que hablaban de eso, Eloísa no podía dejar de preguntarse qué haría ella y qué diría. El teléfono de Goyo estaba fuera de cobertura. Intentó concentrarse sólo en la carretera. Había mucho tráfico. Encendió la radio, sonaba una canción bastante hortera, tramposa y también muy dulce que lentamente la alejó de lo ocurrido y de lo por venir.

Cuaderno de Manuela

Ayer fue el cumpleaños de Enrique. Resultó un poco desastre. La noche anterior yo dormí en la clínica, con Rodrigo. Al mediodía le dieron de alta. Propuse a Enrique celebrar las dos cosas todos juntos en la comida, pero dijo que mejor no porque tenía trabajo. Así que lo celebramos en la cena. Entre Susana, Rodrigo y Marcos le habían comprado dos peces nuevos, al parecer muy exóticos. Los habían metido dentro del acuario para darle una sorpresa, pero cuando fueron a enseñárselos los peces estaban detrás de una roca y Enrique no los veía. Hubo unos minutos de confusión, pensó que lo que le habían regalado era un filtro, luego una luz nueva. Por fin apareció uno de los peces, no tenía buen aspecto. El caso es que el otro pez se había muerto y ése estaba a punto. Van a reclamar al acuario, pero aunque les den otros dos peces la cosa ya es difícil de enderezar.

Yo le había comprado un jersey, sé que no es muy original, tampoco lo pretendía, los jerséis abrigan y son bonitos, juntar esas dos cosas no está mal, digo yo. Sin embargo, no he acertado. Primero Enrique comentó que era muy juvenil, el jersey, sonrió y me dio un beso. Luego, en un momento en que estábamos los dos en la cocina, me dijo que no le preocupaba nada cumplir cincuenta años. Yo lavaba los berberechos y él los escurría e iba poniéndolos en una fuente mientras me hablaba.

Está muy enfadado conmigo porque le dije que no dramatizara lo de Rodrigo. Yo no lo decía sólo por él, lo decía por mí también. Enrique cree que no me he asustado con la pelea pero claro que me he asustado. A mi hijo le han dado una paliza en el colegio, sus propios compañeros. Parece que intentó defender a una chica o que se negó a sumarse al ataque. No ha sido una paliza descomunal, fueron dos contra uno. Rodrigo no es ni muy fuerte ni muy débil, así que casi podría hablarse de una pelea, una pelea que él perdió. Lo que pasa es que se ensañaron con él. Una cosa es pegar a alguien mientras te pega y otra pisarle la cabeza cuando está en el suelo. Claro que estoy preocupada.

Hoy hemos comido solas en casa Susana y yo. Era el primer día que Rodrigo volvía al colegio. Asunto complicado porque el chico que le pisó se ha ido pero quedan sus amigos, un juicio pendiente, etcétera. Enrique ha dicho que iría él a buscarle y que después se lo llevaría a comer. Una comida de padre e hijo, ha dicho. Marcos iba a comer en casa de un amigo, así que yo había pensado quedarme en el instituto, pero cuando Susana dijo que hoy comía en casa decidí venir. Rodrigo y Susana se llevan bien. Como a Susana le gustan las matemáticas, muchas veces ha sido ella, y no Enrique ni yo, quien le ha ayudado con los deberes del colegio. Enrique piensa que Susana ha influido en Rodrigo confundiéndolo, llenándole la cabeza de tonterías.

Mientras comíamos, Susana ha sacado el tema. Lo ha dicho ella, eso de que su padre piensa que ella tiene la culpa. Luego me ha dicho que no me preocupe. Que habría sido peor si Rodrigo hubiera estado vigilando. Ah, porque aunque la pelea fuese de dos contra uno, había un tercero vigilando. Mi primera reacción ha sido decir que no, que desde luego no habría sido peor, el que vigilaba estuvo siempre fuera de peligro. Susana solamente me ha mirado. Y, bueno, sí, tiene razón, los golpes se arreglan pero no sé dónde habría metido Rodrigo, con lo que es, el recuerdo de haber estado vigilando mientras dos chicos le pisaban la cabeza a otro.

Susana me ha preguntado si en mi instituto no hay peleas. Claro que hay peleas. Pero yo pensaba que en el colegio de Rodrigo y de Marcos no había. Entonces Susana me ha soltado una de esas frases que no encajan con su cara de cría pecosa:

—Papá y tú no ganáis lo bastante —ha dicho.

Espaguetis con tomate es lo que estábamos comiendo. Lo cuento porque Susana siempre los ha comido fatal, sorbiéndolos hacia arriba, salpicándose la cara y la ropa con gotitas de tomate. El caso es que la frase la dijo entre un tenedor y otro de espaguetis, y eso la suavizó. No tengo nada en contra del materialismo dialéctico, lo enseño en mis clases incluso con cierta pasión, pero cuando te lo encuentras en los labios de tu hija cuesta acostumbrarse. Susana me explicó que se refería a que es imposible proteger a Rodrigo de todo, ni siquiera de casi todo.

—Papá siempre ha pensado que por vivir en esta casa e ir a buenos colegios en donde nos relacionaríamos sobre todo con gente que vivía en casas como ésta y que también jugaba al tenis los sábados, la realidad iba a quedarse fuera. Pero no ganáis lo bastante. A lo mejor hace unos años habría servido.

Ahora no, una pequeña burbuja no sirve para nada. Hay que hacer fortalezas y para eso hace falta tener varias casas, un montón de dinero acumulado, vamos, ser de otra clase social.

—Pero a ti y a Marcos nunca os ha pasado nada —he dicho, poniéndome sin darme cuenta del lado de Enrique.

Susana ha seguido comiendo espaguetis sin contestarme. Yo sólo había querido decir que quizá lo de Rodrigo había sido mala suerte y que a lo mejor no hacía falta tener varias casas para poder protegerles un poco. Pero, claro, ha sonado a que le estaba diciendo que eso le había pasado a Rodrigo por ser Rodrigo como era, lo que a su vez suena a que Rodrigo es como es porque Susana le ha influido.

Susana ya había terminado sus espaguetis y, sin que aparentemente viniera a cuento, ha dicho:

—Yo hablo con Rodrigo de lo que hago, de lo que pienso. Le cuento mis cosas igual que él me cuenta las suyas.

Es increíble pero hasta ese momento no he comprendido que Susana está mucho más preocupada que yo. Con toda la vehemencia he dicho:

—Rodrigo no empezó la pelea porque tú le cuentes cosas sino porque lo que vio le pareció humillante. Y si tú le has ayudado a verlo así, sólo podemos estarte agradecidos. Además, tienes razón, la realidad de hoy, desaprensiva, cínica, está ahí fuera, nosotros hemos vivido pensando que podríamos librarnos, pero seguramente sea mejor así. Es muy angustioso estar todo el día pendiente de no abrir la puerta, por si es la realidad, de no coger el teléfono, por si es la realidad. —He respirado hondo, quería estar más serena y entonces, despacio, he seguido—: Todo esto no pasa porque tú le cuentes cosas a Rodrigo o dejes de contárselas, sino porque resulta que amenazar y pegar y abusar son cosas habituales, y no sólo, ni mucho menos, en los colegios: me refiero a nuestra sociedad, a nuestro modo de vida encantador. Por otro lado, Rodrigo no es tan pequeño, aunque nos lo parezca. Tendrá que aprender a defenderse.

Me ha costado esta última frase. La creo, pero decirla es como desgarrarse un poco por dentro. Confío en que a Susana mis palabras le aliviasen algo. También puse mi mano sobre su brazo, todavía la tengo ahí.

De doce de la mañana a cinco de la tarde, Félix, Goyo y otras siete personas insertaron seiscientas historias. Las pusieron en mostradores de ropa, entre cajas de leche, en tiendas de chinos, en bolsas de naranjas, en asientos de metro, de cafeterías, de clínicas y ambulatorios. Eligieron historias sueltas.

Despiden a un chico en una pequeña empresa de sondeos. La fórmula que «ofrecen» para que el chico pueda cobrar el paro sin ir a juicio consiste en que el chico acepte entregar a la dueña y jefa de la empresa la indemnización que le correspondería, en negro, claro. El chico acepta, necesita el paro. Al día siguiente, como por casualidad, se forma un corro en torno a la jefa que está contando anécdotas; la mayoría las conoce, pero todos ríen. Nadie guarda luto por el despedido. Todos tienen miedo, también aquel que, tres meses después, se convierte en narrador de lo ocurrido. Todos tienen miedo; la jefa tiene patrimonio.

Dos físicos de Barcelona han encontrado una nanopartícula magnética muy útil para biomedicina porque puede disipar más calor y eso la hace más eficiente a la hora de eliminar tumores. Patentarla resulta complicado por tratarse de una patente de la universidad en colaboración con un centro de investigación público. Llevará tiempo que las instituciones se pongan de acuerdo y hagan los trámites. Después, como son funcionarios, recibirán muy poco dinero. Un amigo que trabaja en una empresa privada les propone entregar el *know-*

how a la empresa: explicar cómo se obtiene la partícula, y prometer que no trabajarán en eso para nadie más, a cambio de dinero. Aceptan el trato. Luego los físicos preguntan a la narradora de la historia si lo que han hecho es ético. Realmente, dicen, no lo saben. Argumentan que la universidad española no es demasiado coherente, ni limpia, y cada día trabaja menos para la colectividad y más para la empresa privada.

Varios emigrantes a quienes no explican que para entrar en la cámara de pan congelado a menos diez grados hay que ponerse un chaquetón especial, pues el contraste con los cuarenta grados del horno es muy fuerte, acaban con una neumonía doble. El médico de la seguridad social, narrador de la historia, propone que esas neumonías sean consideradas enfermedad profesional. Rechazan su propuesta: con mano de obra más cualificada, le dicen, eso no ocurriría.

Un ecuatoriano repartidor de supermercado llama al timbre de una casa, el día anterior le han despedido por causa de la mujer que ahora le abre la puerta y ayer telefoneó para quejarse de un retraso en la entrega. El ecuatoriano exige de la mujer una reparación. La mujer logra encontrarle otro trabajo, pero sabe que no es suficiente. Su riqueza, su casa, su cultura, el gas natural de su calefacción, la ropa de sus hijos, su horizonte se asientan sobre el botín extraído durante años y años del país del ecuatoriano y de otros países y otras vidas. La reparación no puede ser personal. Entonces la mujer cuenta la historia.

Un chico está desmontando un escenario cuando una barra de hierro cae sobre su cabeza y le deja en coma. Al narrador de la historia le dicen que coja un taxi y vaya a toda velocidad a buscar cuarenta cascos a la oficina de la empresa y los traiga para que los trabajadores los tengan puestos antes de que llegue la inspección. El chico lo hace y cuenta su vergüenza.

Un hombre trabaja en una productora. Su jefe inmediato

le ha chillado varias veces. El hombre le cuenta a sus compañeros que no lo soporta: va a dejar el trabajo. Le dicen que está loco, si lo deja no podrá encontrar otro en mucho tiempo. El hombre decide seguir. Su jefe vuelve a chillarle. El hombre no hace nada pero esa noche se descubre chillando a su hijo. Por la mañana, en la productora, el hombre entra en el despacho de su jefe y le grita. Después deja el trabajo. En los días de buscar otro narra la historia.

8

Susana

Cuando vi la cara de Rodrigo me vine abajo. Por fuera no, por fuera le di un beso y le hice bromas. Él estaba bien, tranquilo, no iba de héroe ni tampoco parecía haberse asustado. Si se hubiera dado cuenta de cómo estaba yo, ni siquiera lo habría entendido. Seguro que me habría preguntado: ¿pero por qué te pones así?, ¿no ves que no me ha pasado nada grave? Pero luego, al quedarse solo, se habría venido abajo él también con toda la razón. Y es que si yo no soy capaz de aguantar las consecuencias de lo que le digo, ¿por qué tendría que serlo él? Lo malo es que no sé si soy capaz.

«Si un hombre piensa que, para dedicar su vida entera a la revolución, no puede distraer su mente por la preocupación de que a un hijo le falte determinado producto, que los zapatos de los niños estén rotos, que su familia carezca de determinado bien necesario, bajo este razonamiento deja infiltrarse los gérmenes de la futura corrupción.» Copié estas palabras hace unos meses y me parecieron bien. Venían en una introducción al marxismo; ya no recuerdo quién las escribió pero sí que eran de los años sesenta. Se estaban adelantando a las críticas que luego se le han hecho a la burocracia soviética, y a las que nosotros podríamos hacer a nuestros políticos. Ningún político debe vivir mejor que las demás personas, ni siquiera si en vez de hablar de sí mismo pone a su familia como excusa y dice: «No pido ventajas para mí, pero necesito estar tranquilo con las condiciones de vida de mi familia porque si estoy preocupado por esas condiciones trabajaré peor, no me concentraré, descuidaré mis tareas públicas». Ni el político ni nadie tiene derecho a considerarse más importante que otro y a exigir privilegios con el pretexto de que la preocupación por su familia no perturbe su labor. Porque además, cuando la corrupción no es para quien la hace sino para su hijo o su amigo o, como ha pasado hace poco con un ministro francés, creo, para su asistenta, siempre parece que es menos corrupción y sin embargo hace el mismo daño.

Yo creí que estaba de acuerdo con eso, pero ahora no lo sé. Quiero decir que cuando pienso en privilegios me parece clarísimo, pero, cómo lo diría: tal vez hay una línea, por ejemplo, «no ser pegado» no es un privilegio, es otra cosa. Si a todo el mundo le pegasen, que no peguen al hijo del político a lo mejor sí era un privilegio. Pero si lo normal es que no se pegue, entonces que peguen sólo al hijo del político para mí es una servidumbre, y no está bien.

Ni yo soy política ni Rodrigo es mi hijo. Eso no me tranquiliza nada, al revés, es casi peor. El otro día tuve que calmar un poco a mamá, que también se estaba viniendo abajo. A ella lo que más le dolía era no haber sido capaz de proteger a Rodrigo, y yo traté de explicarle que si escondía a Rodrigo de la realidad entonces no le estaba protegiendo. Eso lo creo. Ella también quiso calmarme a mí. Me ayudó todo lo que dijo, y cómo me trató. El problema es que mamá no ha sido causante directa de lo que le ha pasado a Rodrigo, y yo sí. Bueno, quizá directa del todo no. Si le hubiese hablado a Marcos de cómo vemos las cosas en el colectivo, creo que no habría tenido las mismas consecuencias. Y también creo que Rodrigo no es tan pequeño y que no puedo quitarle el derecho a elegir, ni puedo quitarle la tranquilidad que tiene ahora porque piensa que hizo lo que debía, no lo que yo le había dicho que hiciera o lo que le había dicho Pepito Pérez, sino lo que él, viendo cómo estaban las cosas, eligió hacer. Ya, pero es que, a la vez, tener trece años no es lo mismo que tener dieciocho, o aunque sea dieciséis. Y no me puedo escabullir.

Yo siempre he dicho eso de que las personas no terminamos en nosotras mismas. Rodrigo forma parte de mí, yo formo parte de él, los dos formamos parte de una colectividad más amplia. Lo creo. No sólo lo creo, es que pienso que no hay ni que creerlo, es como decir: creo que tengo cinco dedos. Es así. La mayoría de las cosas no se hacen sólo para una, o uno. La vida se entrelaza. Yo estudio para poder ganarme la vida, pero está claro que mi conocimiento irá a parar a otras personas además de a mi sueldo. Incluso cuando me como un bocadillo, lo cual parece un acto puramente individual, está claro que la energía que me dé el bocadillo no va a ser sólo para mí, a alguien le caerá una parte y no será fácil distinguirla. Sin embargo, pensar así tampoco me ayuda mucho con lo de Rodrigo. Me gustaría que no le hubiera pasado nada. Lo que quiere decir que en este momento no sé si soy capaz de aceptar las consecuencias de las cosas en las que creo. Porque estaría dispuesta a poner en práctica mis ideas si sólo me afectan a mí. Pero si le afectan a Rodrigo, entonces ya no lo sé.

Aunque, por otro lado, ¿qué tendría que haber hecho? ¿Representar? ¿Llegar a casa y hablar con Rodrigo solamente de juegos de ordenador, o de linces ibéricos, o de cosas de las que no tengo ni idea? Dejarlo todo, creo que eso piensa mi padre. Tendría que haberme dedicado solamente a la carrera y a la ropa y al inglés. Pero es verdad lo que le he dicho a mi madre: tampoco así estaríamos a salvo. No somos multimillonarios, ni siquiera millonarios. La sociedad que hemos hecho aparecería el día menos pensado, traería muerte, sufrimiento o abandono, y nos sentiríamos culpables de haber pactado con ella, aceptándola como la mejor de las posibles, si es que no cerrábamos los ojos.

Estoy hecha un lío. Sé, con toda certeza, que yo no termino en mí misma porque nadie termina en sí mismo. Pero ¿y si en el fondo prefiero engañarme y pensar que hay compartimentos y que yo me he entrometido en el de Rodrigo? A lo mejor sigo sin reconocer que una parte de mí es Rodrigo, y que una parte de Rodrigo es Susana.

Encima nos han roto los tubos de la segunda azotea. No es muy grave. Habíamos aprobado montar otro dispositivo en Sevilla y otro en Almería, ya están en marcha. Y la primera azotea sigue funcionando. Lo malo son las discusiones. Porque de pronto tuvimos que decidir qué hacíamos con la primera azotea: ¿poníamos vigilancia? Fue fácil, no tenemos gente ni medios para poder vigilar la azotea todo el tiempo. Sin embargo, encontrarnos discutiendo nos recuerda que tampoco tenemos mucha fuerza. Y, aunque lo sabemos, es distinto saberlo que acordarse. Creo que no conviene acordarse todo el rato, dedicar demasiado tiempo a pensar en ello. Porque hay otras cosas que hacer. Tampoco es que seamos incansables, qué va. Muchas veces nos paramos, nos sentamos. Yo fumo un cigarrillo o me hago un té. Y me imagino que llueve sobre los árboles.

Es raro, hace tres meses desde que dejé de salir con Rafa y hasta hoy no me había acordado de él. Me acordaba pero como algo normal, como te acuerdas de todo. Hoy en cambio he deseado que llamase, charlar con él por teléfono, contarle algo de esto. También podría llamar a Félix, a Goyo, a amigas de la facultad. Lo que pasa es que Rafa veía las cosas con otra distancia, más o menos como mi padre. Ojalá pudiera hablar con papá. Me gustaría decirle que no pacte, que no se dé por vencido, que no haga caso a quienes piensan que Rodrigo se equivocó. Me gustaría decirle que él no es uno de ellos, y que las cosas no tienen que ser siempre tan oscuras como ahora. Sé que discutiríamos, pero es que antes cuando discutíamos me parecía que él pensaba en lo que yo le había dicho, y yo sí que pensaba en lo que él me decía. Ahora ya no podemos hablar. Ya no es papá, es mi padre. Y le echo un poco de menos.

—Yo rompí los tubos.

Eloísa no reconocía la voz, pero enseguida supo de qué hablaba.

—¿Le conozco? —dijo.

—No. Yo sí te conozco algo, pero tú a mí no.

Miró incómoda a su alrededor. Desde su módulo de cristal veía a otros ingenieros químicos; ninguno la miraba.

—¿Por qué me llama? ¿Qué quiere?

—Una vez te vi. Hace tres años. Mi empresa tenía relaciones con la tuya y estuve en el centro donde tú trabajas. Tranquila. No soy un psicópata. Sólo quería decirte que para mí no eres una desconocida, me han contado cosas de tu vida. Además, puedo ponerle a tu nombre una cara y un cuerpo.

—¿Va a decirme por qué rompió los fotobiorreactores?

—Es largo de contar.

—Yo no tengo mucho tiempo.

—¿Por qué no? ¿Tienes que trabajar para que te perdonen por esas azoteas?

—No.

—¿Entonces?

—Trabajo para comer.

—Sí, claro, para comer, para que te paguen tu sueldo más un plan de pensiones de unos doce mil euros, más el bono variable del veinte por ciento de tu salario base que has pactado con tu jefe, más la póliza médica. No te he espiado, sé que en tu empresa las cosas van así.

—¿Y?

—Me gusta la precisión. Yo a lo que haces con tu salario no lo llamo comer.

—¿Por qué eligió la azotea donde estaba el alga *Porphyridium*?

—Por la calle en que estaba, pasaba cerca.

—¿No conoce las algas?

—No mucho. Tengo un acuario. Sé lo que mis peces necesitan, lo que les perjudica y nada más.

—Mala suerte —dijo Eloísa casi para sí—. ¿Por qué lo destrozó todo?

—¿Por qué no? Si cualquiera puede producir lo que le parezca, como decís vosotros, entonces también cualquiera puede destruir lo que le parezca, ¿no?

—No. Lo que decimos es que ahora sólo las grandes empresas pueden producir lo que les parezca: toman decisiones que perjudican a la mayoría y no lo hacen democráticamente.

—Tampoco vosotros habéis hecho una votación para que os autoricen la azotea.

—Sí se hizo, creo que entre más de setenta organizaciones.

—Que representan a doscientos cuatro locos, o a doscientos cinco.

—Representan a más. En esa votación se argumentaron las razones para montar los dispositivos, y se tuvo en cuenta que no perjudicaran a nadie.

—¡Que no perjudicaran a nadie! ¡Por el amor de Dios! ¿Y eso cómo se averigua? A mí me habéis perjudicado mucho. No te imaginas cuánto.

—No sé quién es usted. Nosotros no proponemos que cada cual pueda elaborar y destruir lo que le venga en gana. Al revés, queremos evitar eso, sacar a la luz decisiones que se toman sin consultar, sin considerar la cadena de efectos.

—La cadena de efectos no la conoce nadie, Eloísa. Yo...

Eloísa le interrumpió:

—Si me llama por mi nombre, debe decirme el suyo.

—Me llamo víctima de la cadena de efectos. Con mi vida no habéis sido nada precavidos —dijo Enrique.

—¿Por qué no se ha puesto en contacto con nosotros? ¿Por qué no nos ha hecho ver las consecuencias destructivas de nuestro dispositivo, si es que de verdad las tiene?

—Me he puesto en contacto: destruyéndolo.

—Sin un motivo, sin un argumento, sin una explicación —dijo Elo.

—Con tres motivos como mínimo. Secretos. Según los datos que tengo, vosotros hacéis bastantes cosas en secreto.

—Nuestras razones son públicas, podríamos defenderlas en cualquier tribuna si nos la dieran.

—¿Por qué no las defiendes con tu jefe, cuando negocias tu bono variable, Eloísa? Eso también es una tribuna.

Eloísa se preguntó si era posible que ese hombre hubiera entrado en su ordenador. Lo descartó y dijo:

—¿Puede hablar libremente quien se juega el sueldo? Quizá sí, quizá no. ¿Y usted? ¿Por qué no me dice sus razones?

—Porque son privadas. Porque vosotros, los de izquierdas, despreciáis la vida privada. Ahora mismo te ha dado vergüenza admitir que no eres libre porque te atan tu hija y su futuro, puede que hasta te hayas ruborizado. Dios mío, te sientes en la obligación de arriesgar la tranquilidad de tu hija, su futuro, el tuyo, sólo para ser coherente. ¿No es penoso?

Eloísa se sintió herida y atacó:

—Penosa es la veleta que gira en la dirección del viento, y dice que lo hace para proteger al viento.

—Muy hábil, bien, yo no protejo al viento. Yo, para proteger a los míos, tengo que moverme en la dirección del viento. El mismo viento que arrasa otros hogares. ¿Merezco ir al infierno?

—No, pero como actitud es poco racional. El viento, alentado por otros como usted, que no quisieron enfrentársele, arrasará su hogar un día.

—Magnífico, Eloísa, veo que ya has adivinado quién soy. Pero no es el viento quien ha arrasado mi hogar. Habéis sido vosotros.

—No sé quién es usted. ¿De qué nos acusa? ¿De qué me acusa? —dijo Eloísa.

—Te defiendes atacando, y mientes. El viento de que hablas, el capitalismo, dilo, no temas, es benigno contigo. Como lo fue conmigo, hasta que entrasteis en mi vida.

—¿Es su hogar, o es su vida la que quiere proteger?

—¿Hay diferencia?

—Bueno, en su hogar habrá otras personas con el mismo derecho a elegir que usted.

—Soy el padre de Susana.

Eloísa oyó exhalar el aire, como después de una calada dada con ansia.

—Estoy desorientado —dijo Enrique.

Iba a responder cuando Enrique colgó. Pensó en llamar a Susana pero decidió esperar. A lo mejor Enrique hablaba con ella.

Félix a Mauricio

Ha pasado algo. Mi madre llevaba doce entrevistas de trabajo. Para mí lo más agobiante era ver cómo iba bajando sus expectativas, y convenciéndose además de que debía bajarlas, de que ella no valía tanto, valía menos, y cada semana, menos aún. Yo me preguntaba hasta dónde podía llegar el regateo del sistema con mi madre; estaba seguro de que iba a llegar más bajo que el salario mínimo.

Mientras tanto Goyo me pasó unas cuantas historias recopiladas. Una es de una dependienta de tapicería que lleva, como ella misma dice, veintisiete años cotizados al servicio de la venta. Goyo no sabía si debíamos incluirla ya que no es ninguna queja. En realidad tampoco es una historia sino casi lo contrario: una trabajadora sugiriendo que no hagamos nada. Te copio cómo lo dice exactamente:

«Lo que no podemos los trabajadores es perder el norte; nos pagan por nuestro trabajo y firmamos el contrato con nuestra total conformidad. No se nos puso un puñal en el pecho para firmarlo, así que sabíamos lo que hacíamos perfectamente: firmas un contrato de esclavitud y lealtad y eso es lo que hay. Pero lo que no se puede hacer es morder la mano que te da de comer ni mirar a tu empresa como a tu peor enemigo. Los trabajadores hablamos mucho de nuestros derechos, pero... ¿y nuestras obligaciones? ¿Nos hemos leído bien nuestros estatutos? La verdad es que puedo ser un poco altruista, pero yo doy en mi trabajo todo y más. Pongo mucho de mi cosecha, como a mí me gustaría que trabajara un empleado si yo fuera la dueña. Soy una simple dependienta y sé que nunca llegaré a más, pero todas las noches cuando, rendida (vendo tapicerías) de levantar peso y aguantar a la clientela, por fin me acuesto, tengo mi conciencia bien tranquila de haberme ganado el pan a golpe de riñón y lealtad.

»Es verdad que a veces me dan ganas de estrangular a mis jefes por sentirme explotada físicamente, pero también es verdad que gracias a que confiaron en mí tengo un empleo y puedo comer todos los días. A todos nos gustaría que las cosas nos las regalaran, pero eso no es una realidad. Aunque a veces se te ponga a huevo y la tentación es muy fuerte, y la necesidad aún más, no debemos tirar nuestra estampa por los suelos y jugárnosla a una carta, ¡no merece la pena! Nosotros somos más inteligentes de lo que piensan muchos empresarios. No debemos olvidar que las empresas te ponen trampas para que piques y comprobar el grado de confianza que pueden depositar en ti» (*http://www.sangrefría.com*, 2005-07-16).

Yo estaba leyendo lo que decía esa mujer y oyendo al mismo tiempo la televisión que mi madre tenía puesta. Imprimí las palabras de la vendedora, luego le pregunté a mi madre si podía apagar la tele para leer una cosa y darme su opinión. Ella la apagó sin decir nada, cogió el papel. No hubo musical de Hollywood, no se puso a bailar claqué. Me pasó la mano por el pelo como cuando era más pequeño. Después dijo que quería ordenar unos papeles y me dio las gracias. Se la veía contenta. Al día siguiente tenía otra entrevista. Pues logró que la contrataran un mes de prueba.

Me invitó a comer y me dijo que la habían cogido gracias a la dependienta de tapicería. «Esclavitud y lealtad», «riñón y lealtad», esas expresiones, me dijo, se le habían quedado grabadas. Así que estuvo buscando todo lo que tenía de su anterior trabajo, papeles que se guardan, horarios, directivas que la empresa hacía para los supervisores, sus notas sobre los fallos ocurridos en el proceso de embalaje, y las ordenó. En la entrevista no se presentó como la trabajadora luchadora y finalmente despedida de una empresa, sino como alguien que tenía algo que ofrecer. Dijo que ella podía proporcionar información útil para mejorar la planta de embalaje. Mintió acerca del puesto que había ocupado y también acerca de su papel en la movilización. Si alguien se tomaba el trabajo de comprobarlo, ella no habría perdido nada, puesto que el trabajo no lo tenía de antemano. Por otro lado, comprobarlo iba a ser difícil, ya que la deslocalización había dispersado a la mayor parte de sus jefes.

Me ha dado un poco de miedo. No por mi madre, a ella la

veo bien. Me ha dado miedo por lo que significa renunciar a la lealtad. Bah, ya lo sé, mi madre no tiene por qué ser leal a una empresa que luego, cuando a la empresa le interese, la dejará en la estacada. Sin embargo, eso de deslealtad dentro y lealtad fuera es como los espías, aunque muchos cumplen lo prometido hasta el final también hay muchos que acaban siendo agentes dobles, traicionando. A mi madre no creo que le pase, ella sigue en su pequeño sindicato y sabe muy bien lo que quiere: «No pienso volver a luchar a corazón abierto», me ha dicho. Yo no he pasado por los años de trabajo duro de mi madre y además confío en ella. Pero con respecto a mí, por ejemplo, no tengo la suficiente experiencia, educación colectiva o como quieras llamarlo, para saber que no voy a dejarme llevar. Yo creo que nosotros debemos intentar jugar limpio en todas partes. Somos animales de costumbres, ¿no? Te acostumbras a mentir en una situación y acabas mintiendo en otras, eso es lo que me preocupa.

A lo mejor soy un idealista de mierda, Mauricio, pero pienso que tendríamos que intentar actuar como si ya estuviésemos en el lugar por el que estamos luchando. No digo que vayamos a ser unos pijoteros absolutos, si un día hay que pegar carteles donde está prohibido, pues se pegan, y si un día hay que entrar de noche en una fábrica para dejar unos folletos, pues se entra. Pero sin engañar. Creo que una cosa es forzar unas reglas dentro de las cuales es imposible vivir dignamente, y otra cosa es esquivarlas. Mi madre tiene derecho a esquivarlas, pero nosotros deberíamos enfrentarnos a ellas. Con inteligencia, incluso con astucia, pero con honestidad. Como las guerrillas, que se adelantan al enemigo o le preparan una emboscada pero juegan limpio, no torturan, no mienten, no separan el fin de los medios.

Sobre lo que dices de los colectivos, Mauricio, estoy seguro de que tienes razón: cuando llegue el invierno, seguiremos.

Aunque Goyo y Eloísa se vayan, tampoco se van del todo, se incorporarán a un grupo en donde estén, de algún modo seguiremos trabajando juntos. Y cada vez viene más gente. El martes, cuando no pudiste estar, conseguimos insertar seiscientas historias. Hay una que no logro quitarme de la cabeza, mira: en una empresa hay un conflicto sindical cada vez más enconado. El empresario se reúne con el líder sindical y le pregunta: ¿qué cojones quieres? El líder sindical dice: un puesto de charcutera en tal mercado para mi mujer. Se lo dan, y el conflicto se apaga. Pero la historia no termina ahí: sigue con el empresario contándole a sus amigos que se ríe del sindicalismo, y diciendo que todo el mundo tiene un precio. Y termina con la persona que nos la ha contado: una empleada de hogar del empresario, peruana, que cobra ochocientos euros al mes y cuando oye al empresario decir que todo el mundo tiene un precio siente deseos de secuestrar al hijo del empresario, porque lo que desde luego ella no tiene es el precio, es decir, el dinero con que pagar el precio que el empresario se permitiría el lujo de ponerse a sí mismo.

Pienso en esta historia todo el rato: corrompen y se indignan, corrompen en el acto más inmoral que pueda imaginarse, pues al corromper ni siquiera trafican con sus intereses y los del corrompido, sino que trafican además con la ilusión de personas que, como mi madre, han aguantado en la huelga: ese aguante, la resistencia, la confianza, es lo que dejan que alguien venda en el mismo lote que su propia integridad, y ellos lo compran. Pero el colmo es que, después de hacerlo, se indignan porque los sindicalistas no son morales. Corrompen y se indignan como si las dos cosas fueran compatibles. Me da miedo que nosotros podamos acabar igual, la supuesta clase media que nada y guarda la ropa, o eso se cree.

También me acuerdo de una bastante triste. Es sobre los colegas de un tipo que no quiso sancionar un nuevo colorante químico, pues consideraba que las pruebas sobre su inocuidad no se habían hecho en las condiciones adecuadas. Digo que es la historia de sus colegas porque verás: al tipo le despiden y sus colegas, la mayoría de su propia empresa, y algunos de otras, firman una especie de documento de apoyo. Que no sirve para nada, que es simbólico: no va acompañado de la exigencia de que readmitan al tipo o ellos se irán ni nada parecido. Bueno, como el documento es simbólico, no pasa nada con él. Los meses sí que pasan, el tipo en cuestión está bastante colgado porque ninguna otra empresa tiene ganas de coger a alguien que dice la verdad. Hace trabajillos, malvive, pero cada cierto tiempo recibe llamadas de sus colegas, los que han firmado el documento, y ¿sabes lo que le dicen?: le cuentan lo valientes que han sido, ellos, por haber firmado; le hablan, a él, sí, de las represalias que tienen miedo de sufrir, casi parece que le echan la culpa. Siguen pasando los meses y no sufren ninguna, pero ellos venga con lo mismo. ¿Qué nos están haciendo, Mauricio? ¿Qué clase de seres renacuajos somos?

El otro día en el núcleo hubo una discusión que parecía de Julio Verne. Hablábamos como si la revolución fuera a ser mañana por la tarde. Daban ganas de reír, sin ninguna mala fe, reírnos de nosotros, supongo, de lo que los sueños tienen de sueños, de cosas desproporcionadas. Aunque también pienso: ya que no nos dejan vivir justamente, prefiero mil veces la desproporción, el disparate, el sueño de este intento de parar la gran maquinaria con tirachinas, antes que acabar siendo un renacuajo con los ojos vidriosos como los muertos.

Eloísa buscó en su cartera un informe para la reunión que le aguardaba. Debía entregar una prospectiva de los biocombustibles agrícolas con vistas a nuevas inversiones. La había escrito como si no hubiera renunciado al acto de inteligir, de comprender, aunque no se trataba de ninguna decisión heroica, pues tenía otra oferta de trabajo.

Expandir la producción de los biocombustibles suponía ampliar drásticamente y hacer más intensivas superficies de cultivo, con el consecuente aumento de erosión de suelos, uso de agrotóxicos y agua dulce. Del agua dulce existente, la agricultura ya utilizaba el setenta por ciento. Eloísa no quería dejar a un lado esos hechos. Tampoco países como Reino Unido y Suecia los negaban sino que habían planteado aumentar el consumo de biocombustibles, sí, pero importados de países del sur, donde la producción era más barata y el ambiente un problema ajeno. Con la lógica de «pan para hoy y hambre para mañana», en muchos países del sur se estaban promoviendo, a menudo con subsidios gubernamentales y del Banco Mundial, grandes monocultivos energéticos para la exportación, en perjuicio de la producción de alimentos de consumo nacional.

¿Y eso a ella qué le importaba? Pero, sobre todo, ¿quién era ella para decidir que la lógica pan para hoy y hambre para mañana era una lógica errónea? Ella, se respondió, era ella, Eloísa, un punto insignificante con respecto a una gran empresa que sin embargo estaba hecha de la suma de puntos insignificantes. Y un punto insignificante con respecto al complicado devenir de la sociedad, que sin embargo también estaba hecho de puntos insignificantes. Eloísa pensaba que había que detener la voracidad de su empresa; sin embargo, si expresaba ese pensamiento en voz alta, si además ponía por escrito que la supuesta ganancia energética de los biocombustibles daba saldo negativo al medir el ciclo completo, y si pedía que la dejaran trabajar de acuerdo con ese criterio o bien que la convencieran de que era un criterio equivocado, entonces sería invitada a abandonar la empresa. Eloísa había decidido abandonarla con discreción.

Tenía una oferta procedente de un centro de biotecnología

marina ligado a la universidad. Tampoco se trataba de un lugar puro, ni mucho menos. Si bien el centro había nacido dentro del necesario espíritu de respeto a la libertad de investigación, al mismo tiempo se veía obligado a asumir un marco de estímulo a la competitividad, la cooperación, la complementariedad y la autofinanciación. En el contexto actual, algunas de esas palabras supondrían impedimentos para internarse en investigaciones que no ofrecieran resultados a corto o medio plazo; una parte del trabajo de Eloísa debería seguir, por tanto, destinado a buscar soluciones de final de chimenea en vez de aquellas que sirvieran para calmar el consumo o el saqueo de los recursos. Se dijo que en cualquier sitio adonde fuera tendría que habérselas con decisiones absurdas o insuficientes o erróneas; ella misma propondría a veces algunas de esas decisiones, y tendría miedo y se equivocaría. Pero ¿quién había hablado del todo o nada? ¿Por qué entrar en esa lógica? En biología, la lógica que importaba era la del poco más y el poco menos. Contradicciones, de acuerdo, sin embargo cincuenta y dos podía no ser igual que treinta y cinco. Sobre todo ahora que el planeta tenía tan poco tiempo.

¿Y su hogar, como había dicho el padre de Susana? ¿Qué pasaría con Vera, con Goyo? El centro de biotecnología estaba fuera de Madrid, su hija tendría que cambiar de colegio, de amigos. El sueldo iba a ser menor, desaparecerían la póliza, el plan de pensiones, los bonos variables; eso repercutiría en la vida en común. Goyo iba a trabajar con ella y estaba de acuerdo. Sin embargo, en el lenguaje de Enrique, Eloísa había permitido que lo público se entrometiera en su vida privada. Aunque ella impugnaba ese lenguaje. ¿Qué vida privada podía existir al margen del criterio? ¿Quién sería el sujeto llamado Eloísa que actuase en la vida privada si se le despojaba de la capacidad para decir lo que estaba bien y lo que no lo estaba? ¿Quién hablaría con Vera cuando lo hiciera ese sujeto?

Tal vez, se dijo, era la vida privada de quienes no estaban dispuestos a detenerse, la vida privada de una clase social enloquecida, la que se había entrometido en las vidas comunes de las personas. Y ella y Goyo habían encontrado un reducto donde siquiera mantener esas intromisiones a una prudente distancia, un reducto que otras personas, a su vez, habían construido. Insuficiente, sin duda. No tenía ninguna sensación de estar escapando, pues los lugares cerrados no existían. La vida era intercambio, metabolismo, y cuando el medio estaba dañado, era el medio lo que había que transformar. En el centro encontrarían, seguro, obstáculos para iniciar proyectos que tuvieran, por ejemplo, conflictos potenciales de propiedad intelectual. Entonces no bastaría con sortear los obstáculos si además no enfrentaban como pudieran, como supieran, su origen.

Eloísa sintió vértigo, le pareció que su mesa y las mamparas de cristal y el suelo se inclinaban levemente. El remolino, pensó, había empezado a tragarla, el remolino de Susana y de Goyo, de Félix y de Mauricio, de unos colectivos a veces tan desordenados y volantes como ella pero que no renunciaban, que no habían renunciado, a su propio organismo, a su escasa, pequeña, aunque tan valiosa, capacidad de ponderar.

Cuaderno de Manuela

Ahora al instituto lo llaman «tuto», yo no acabo de acostumbrarme. Me suena a cualquier cosa menos a un instituto de secundaria. Antes era insti, bueno, todavía se oye de vez en cuando. Pero la mayoría dice «tuto» y cuando lo oigo me doy cuenta de que empiezo a ser mayor. Lo observo sin resentimiento. Hace dos o tres años sí que sentí cierto resentimiento. Recuerdo que se lo comenté a un compañero de literatura y me habló de un poema de Auden: «Ahora, sin estar preparado para la muerte, / pero ya en la etapa en que uno empieza a estar resentido contra los jóvenes [...]». Era exactamente eso, sentía rabia de envejecer y la proyectaba contra ellos. Ya no siento esa rabia. Creo que estoy acostumbrándome a mi nueva edad.

Aunque hoy lo de la edad no deja de ser una lotería. Se supone que hay una esperanza de vida, y que a partir de los cuarenta y algo debes ir pensando que estás en el descenso, te queda por vivir menos tiempo del que has vivido pero bastante aún. Sin embargo, tengo tantos amigos y amigas que han muerto con mis años, o con diez menos o con cinco más. Dicen que hay una epidemia de cáncer y de enfermedades neurodegenerativas. A lo mejor no la hay, pero ya no sé hasta qué punto vivir setenta u ochenta años es lo normal. Tampoco se puede vivir todo el tiempo pensando que morirás mañana. Sin embargo, esa posibilidad merodea y debo mirarla de frente. Luego, de todas formas, viviré pensando que aún me quedan unas tres o cuatro décadas antes de irme.

Sea como sea, he llegado a la segunda parte de mi vida. Mientras otras personas tienen por delante largos proyectos, pongamos, de hacerse médico y tener muchos hijos, el proyecto mío es envejecer. No obstante, resulta que a estas alturas de mi vida quiero empezar unas cuantas cosas. Tal vez envejecer no sea ir cerrando las carpetas sino, cuando se abre una nueva, preguntarse si tiene sentido. Porque en la juventud todas las carpetas tienen sentido, pero ahora no.

Hoy he vuelto a la heladería para escribir. Cuando termine, no usaré más este cuaderno, y quizá me atreva a abandonarlo un día en la barra de un bar alejado para que usted lo encuentre. La heladería es un tanto lujosa, en vez de sillas metálicas o de rejilla plástica tiene sofás de cuero. Si en vez de un helado pides un café, te traen también pastas diminutas sobre una fuente blanca. Hay en esta heladería, ahora mismo, al menos cuatro mujeres vestidas elegantemente. Vienen de dos en dos, o solas, o con un acompañante, y sus ropas, sus peinados, sus pendientes, su manera de tomar la taza o de mirar, las cierran. Es algo apenas perceptible, pero yo lo percibo porque lo viví. Zapatos duros, faldas audaces, chaquetas casi perfectas: ser esa madre de la que se sienten orgullosos los hijos jóvenes en las novelas antiguas. Y, mientras, todo se va cerrando: las amistades, los planes, los días. Y todo se va cumpliendo. Hay un error en esa conducta, creo que hoy puedo decirlo. El tiempo de la crisálida es anterior: se encierra el feto, se aísla el adolescente, protege el joven su territorio para crecer, para aprender, para hacerse fuerte. En cambio, cerrarse para morir no es lógico.

Ayer vi en la televisión a una mujer de unos setenta años, con trenza larga, despeinada y gris, hablándole a la policía antidisturbios en una manifestación, tal vez era México o Brasil, no estoy segura. Yo no he nacido en esos países, sin embargo imagino que aquí, al margen de Benidorm, acaso nos aguarde un futuro de viejos y de viejas serenamente combativos. Al menos, puedo hablar de mi vida. A esta edad abriré algunas carpetas que no he de terminar pero espero que las terminen otros.

Madurar quizá consista en comprender que no es una quien ha de poner la firma al cuadro, o cerrar el local y apagar la luz. Y ahora, cuando sé que hay cosas que no voy a terminar nunca, rompo el reloj de arena, hago añicos el bulbo de cristal y mi arena ya no es mía sino parte de una playa. No se trata de liarme la manta a la cabeza. Simplemente, continúo.

En el instituto, por cierto, no ha pasado nada relevante. No han tomado la Bastilla. «Gorki» no es un escritor ruso en mi instituto sino alguien que está siempre pensando en comer. A mi hijo Rodrigo no le habrían dado golpes en zonas dolorosas sino que, con fina ironía, le habrían «aplicado calmantes». Mi clase sigue estando dividida en «bakalas», «pijos», «raperos», «heavies», «punkis», etcétera. También hay una chica y un chico metidos en colectivos políticos. Y eso que no son pareja. Ella está en un grupo comunista, él en uno medio anarco.

Queda una semana de curso. De las actividades que hemos hecho en los últimos tres meses, no sé cuánto van a recordar. El chico medio anarco me dice que van a recordarlo casi todo, que estas cosas se quedan grabadas y un buen día se tira de ellas. La chica comunista cree que unos cinco o seis alumnos seguro que se acordarán. Con uno basta, como se suele decir. El año que viene empezaré desde octubre, voy a pedir una tutoría y tengo algunos planes.

De joven yo merodeaba por la política. Luego lo dejé, pero he leído y he discutido lo suficiente como para conocer los peligros del idealismo y del falso consuelo. Esas películas en donde todos los chicos marginados acaban tocando en una maravillosa orquesta de música clásica no nos ayudan, ni esas otras donde el equipo de baloncesto del instituto más pobre y más perdido acaba llegando a la final estatal y... ganándola. Luego en la realidad el batacazo es impepinable, y la mezcla entre expectativa y batacazo produce un desaliento que es muy difícil quitarse de encima.

Sin embargo, las otras películas, las que son más ciertas, allí donde muere en un tiroteo el chicano que no estaba metido en líos y sacaba buenas notas, o donde el pequeño equipo pierde ante el poderoso y el profesor con vocación se vende por un cargo en el ministerio, ésas, aunque puede que a veces sean verosímiles, no tienen razón. La razón no es de lo que ocurre, sino de lo que es justo que ocurra, aunque no llegue a ocurrir jamás. La razón no es de quienes condenan a Sócrates, aunque lo verosímil sea que si hoy le juzgaran de nuevo, de nuevo le condenarían. Sócrates es un personaje inverosímil, pero tiene la razón.

Hay también hombres y mujeres como yo, que se demoran, que tardan en comprender la jerarquía de los hechos, lo que tiene más o menos importancia. No sé qué haría si me apuntaran con una metralleta. Estoy enredada en una existencia en la que mato, expolio y chantajeo sin querer o, quizá, sin que me importe demasiado. Y mis planes para el próximo curso apenas consisten en poner a los chavales delante del futuro a fin de que puedan verlo con algo de antelación, por si suena la flauta y algunos empiezan a organizarse para transformarlo.

Con respecto a lo que se llama vida privada, me encuentro bastante confundida. Enrique cada día se parece más a un pez, da vueltas por la casa, me mira, casi no habla. Yo espero: un día Enrique abrirá la boca y saldrán palabras en vez de balones de oxígeno. Creo que entre los dos sabremos hacer algo con esas palabras. En cambio, con quien no sé qué voy a hacer es con Marcos, mi hijo mediano. Resulta absurdo, pero me preocupa el hecho de que no me preocupe y acabo soñando todas las noches con él.

Marcos es un chico normal, lo que hoy en ciertos ámbitos se entiende por un chico normal. Sale con una chica, es el capitán de su equipo, no saca buenas ni malas notas aunque más bien buenas, va siempre con uno de esos aparatos de oír música que a mí me parecen un peligro porque pienso que los seres humanos necesitamos silencio, pero, en fin, a él le gusta. De lo que está pasando en nuestra casa, Marcos habrá percibido una tercera parte más o menos. Por la noche, antes de dormirme, pienso en lo que sucedería si entre todos hiciéramos un trato y decidiésemos dejar a Marcos fuera de nuestras batallas. Marcos terminaría el bachillerato, estudiaría una de esas carreras donde se mezcla el derecho y la economía, luego le pagaríamos un máster caro, seguramente en los Estados Unidos, y cuando volviera encontraría trabajo en una multinacional de calzado deportivo, en una de distribución de alimentos o en cualquier otra.

Supongo que no se casaría muy tarde, tendría dos o tres hijos, les llevaría a un club de tenis, se las arreglaría para vivir en una de esas urbanizaciones circulares, protegidas, donde los niños pudieran jugar al aire libre, o quizá llegara a tener una segunda casa en la sierra con chimenea y jardín. Susana me habla mucho del colapso del planeta, dice que los grandes grupos de poder están acabando con el suelo cultivable, con el mar, con el agua, con las relaciones entre las personas. Me habla de algo que, curiosamente, no he visto en los libros de filosofía, «el principio de precaución». Lo hemos roto, dice, y el día menos pensado estallarán las consecuencias, por un solo frente o por varios a la vez. Los hijos de Marcos verán inundaciones, guerras por agua, plagas de malformaciones genéticas, océanos muertos, cosas que ni imaginamos. No se me ocurre llamar a Susana catastrofista porque sé que si una clase social es capaz de utilizar a otra como un objeto, si un hombre es capaz de usar a otro como un carro, si un país es capaz de usar a otro como una despensa, entonces todo está perdido, y acabar con el equilibrio de la vida es el mismo crimen.

Yo comprendo esto; sin embargo a veces me gustaría hacer con Marcos lo que no hice con Susana, mantenerlo alejado. Pero quizá le encuentren de todos modos. Muchas noches no duermo pensando en eso, en que le encontrarían. Entonces, cuando no duermo, me acuerdo de unos meses atrás cuando, con la llegada de Carlos Javier, tampoco podía dormir. No, no voy a jugar a los círculos viciosos. Ahora, cuando no duermo cuento ovejas y se acabó. Ahora no me parece que se esté hundiendo el suelo, la vida y todo. Es difícil avanzar, puede que sea difícil. Sin embargo, las premisas son ciertas y yo quiero para mis hijos tierra firme, que no se desplome un día su vida de repente por haber edificado en falso.

No sólo para mis hijos ni sólo tierra firme. Quiero también decir que nadie tiene derecho a usurpar nuestro criterio.

Cuanto más tarde en decirlo será peor. Porque el criterio necesita crecer en alguna parte. Y si no le dejan se convierte en otra cosa, repetición, excitación, desistimiento. El criterio, para desarrollarse, necesita las grandes alamedas. Sí, me refiero al famoso último discurso de Allende, «mucho más temprano que tarde, de nuevo se abrirán las grandes alamedas», aunque la frase empieza antes: «Sigan ustedes sabiendo que, mucho más...». Sigan ustedes sabiendo, no imagina hasta qué punto me conmueve esa orden que es casi una súplica. Me gustaría dedicársela. Supongo que la brizna del factor humano, las condiciones subjetivas, lo que nos permite seguir contra, como se dice, viento y marea, se encuentra ahí.

Goyo a Susana

Nos vamos mañana temprano, ahora son las diez de la noche y no he logrado dar contigo. Verás, tu padre llamó a Elo y le contó que había destrozado los fotobiorreactores de la segunda azotea. Creo que se lo dijo para que Elo me lo contase y yo te lo contara a ti. Suena rebuscado, pero él sabía que al contárselo a Elo acabaría llegándote. Ok, Susana, te retransmito mi cabeza: pienso que has notado que estoy nervioso, porque tú lo notas todo. Estoy nervioso, creo que a lo mejor a ti te parece mal que te lo haya dicho. Y estoy más nervioso porque no consigo estar a la altura de lo que sé: que no va a parecerte mal.

Una vez, con diecisiete años, me pasó que hice un problema de química complicadillo y se lo llevé a mi padre para que lo viera. Mi padre estaba hablando en ese momento con un amigo suyo, Roberto, un tipo que venía a menudo por casa y a quien yo respetaba mucho porque había logrado mi ambición de entonces: trabajar en ingeniería genética. Mi padre empezó a corregir el problema diciendo en voz alta dónde me había equivocado. De repente, se para y me dice: ¿te importa que te corrija delante de Roberto? Dije que no, pero claro que me importaba.

Porque no me fiaba de mí, y aunque han pasado diez años, todavía no me fío del todo. Es que me he defraudado un montón de veces. Me he estafado, dándome gato por liebre o haciendo lo que había prometido no volver a hacer. Me he dejado plantado. He llegado tarde a pesar de que yo estaba ahí encandilado, prometiéndomelas muy felices, esperándome durante horas o días y, al final, no he aparecido.

Creo que tú no haces eso contigo. Mira, tu padre y yo nos hemos escrito varios mensajes este año. El último en escribir fui yo, luego pasó lo de tu hermano en el colegio y supongo que tu padre no va a escribirme más. Llegó a caerme bien. Lo que ha hecho, destrozar el trabajo de muchas personas durante meses, no es justo. Si tu padre hubiera ido a la azotea unas semanas antes, a lo peor habría acabado con todo: si nos coge cuando estábamos más dispersos, con más dudas acerca de si seguir o no adelante. Por suerte llegó cuando ya habíamos empezado otras acciones. Pero él no lo sabía. Su intención era que nos viniéramos abajo. Así que repruebo sus razones y sus actos pero le considero un enemigo digno, quizá porque cuando me escribía separaba las razones de lo que sólo era temor y deseo. Mi abuela decía: censurar el acto pero no a la persona que lo comete. Siempre me pregunté cómo los separaba ella, cómo podía nadie separarlos. Por otro lado, si no los separamos desaparecería la confianza, el valor de rectificar, el aprendizaje.

Estos días he leído un artículo del director del Centro de Inmunología Molecular en Cuba. Él habla de científicos que «hagan suya la herencia de ideas y valores que entrega nuestra historia». Lo leía pensando en el centro adonde vamos Elo y yo, en las ideas y valores que entrega nuestra historia; la mayoría no son como para sentirse orgullosos. Ya sé que los biotecnólogos cubanos también dudan, ha de ser complicado convivir con relaciones socialistas en el interior y capitalistas en el exterior. O criticar la propiedad intelectual y al mismo tiempo verse obligados a usarla. Pero allí saben que trabajan para que todas las personas de su país, y no unas cuantas, puedan beneficiarse de lo que descubran. Y que si no se benefician todas, es porque algo está mal y debe corregirse. En cambio, nosotros trabajamos para que unos pocos se apropien de los beneficios pero no se trata de una anomalía sino de las reglas de un juego tan dañino como absurdo.

Si le contara esto a tu padre ni siquiera se molestaría en discutir, él pertenece a una realidad en donde preguntarse sin prejuicios por la biotecnología cubana carece de sentido. Para ti y para mí, en cambio, es importante. Tú también quieres investigar: ¿cómo vamos a separar lo que investiguemos del lugar donde lo hagamos? ¿Cómo vamos a enfrentarnos, solos, por ejemplo, al sistema de patentes? ¿De qué manera diremos: nadie puede «poseer» todo lo necesario para fabricar conocimiento, la productividad científica está unida a la cultura y al conocimiento común de la especie y nadie debería poder apropiárselos? Sin embargo, tendremos que seguir buscando formas de hacerlo.

Ven pronto a vernos, Susana. La casa que vamos a alquilar está en un sitio donde por la noche todavía se ven estrellas. A esos adolescentes no tan lejanos que fuimos les gusta recordar que existe el universo, y que la tierra es un grano de arena en el espacio pero también una bola de hierro de seis mil trillones de toneladas, cubierta por la vida. ¿Sabes que tu padre me pidió que cuidara de ti? Como estaré un poco lejos tendrá que ser él quien lo haga, díselo de mi parte.

Comunicado 8: yo no me muero

Algún ser individual estará preguntándose por qué no he hablado todavía de las rencillas o qué tengo que decir de las divisiones internas, de las peleas por el poder, minúsculo hasta el momento, que los seres colectivos como yo generamos y repartimos. ¿Es que mis miembros individuales no se odian, no compiten, no se hacen trampas, no rehúyen el trabajo, no cultivan las pequeñas mezquindades y los celos, el acomodo y la pereza? Pues, según dice la leyenda, los seres colectivos militantes duramos poco y nos desintegramos por rencillas, por peleas, o bien por dejadez.

Hace unos días estuve con la Plataforma contra el Préstamo de Pago en Bibliotecas. Vaya por delante que los seres colectivos de la especie plataforma lo tienen difícil, toda vez que nacen ligados a un acontecimiento, salir de la OTAN o, en este caso, lograr la no instauración del canon por préstamo bibliotecario. La Plataforma contra el Préstamo me habló de su existencia intermitente, en oleadas. A veces, me decía, le produce un placer muy intenso cuando sus miembros alejados de la acción, como dormidos, con un empuje creciente se reconvocan para una nueva serie de actividades.

La Plataforma contra el Préstamo piensa que si un día logra sus objetivos no va a extinguirse sino que se producirá una multiplicación vegetativa mediante esquejes e injertos de sus miembros individuales en el colectivo de colectivos que yo soy. Si eso ocurre, nadie lo tendrá en cuenta sino que volveremos a oír la leyenda negativa sobre los seres colectivos militantes: somos flores de un día, no duramos ni persistimos ni tenemos visión de futuro.

Sin embargo, duramos. Y lo hacemos en contextos preparados para que así no sea. Un ser individual a quien admiro, Raymond Williams, ha escrito: «Las experiencias capitalistas nunca son las únicas posibles, puesto que dentro de las presiones y límites las personas llegan a otros acuerdos, descubren otras adhesiones y tratan de vivir según otros valores. Aunque el impulso capitalista continúa estando presente».

Duramos, y si bien hay rencillas, peleas, abandono y dejadez, no se define al árbol por el movimiento de sus ramas sino por el tronco, la copa y las raíces. Aun cuando el viento no agitara sus ramas seguiría siendo árbol; en cambio, no lo sería sin raíces. No son las rencillas las que nos definen, ni las peleas ni la dejadez. Soplan, sin duda, y nos agitan, pero no nos definen: no son consustanciales a nuestra naturaleza.

Ha escrito también Raymond Williams: «El sistema de autopistas, la nueva distribución de las viviendas lejos del centro, los edificios de oficinas y los supermercados que reemplazan las calles con hogares y tiendas, pueden materializarse en la forma de un plan administrativo, pero no hay ningún caso en el que no se hayan incluido, desde el principio, las prioridades del sistema capitalista. Ya sea en el caso de camiones contra trenes, ya sea en la situación más general en que las tierras mismas se consideran, de manera abstracta, como una red de transporte, la decisión siempre habrá sido tomada originalmente —y será finalmente determinada— por propietarios que calculan sus beneficios, y es a éstos a quienes se da prioridad».

Detrás de los teléfonos móviles, el zumo de naranja, las vigas de hormigón de los hospitales y el té de jazmín, las costas sucias y el suelo cementado y los montes vivos todavía, los libros que se estudian en los colegios, el trabajo diario, los jóvenes en paro y los adultos en paro, los clientes de la *business class* y los clientes del autobús inseguro y los del club de fútbol y los de las bicicletas inmóviles y los que compran medicinas; detrás de un paisaje observado a través de la ventana de un hotel o pisando la tierra; detrás de las natillas, del calor, del salario usado como abono, soborno o recompensa, los departamentos de las universidades, los despidos y los gritos, la docilidad y los pimientos rojos y las televisiones y los pájaros, la lámpara encendida, el sillón de orejas, el mar envenenado, los gin-tonics, las obras, los obreros, los directores de recursos humanos, la composición del detergente, la depresión, el agua, las fichas del parchís, los cementerios, las latas de mejillones, los preservativos y los dientes, los animales y las gasolineras, las películas y los muertos, los créditos y la imaginación, detrás de la clase de vida por la que discurren mis miembros individuales hay, siempre, propietarios que calculan sus beneficios.

Cuando se mueran unos propietarios vendrán otros, el problema no son los nombres concretos sino que, a la hora de hacer el cálculo, el criterio sea el beneficio del capital. Cuando el gerente de una empresa defiende sus productos no lo hace porque sean malos ni buenos, interesantes o estúpidos, útiles, innecesarios o perjudiciales. Está en la naturaleza de las empresas capitalistas usar como criterio la tasa de beneficio. Y mucho me temo que, bajo presión, puede llegar a estar en los procedimientos de algunas empresas socialistas, si bien, en tal caso, es de suponer que el criterio de lo justo, de lo bueno para la comunidad, entra en conflicto con el otro criterio.

En cuanto a nosotros, ¿qué es lo que está en nuestra naturaleza? ¿Por qué se agrupan los miembros de los seres colectivos militantes si no es por la posible obtención de plusvalía? ¿Qué cálculo hacemos, si es que hacemos un cálculo? Déjenme contarles algo que acaba de suceder. El ser individual Manuela ha venido hace un rato a uno de los locales en donde me materializo.

No tiendo a materializarme en locales románticos. Más bien tender a veces sí tendería, pero no están disponibles. Locales fijos, me refiero. Lugares esporádicos sí hay: de tanto en tanto los seres colectivos militantes buscan territorio no asfaltado para algunos encuentros y reuniones y entonces, como un adolescente, adquiero todavía el privilegio de ocupar bosques, valles. He conocido incluso chimeneas no echadas a perder por la sofisticación del albergue de lujo y la rusticidad impostada. Hasta hogueras al aire libre he conocido, y he escuchado los pinares cuando es de noche.

Pero lo habitual, entendámonos, son bajos o primeros pisos con unas sillas de oficina de su padre y de su madre, unas mesas mastodónticas o enanas, paredes cubiertas con carteles de actos caducados y en un rincón, a veces, un par de ordenadores a punto de caducar. Suele además haber una de esas cafeteras donde el agua, tras atravesar un filtro con café, gotea hacia el interior de una jarra de cristal a su vez depositada sobre una plancha caliente. El resultado es un líquido oscuro, tibio y, según tengo entendido, nada sabroso, que se acompaña con terrones de azúcar hallados en cajas de cien o doscientas unidades, y se consume en vasos de plástico o en tazas de loza descabaladas.

Éste ha sido el caso de Manuela: encontró la cafetera en una mesa y, mientras aguardaba a que fueran llegando los demás miembros de su comisión, preparó café. Los dos individuos que hacían guardia en el local, también llamada permanencia, más una chica que estaba grapando fotocopias, más dos o tres miembros de la comisión que fueron llegando se reunieron en torno a semejante líquido. Era el primer día que Manuela acudía a una reunión de la comisión. Estaba un tanto inquieta y rompió a hablar como rompen otras personas a llorar o a reír, como rompe a veces el verano a hacer calor y el invierno a hacer frío.

Habló de Sócrates y yo, pues verán, al principio no estaba muy atento. No me impregno de todos los asuntos. He ido aprendiendo, ya saben, cosas de algas; averigüé, por ejemplo, que quien toma una caña con aceitunas rellenas de anchoas toma algas de Chile que ayudan a estabilizar la espuma de la cerveza, y algas chinas que gelifican la pasta de anchoas. Lo concreto, cercano y que afecta a los sentidos me divierte. Pero Sócrates.

Lo cierto es que Manuela rompió a hablar y, a los pocos minutos, yo también estaba escuchando. Disfruto con las voces y la suya me inmuta: al oírla, vibro. Además me intrigó la palabra descaro: ¿sin cara o con mucha cara? En fin, ella estaba hablando del descaro de Sócrates. El viejo filósofo, tras haber sido condenado a muerte, tuvo la oportunidad de proponer una pena alternativa menor tipo el destierro o unos años de cárcel, algo que probablemente los jueces habrían aceptado. Sin embargo lo que propuso fue ser mantenido en el Pritaneo, un edificio sagrado donde, a costa del erario público, eran mantenidos por ejemplo los ciudadanos que habían conseguido laurel olímpico. Pero aun cuando lo pareciera, aquello, dijo Manuela, no había sido descaro sino razón. Para Sócrates lo más importante en una vida, dijo, era intentar no cometer acciones injustas, y por lo tanto era lógico que no quisiera tampoco ser injusto consigo mismo hablando como si se mereciera un castigo para así librarse de una pena mayor.

Ya todos habían tomado el café. Los dos hombres que hacían la permanencia debían de rondar los setenta años, la chica que grapaba fotocopias tendría veintipocos; en cuanto a los miembros de la comisión, las edades variaban entre veinte y cuarenta. Ahora ya estaban los seis que la componían, además de Manuela. Un hombre de unos cincuenta salió de la habitación ocupada y se disculpó ante quienes esperaban para reunirse a su vez: iban a alargarse todavía unos diez minutos. Cuando el hombre se metió de nuevo, Manuela preguntó si podrían empezar la reunión allí, para que no se les hiciera muy tarde. Un chico de la comisión dijo que sí, pero le pidió que terminara la historia de Sócrates.

Entonces Manuela miró a los dos hombres mayores, los de la permanencia, y dijo que ella siempre había tenido miedo de militar, de organizarse, de formar parte de un colectivo o un partido o un movimiento, porque siempre había temido entregar su criterio individual. Dijo que sólo muy tarde había comprendido la muerte de Sócrates. Él no entregó jamás su criterio, su idea de lo que debía guiar una vida buena, y sin embargo cumplió la ley de la asamblea porque sin ella, sin lo colectivo, no podría existir la posibilidad de ejercer el criterio y vivir justamente. Dijo entonces Manuela que lo que se oponía a lo individual no era lo colectivo sino lo individualista.

Luego, durante unos segundos, Manuela habló de mí. No hizo falta que me llamara por mi nombre. O que aludiera a mis ocupaciones. No dijo nada de la corporación. Tampoco habló de mis características, si se me permite, personales. No contó mi sueño de convertirme en un centro algo parecido al que acogerá a Goyo y Eloísa, un refugio donde los estudiosos y científicos pudieran intentar considerar el mundo y sus fenómenos sin que el vértice de lo inmediato les llevara por delante, un lugar simple, silencioso sin ser monástico, tranquilo sin ser remoto. Ni habló de mi postal favorita: las dos cúpulas, cirros de nubes, el océano Atlántico en una franja. Quizá ni siquiera habló exactamente de mí sino de uno como yo, pero no importa.

Aquietó con la mano la superficie de la mesa y, despacio, habló de lo que sí es consustancial a la naturaleza de los seres colectivos militantes: es preciso, dijo, vivir ahora y en el futuro, tratando ahora a duras penas de juzgar y obrar acertadamente, y convocando un futuro en donde el cálculo no se interponga. Pero un futuro no sólo lejano ni borroso, un futuro que puede empezar en las próximas veinticuatro horas o quizá en los próximos veinticuatro días, dijo, y entonces, no sé por qué, la quise mucho.

Se avecina la noche. Al parecer, la fase oscura no debería llamarse así, en la fotosíntesis, al menos. Hay reacciones independientes de la luz, eso es todo. Me refiero a que lo oscuro no es siempre más cansado para las plantas ni para los seres colectivos, ni para los individuales. Acaso esta claridad sea más dañina. No temo a la noche. Vendrá un tiempo de andar más despacio y tantear, habrá reflejos en los cristales de las gafas antiguas, el espacio será más visible y el tamaño del tiempo y el de las proteínas y los astros.

Hace un rato que siento una alegría obstinada. Si fuera un ángel, yo no creo en los ángeles, pero si fuera uno de esos ángeles de las comedias en blanco y negro pensaría, supongo, que ya puedo irme. El tiempo de la crisálida ha terminado, ahora los colectivos vivirán. En cuanto a mí, quizá me desmaterialice y la próxima vez esté más cerca de materializarme en un organismo simple, que tenga en cuenta proyectos de rentabilidad en el largo plazo, conduzca investigaciones necesitadas y sea silencioso sin ser monástico, tranquilo y despejado como las noches en que el frío del suelo se transmite al aire y la humedad se precipita.

Enrique a Susana

Ya lo sabes, hija, te lo habrá contado ese chico, Goyo, o su novia. Ellos no me lo han dicho pero yo sé que lo sabes, me miras sabiéndolo y esperas oírlo de mi boca. De acuerdo: destrocé vuestros fotobiorreactores, el alga roja quedó diseminada por el suelo, hacerlo no me llevó ni quince minutos. ¿Y ahora, qué? No voy a irme, no dejaré el campo libre. Estaré aquí, de contrapeso. Si tu madre no lo pide, lo que es por mí no pienso separarme. No creo haberte hablado mucho de mi trabajo, quizá no sepas que nos asignan cuentas de clientes y nos piden que hagamos el DAFO con cada una de ellas. Debilidades, Amenazas, Fortalezas y Oportunidades. Para alguien que siempre se ha burlado de las recetas, ya fueran sesentayochistas o católicas o de libro de autoayuda, verse obligado a usar esta terminología de *El vendedor más grande del mundo* es un poco vergonzante, pero es la que hay. Probemos a hacer mi DAFO, Susana, el de la cuenta que tengo con vosotros, mi familia, y conmigo mismo.

¿Debilidades? Eso no sé ni si vale la pena preguntarlo: supongo que todas. Y, ojo, que no pretendo darte lástima. «Tradicionalmente nos han visto como proveedores de asistencia técnica y cuesta mucho la venta de otro tipo de proyectos, sobre todo la consultoría, pero la tendencia parece que cambia.» Es el tipo de cosas que pongo yo en debilidades. Y aquí ¿qué? Tradicionalmente me habéis visto como a un poste de semáforo, y ahora es que ni os importan los semáforos. Bien, exagero. Quizá tampoco valga la pena analizar. Por ejemplo, «estoy cansado de hacerme el simpático»: ¿es debilidad, amenaza, fortaleza? En la compañía soy el desgraciado, el tipo que debe dar conversación a todo el mundo porque ya no tiene mucho que ofrecer, o lo que tiene no interesa. Así que doy conversación, me paso el día haciéndome el simpático, el atento. Estoy un grado más abajo del pelota, porque el pelota adula a quien puede beneficiarle. Yo les adulo a todos, por si acaso, joder, y porque ya sólo puedo agarrarme a la condescendencia ajena, me conservan por simpático, me dan algún encarguillo interesante por simpático y fin de la historia: en las competiciones serias no me sacan, ya no puntúo. Podría volverme un tipo callado. Taciturno, qué palabra. Te juro que si hay algo a lo que aspiro es a la taciturnidad.

De la amenaza sólo voy a decirte una cosa: nunca pensé que fuera a venir de dentro. Pensé que la amenaza estaba fuera, que trataría de entrar. De modo que vallé las entradas, pero descuidé las salidas. Y no me digas que el ecuatoriano vino de fuera. Hace unas tres semanas lo vi en una obra. Nos miramos, creo que me reconoció. Se ha promocionado. En la construcción ganará bastante más que repartiendo pedidos. Pronto pasará del alquiler a la hipoteca. No todos lo consiguen, lo sé, pero Carlos Javier se veía que iba a salir adelante. Comprará la cámara de vídeo, la consola para los niños, el coche. Voy muy deprisa, lo admito, supongo que le aguardan grandes dificultades. Sin embargo, estarás de acuerdo conmigo en que no fue la trayectoria profesional del ecuatoriano lo que hizo temblar los cimientos de tu madre. La amenaza estaba dentro. El ecuatoriano quizá le dio de comer, y punto.

¿Fortalezas? Todo se desmorona. Reconozco en mí los síntomas del niño idiota que pretendió vaciar el mar con un cubito. Lo que yo hago es poner un ladrillo por cada diecisiete que caen. Ridículo. ¿Y por qué no lo dejo? ¿Espero que en el último momento llegue el séptimo de caballería? Mi estupidez no llega a tanto, hija. Tú y tus amigos os creéis que a mí me gusta Bush o sus equivalentes. Yo no pienso en Bush. Cuando digo que todo se desmorona, es todo. Aquí como en Estados Unidos y en Indonesia y en Oceanía. Una vez hubo un convenio, era injusto, de acuerdo, pero permitía que algunos acuerdos se cumplieran. Ya no: se han acabado las reglas, adiós convenio. Se ha roto y lo curioso es que no se ha roto por la parte débil, no lo habéis roto vosotros, ni los emigrantes, ni los desheredados. Se ha roto por la parte fuerte. Y ahí te doy la razón en lo que le dijiste a tu madre: yo no estoy en la parte fuerte, no soy lo bastante rico.

Odio la palabra oportunidad. He tenido que usarla demasiado, decirle a mi jefe: «En tal empresa están utilizando herramientas de OpenText y eso constituye para nosotros una oportunidad». Odio lo que la palabra significa. No merodearé junto a la mesa familiar como un perrito faldero a la espera de que surja la oportunidad y me deis algo. No quiero estar a la que salta, Susana. No me quedo con vosotros para eso. Y habrá oportunidades, lo sé. Un día, tarde o temprano, tu madre, tú, tu hermano pequeño, por motivos diferentes, durante unas horas, asomados al frío de un domingo, renegaréis de la aventura. Pero no me quedo para aprovecharme de esos momentos. Pienso dar la batalla. ¿Qué batalla? La mía, Susana, la ¿torpe?, ¿triste?, batalla de mi burbuja: casa, coche, expectativas profesionales de mis hijos y cuatro cosas más.

Esta vida, así, es inaguantable. Pero no hay otra. Defenderé mi burbuja dentro de esta vida y, es curioso, no la defenderé de los fuertes, de los que han roto el convenio y ya no disimulan cuando matan, destruyen, roban y mienten a gran escala. Hacen acopio, les molestan los dos o tres países que han decidido nacionalizar sus recursos, les ralentiza la marcha y tienen prisa. La catástrofe se acerca: están dispuestos a arramblar con todo. Si alguna vez había pensando que los fuertes me harían un sitio, al menos en el porche como perro guardián, ya sé que no. Entre tu madre y tú me habéis quitado esa fantasía, pero, vaya, no sé si es algo de lo que podáis sentiros orgullosas. Porque el resultado final no os favorece, ni a mí tampoco. Creí que mi burbuja sería para los fuertes como la caseta del perro. Que la tratarían con el mismo respeto que a sus propiedades. Bien, no es así. No les importa nada mi burbuja. Ahora estoy solo, Susana. A ellos no les importo y de vosotros tengo que defenderme.

¿Quiénes sois? ¿Cuál es esa amenaza que estaba dentro? No estoy seguro, hija. Has rechazado mi herencia, la serie de bienes, derechos y obligaciones transmisibles que te permitirían no empezar de cero. Multitud de padres habrán pensado alguna vez esto que digo. Los hijos se alejan a una edad, objetan los valores y también las formas. Pero no estoy hablando de eso, Susana. Tu caso es diferente porque tú formas parte de una organización revolucionaria: es algo muy distinto de un grupo de jazz o de recogida de trastos para el Tercer Mundo. Al menos es una organización pacífica, por el momento. No quiero ser alarmista. No estoy alarmado. Estoy perplejo porque ahora sé que esperas que yo lo acepte. Militas. No es lo mismo que rechazar formas de vestir, hábitos de consumo, ciertas conductas. Tú los rechazas pero con horario. Todos los lunes, muchos jueves, bastantes fines de semana acudes a esas reuniones. Eso no es un capricho, Susana. Es una rúbrica: «y para que conste, lo firmo». Un día, y otro día.

Me gustaría pensar que exagero pero te conozco y no puedo hacerme ilusiones. Periódicamente sales de casa para refutar mi vida, para abominar de ella. Quieres derribarla, o cambiarla, o transformarla, los eufemismos no me importan. Cuando le reproché a tu madre que pretendiera confundir su historia, su propia historia, nuestra historia, con la historia de la humanidad, dijo: mi historia no es otra que la historia de la humanidad. Frases. Detesto las frases. Y tú, cuando tenías diecisiete años y por primera vez entraste en esos grupos, dijiste: exploramos el minuto siguiente. Frases. No selvas, ni desiertos, ni manglares, ni la superficie de la luna, ni el fondo de los océanos. El minuto siguiente. ¿Te sorprende que me acuerde? También el capitalismo explora el minuto siguiente. ¿Vais a desbancar al capitalismo? ¿Vosotros? Permite que me ría.

Hay algo de lo que tú no te acordarás. Tenías nueve años y me puse a enseñarte las estrellas. Había una que te gustó, Antares, la estrella roja. Dijiste que querías irte a vivir a Antares. «Se vive en los planetas —dije—, las estrellas no sirven para vivir.» «Pero este planeta está mal», dijiste. Supongo que ya empezaban a contaros en el colegio cosas ecológicas y otras historias. Lo que pasó, Susana, fue que aquel día me quedé callado. No dije: «Este planeta está mal pero tendrás una burbuja y deberás hacerte fuerte en ella y defenderla». No dije que heredarías mi burbuja o una parte. Y ahora tú te desheredas, hija. Te avergüenzas de lo que he conseguido, piensas que está manchado de sangre. Os veo ahí, en la noche del bosque, a la intemperie. Queréis que este planeta sirva de veras para vivir. Que Antares os proteja. Yo no sé si puedo.

ÍNDICE

1

2

3

4

5

6

El papel utilizado para la impresión de este libro
ha sido fabricado a partir de madera
procedente de bosques y plantaciones
gestionados con los más altos estándares ambientales,
lo que garantiza una explotación de los recursos
sostenible con el medio ambiente
y beneficiosa para las personas.
Por este motivo, Greenpeace acredita que
este libro cumple los requisitos ambientales y sociales
necesarios para ser considerado
un libro «amigo de los bosques».
El proyecto Libros Amigos de los Bosques promueve
la conservación y el uso sostenible de los bosques,
en especial de los bosques primarios,
los últimos bosques vírgenes del planeta.

Papel certificado por el Forest Stewardship Council®

FSC
www.fsc.org
MIXTO
Papel procedente de
fuentes responsables
FSC® C117695